Biopoéticas para las biopolíticas

El pensamiento literario latinoamericano ante la cuestión animal

Julieta Yelin

LASA | LATIN AMERICA RESEARCH COMMONS

Publicado por
Latin America Research Commons
www.larcommons.net
larc@lasaweb.org

© Julieta Yelin, 2020
Primera edición: 2020

Diseño de tapa: Milagros Bouroncle
Ilustración de tapa: Maximiliano Rossini
Diagramación de versión impresa: Lara Melamet
Diagramación de versión digital: Siliconchips Services Ltd.
Corrección: Martín Vittón

ISBN (Físico): 978-1-951634-04-9
ISBN (PDF): 978-1-951634-05-6
ISBN (EPUB): 978-1-951634-06-3
ISBN (Mobi): 978-1-951634-07-0
DOI: https://10.25154/book4

El texto completo de este libro ha recibido evaluación por pares de doble
ciego para asegurar altos estándares académicos. Para ver nuestra política de
evaluación, ingrese a www.larcommons.net/site/alt-research-integrity

Para leer la versión libre en acceso abierto de
este libro digital, visite https://10.25154/book4
o escanee el código QR con su dispositivo móvil.

Para Marieta, vida nueva,
con la alegría de la espera.

Contenido

Agradecimientos

Este libro es el resultado de un largo proceso de investigación y escritura que sólo ha sido posible gracias al acompañamiento generoso de colegas y amigos. Con algunos de ellos llevamos adelante tareas profesionales o proyectos grupales, con otros nos conectamos a través de lecturas e intereses comunes; todos participaron de algún modo en la historia de estos ensayos. Agradezco especialmente a Judith Podlubne, Irina Garbatzky, Alberto Giordano, Evelyn Galiazo, Paula Fleisner, María Julia Rossi, Azucena González Blanco, Eduardo Muslip, María Luisa Martínez, Javier Gasparri, Natalia Biancotto, Julia Musitano, Marcela Zanin, Nora Avaro, Gabriel Giorgi, Martín De Mauro Rucovsky, Fermín Rodríguez, Eduardo Jorge de Oliveira, Nora Catelli, Miguel Dalmaroni, Edgardo Dobry, Ana Lía Gerbaudo, Rocío Muñoz Vergara, Rafael Arce y Laura Soledad Romero. A Vicenç Tuset, mi interlocutor más paciente y tenaz, por la charla nuestra de cada día. Y a mi amiga y maestra Adriana Astutti, cuya voz sigue siempre acompañándome. Doy las gracias también a los estudiantes con los que en clases y seminarios compartí y discutí algunas de las ideas rectoras de estos trabajos; con el correr del tiempo, cada vez me resulta más claro que la investigación es una actividad colectiva y afectiva. Gracias también al Instituto de Estudios Críticos en Humanidades, dependiente del Consejo Nacional de Investigaciones Científicas y Técnicas de Argentina y de la Facultad de Humanidades y Artes de la Universidad Nacional de Rosario, por darle a mi trabajo un marco institucional y, lo más importante, un lugar y tiempo para pensar. Gracias, finalmente, a los editores y evaluadores de Latin America Research Commons, y en particular a su productora editorial, Julieta Mortati, por el interés y la dedicación que consagraron al proyecto.

Introducción

Hace casi cinco años, un colega de la facultad me invitó a colaborar en un número de una revista que publicaba el Programa Universitario de Diversidad Sexual, cuyo eje temático sería la teoría biopolítica. Le propuse escribir un texto en el que se repasaran brevemente los principales problemas que, a mi criterio, suscitaba el abordaje de la noción de vida en el ámbito de los estudios literarios. Acababa en ese momento de cerrar un largo trayecto de investigación con la publicación de *La letra salvaje. Ensayos sobre literatura y animalidad* (2015b), y creía que había quedado pendiente una reflexión acerca de lo que vendría después del llamado "giro animal", es decir, una vez consumada la transformación de los modos de representación de la relación humano-animal cuyo origen había identificado en las historias de animales de Franz Kafka. ¿Cómo continuaría configurándose, en la ficción contemporánea, esa perspectiva crítica y creadora que Margot Norris caracterizó como "biocéntrica"? Se había delineado, sin que yo lo tuviera aún muy en claro, un nuevo itinerario de lecturas que iba desde las figuraciones de animales en las fábulas y bestiarios de la segunda posguerra —mi corpus de tesis doctoral, fechado entre mediados de los años cuarenta y finales de los años sesenta del siglo pasado— hasta la emergencia de la animalidad humana en la narrativa de entresiglos, contemporánea en sus primeras manifestaciones de los desarrollos del "último Foucault" acerca de los mecanismos de administración política de lo viviente. En las pocas aproximaciones que por entonces había hecho a esas ficciones, los animales ya no ocupaban un lugar tan preponderante pero, en cambio, la noción de vida comenzaba a asediarse de modo cada vez más frecuente e intensivo. En efecto, no sólo se desdibujaba en los textos la oposición animal/humano sino también las de animal/vegetal, vivo/muerto, orgánico/inorgánico, cuerpo/mente, voz/lengua. Me pareció que sería productivo poner en contacto ese corpus con algunos de los lineamientos centrales del pensamiento biopolítico para comprender un fenómeno que, evidentemente, excedía las fronteras del campo

Cómo citar la introducción:
Yelin, J. 2020. *Biopoéticas para las biopolíticas. El pensamiento literario latinoamericano ante la cuestión animal.* Pp. 1-4. Pittsburgh, Estados Unidos: Latin America Research Commons. DOI: https://10.25154/book4. Licencia: CC BY-NC 4.0.

literario, pero que, al mismo tiempo, era necesario evitar la traslación mecánica de los conceptos de un espacio disciplinar a otro. La "vida" que prefiguraba el pensamiento foucaultiano, y que con gran agudeza diseccionaban Giorgio Agamben y Roberto Esposito, no podía identificarse plenamente con la que latía en las narraciones de nuestros escritores latinoamericanos contemporáneos. Fue así que tomó forma el artículo que ahora constituye el primer capítulo de este libro y que, a pesar de su carácter tentativo y preliminar, tiene —al menos para mí— el valor de haber dado el primer impulso a esta investigación.

Los ensayos que siguieron, relativamente autónomos entre sí, fueron conformando un tejido de preguntas e hipótesis que ahora parece tomar, de modo retrospectivo, la forma de un relato crítico. Esto no supone de manera alguna el trazado de un camino recto ni que exista en el armado del volumen una fantasía totalizadora; las sucesivas lecturas e intervenciones responden menos a certidumbres que al encuentro con diversos problemas conceptuales y procedimentales vinculados al ejercicio sostenido de la crítica literaria en el contexto de los estudios sobre la llamada "cuestión animal". Para decirlo de modo más directo: son las estrategias que encontré, siempre arduas y provisorias, para lidiar con esos escollos y, más aún, para usarlos como energía de escritura. Una tarea que se alimentó también, por supuesto, de los hallazgos de otros lectores, del deseo de conversar con ellos para disentir o reafirmar alguna idea, para sumarme a esa gran conversación que configura nuestro horizonte actual de reflexión e inteligibilidad.

El libro responde también, así, al deseo de cartografiar el estado actual de la crítica en un momento de inflexión y descubrimiento de nuevas líneas de trabajo que interpelan no sólo nuestros presupuestos en torno a lo humano y a sus relaciones con el resto de los vivientes en un sentido ontológico, ético y político, sino también las modalidades institucionalizadas de abordaje de las prácticas creadoras. Si ya no es la figura ideal del Hombre moderno la que produce textos literarios, compone melodías, dibuja o pinta, entonces el enfoque no puede seguir restringiéndose de modo exclusivo a sus dominios. La idea de animalidad humana cobra, en este contexto, un interés cada vez mayor; es por eso que se verán reaparecer una y otra vez en estas páginas las hipótesis fundamentales del discurso posthumanista en sus principales vertientes; las relecturas del llamado "último Foucault" y sus resonancias en las discusiones en el terreno de la biopolítica; las derivas del pensamiento nietzscheano en la constitución de lo que Vanessa Lemm ha conceptualizado como una "política de la cultura"; las nuevas articulaciones críticas entre literatura y vida, especialmente en el ámbito latinoamericano; los desarrollos en torno de la presencia y representación de los animales y la vida animal en las artes plásticas, audiovisuales y performativas contemporáneas.

Todo ese entramado de reflexiones e interpretaciones produjo en las últimas décadas movimientos que, evidentemente, hicieron temblar el edificio de los estudios literarios, socavando fundamentos que hasta hace poco tiempo parecían inconmovibles; entre ellos, de modo muy prominente, los del discurso de la estética. Las respuestas que cada pensador, cada lector especializado y también cada escritor desde su práctica dio a esas transformaciones constituyen el gran marco discursivo de estos ensayos. Si es posible imaginar una lente biopoética para abordar las respuestas que la creación artística dio a las vicisitudes de los biopoderes entre finales del siglo xx y principios del xxi, es porque existen esas voces disonantes, y porque entre ellas puede establecerse un diálogo coherente y fecundo.

Partiendo de esta idea, el libro se organiza en dos grandes secciones. La primera, "Lecturas", se orienta, por un lado, a relevar algunos de los núcleos problemáticos más ricos del panorama teórico de la biopolítica en las últimas décadas y, por otro, a aportar elementos y argumentos para la conceptualización de la noción de "biopoética", con la intención de establecer líneas de contacto e intercambio entre filosofía política y literatura. Algunos de los interrogantes generales más significativos en la elaboración de estos primeros trabajos fueron: ¿cómo la literatura produce y reproduce un pensamiento en torno de lo viviente?; ¿qué alcances tiene la dimensión política de la vida en el ámbito de la creación escrita?; ¿cómo se puede pensar la relación entre *bíos* y *zoé*, entre escritura y cuerpo, entre lenguaje y voz en un nuevo escenario interpretativo postantropocéntrico?; ¿qué rol cumplirá la crítica literaria en el nuevo contexto de caducidad de los valores estéticos con los que aún hoy, pese a todo, se legitima como práctica? La expresión "literatura *de* animales" fue crucial a la hora de delimitar con la mayor precisión posible el terreno en que se producen los textos ficcionales y críticos en los que todas esas preguntas cobran relevancia, tanto en relación con los objetos de la representación o, en muchos casos, antirrepresentación —las figuraciones de animales y/o de lo animal humano—, como en su vínculo con la labor de escritura —narrativa, poética o ensayística— entendida como proceso de animalización siempre inacabado. En ese campo de fuerzas se expresan las tensiones irresolubles que existen entre la esfera del lenguaje y la de lo vivo, ya que no sólo se problematiza, explícita o implícitamente, qué queda afuera en el acto de escribir la vida, sino también qué hay de vitalidad inhumana en todo lenguaje humano. En la escritura literaria y en su recepción interpretativa —que, cuando es eficaz, queda imperceptiblemente adherida a ella— se produce una reflexión acerca de lo viviente que excede y, por eso mismo, enriquece el estado actual de la reflexión filosófica en torno de lo humano. De allí que en el libro se caracterice ese modo de producción de saber como transvalorador e indisciplinado.

La segunda sección, "Escrituras", está consagrada a los animales literarios, es decir, a aquellas figuraciones que pueblan las ficciones recientes —los animales que viven en los personajes, no importa cuál sea el lugar que ocupan o su función en el marco de una taxonomía especista— y a aquellos artistas que experimentan su labor como la puesta en acto de la propia animalidad. Marosa di Giorgio, Iosi Havilio, Diamela Eltit, Maximiliano Barrientos, Ariana Harwicz, Daniela Tarazona, Ana Paula Maia, Mario Bellatin, Hebe Uhart son, para la literatura latinoamericana, figuras señeras que permiten imaginar un territorio biopoético en el que las distinciones, oposiciones, jerarquías de la máquina biopolítica de pensamiento sean cuestionadas o, al menos, puestas en suspenso. En ese terreno nacen y crecen criaturas inclasificables, seres en continua transformación, formas anómalas o curiosas de vida que despliegan sus artes de la transfiguración. Los escritores inventan artificios para producir una *vida otra* a través de la experimentación con formas retóricas o imagéticas de desubjetivación; exploran, así, zonas del yo y de la vida de los otros que no remiten a ningún centro ordenador de la experiencia y que resisten todo tipo de metaforización. A la vez, generan cambios en las modalidades constructivas, en la técnica literaria: esos seres deshumanizados, desfigurados, desenfocados surgen, ciertamente, del trastrocamiento de reglas discursivas y estructuras conceptuales consensuadas, dando lugar a nuevas asociaciones entre las imágenes, las ideas, las situaciones posibles. Las nociones de autoría y de personaje son disueltas a través de la difuminación de los límites que separan la ficción del relato biográfico o autobiográfico, al tiempo que los cuerpos y la sensorialidad cobran una relevancia inusitada. La escena narrativa se vuelve eminentemente material para dar cuenta de *una* vida concebida como potencia creadora, como resistencia —anónima e involuntaria— a las formas de control y sujeción; entre ellas, las valoraciones que el propio campo de los estudios literarios propugna acerca de su objeto. La belleza, la unidad, la armonía, la coherencia formal ceden, así, espacio a otras búsquedas, a otras poéticas.

Como muchos de los referentes teóricos de este libro atestiguan, el redescubrimiento nietzscheano del papel central que puede cumplir la animalidad con vistas a una mejor comprensión de la cultura humana dio lugar a una tradición epistémica rica y compleja. *Biopoéticas para las biopolíticas* procura abrevar en ella para ensayar una lectura de un corpus latinoamericano cuyo rasgo más destacable es la voluntad de juego, experimentación y riesgo. En él puede encontrarse, además de una revitalización de nuestra imaginación colectiva, la apuesta por formas nuevas y joviales de conocimiento. Un verdadero pensamiento literario de la vida.

PRIMERA PARTE

Lecturas

CAPÍTULO I

Foucault y la literatura.
Sobre una interrupción

En el breve prólogo a la edición francesa de una reciente compilación de conferencias de Michel Foucault sobre literatura (*La gran extranjera. Para pensar la literatura*), los críticos Philippe Artières, Jean-François Bert, Mathieu Potte-Bonneville y Judith Revel sitúan dichas intervenciones en el contexto más amplio de la vida y la obra del pensador, y se preguntan por qué, pasada la década del sesenta —a la que pertenecen casi todos los materiales que recoge el volumen—, este abandona su diálogo con la literatura, al menos de modo directo, específico, intensivo. Me interesa detenerme aquí, más que en los ensayos de Foucault sobre textos literarios —aunque también me voy a referir ocasionalmente a ellos—, en las razones de ese paulatino distanciamiento que se produjo a partir de inicios de los años setenta. De allí la relevancia dada a los argumentos esgrimidos en el breve prólogo, que pondré en contacto con algunos nudos del pensamiento de lo que la crítica ha llamado el "último Foucault", es decir, el período dedicado al estudio genealógico y teórico de la biopolítica y al proyecto de una historia de la subjetividad —entendida esta última, precisamente, como el efecto de un conjunto de prácticas que el individuo pone en juego en su autoconstitución y con las que responde a las determinaciones del biopoder en los términos en los que lo definió el propio Foucault—.[1]

El problema a abordar es, entonces, el gesto de un pensador que desplaza a la literatura de un lugar si no central al menos privilegiado, al tiempo que

---

[1] "Si se puede denominar 'biohistoria' a las presiones mediante las cuales los movimientos de la vida y los procesos de la historia se interfieren mutuamente, habría que hablar de 'biopolítica' para hablar de lo que hace entrar a la vida y sus mecanismos en el dominio de los cálculos explícitos y convierte al poder-saber en un agente de transformación de la vida humana" (Foucault 2002, 135).

Cómo citar este capítulo:
Yelin, J. 2020. *Biopoéticas para las biopolíticas. El pensamiento literario latinoamericano ante la cuestión animal*. Pp. 7-14. Pittsburgh, Estados Unidos: Latin America Research Commons. DOI: https://10.25154/book4. Licencia: CC BY-NC 4.0.

decide abocarse al estudio del entramado indisoluble entre vida y poder. Una transformación que no debería ser entendida como el mero abandono de un objeto de estudio en favor de otro u otros más oportunos, sino como un desplazamiento significativo de la perspectiva crítica. En efecto, la irrupción de la noción de vida como organizadora del pensamiento pone en entredicho toda la red categorial con la que se ordenaba el mundo. Si bien es cierto que existía ya en la obra de Foucault un fuerte cuestionamiento de la hegemonía del discurso antropocéntrico —ligado, por supuesto, a la impronta que tuvo en su trabajo el modelo crítico estructuralista—, se podría decir que en los años setenta el análisis foucaultiano se desprende aún más de la matriz conceptual del humanismo para ingresar de lleno en la órbita de la biopolítica. Estrecha así, como advierte Roberto Esposito, su relación con un núcleo fundamental de la filosofía nietzscheana: el del *bíos* entendido como única representación posible del ser.[2] Esposito, que dedica un capítulo de su libro *Bíos. Biopolítica y filosofía* (2006a) a la obra de Friedrich Nietzsche, se detiene en el análisis de la dimensión política de esta definición de *bíos* que a simple vista se manifiesta como puramente ontológica. Tal vez esa lectura en clave política permita entender mejor el giro foucaultiano hacia la biopolítica y el distanciamiento de la esfera disciplinar —el campo del lenguaje, de la literatura— y disciplinaria —la historia institucional— o, para decirlo en otras palabras, la apertura a una concepción no antropocéntrica de la cultura, del arte, de la historia. Y esa apertura tiene como precedente una resignificación de la relación entre la noción de vida y la de política, o mejor: de la dimensión política de la vida y de la idea de que la política tiene como único fin conservarla y expandirla. Pero de ningún modo se concibe esta relación como un encuentro entre realidades de diferentes órdenes; no se parte, como afirma Esposito, del prejuicio de que hay formas que se superponen desde fuera a la materia de la vida, sino de la asunción de que esta es desde siempre política, entendiendo por "política" la modalidad originaria en que lo viviente es o en que el ser vive (Esposito 2006a, 130).

> Es esa la dimensión política del *bíos*: no en cuanto carácter, ley, destino de algo que vive con anterioridad, sino como el poder que desde el principio da forma a la vida en toda su extensión, constitución, intensidad. Que la vida —según la tan célebre formulación nietzscheana— sea voluntad de poder no significa que la vida necesita poder, ni que el poder captura, intencionaliza y desarrolla una vida puramente biológica, sino que la vida no conoce modos de ser distintos al de una continua potenciación. (Esposito 2006a, 129-130)

---

[2] "'Ser' como generalización del concepto 'vida' (respirar) 'ser animado' 'querer, efectuar' 'devenir'" (Nietzsche 2008, 252).

La definición del *bíos* como poder generador cuestiona de raíz la concepción antropocéntrica según la cual la política y el arte son efectos de la actividad humana. El discurso humanista piensa a la cultura como una realidad desligada de la vida animal —como un proyecto de autocreación y autointerpretación—; el punto de vista biocéntrico,[3] arraigado en la tradición de pensamiento nietzscheana, la concibe, en cambio, como un fenómeno propio de la vida. Así como la vida es política porque no hay en ella más que voluntad de poder, así también se podría decir que la vida es artística en tanto no hay en ella más que voluntad de creación. El arte no es, entonces, una zona deslindada de la vida que actúa sobre o se deja inseminar por ella, sino más bien su modo particular de existencia. El reciente proceso de su institucionalización, sobre el que se pregunta insistentemente Foucault en sus conferencias dedicadas a la literatura,[4] no ha hecho más que distanciar a esas prácticas artísticas de la vida, distinguirlas, autonomizarlas, ponerlas en relación con esa entidad abstracta que llamamos literatura y que, como ya anunciaba el propio Foucault, se define circularmente en la propia pregunta por su ser: la literatura entendida como la pregunta por la literatura.[5] La interrogación acerca del estatuto del arte puede ser pensada, en efecto, como un último coletazo del discurso humanista en su intento por preservar algún reservorio de civilización; y el discurso de la estética, por su parte, como su salvaguarda, su escudo moral.

Si la biopolítica es la perspectiva de análisis que afirma la dimensión política de la vida, la biopoética sería, entonces, aquella que es capaz de comprender su dimensión artística, creadora.[6] Y esto supone la consideración de la animalidad

---

[3] Tomamos este término del libro de Margot Norris *Beasts of Modern Imagination. Darwin, Nietzsche, Kafka, Ernst, & Lawrence* (1985). Estos pensadores y escritores forman parte de lo que Norris caracteriza como "tradición biocéntrica" y define a grandes rasgos como una reformulación de la relación entre cultura y animalidad.

[4] Véanse las dos sesiones de la conferencia "Literatura y lenguaje" (Foucault *La gran extranjera*).

[5] "La literatura no es para un lenguaje la ocasión de transformarse en obra; no es tampoco para una obra la ocasión de fabricarse con lenguaje; la literatura es un tercer punto, diferente del lenguaje y diferente de la obra, un tercer punto que es exterior a su línea recta y que precisamente por eso dibuja un espacio vacío, una blancura esencial donde nace la pregunta '¿Qué es la literatura?', una blancura esencial que es en efecto esa pregunta. Por consiguiente, esta pregunta no se superpone a la literatura, no es el agregado de una conciencia crítica complementaria a la literatura: es su ser mismo, originariamente desmembrado y fracturado" (Foucault 2005, 75-76).

[6] Es importante señalar que la noción que intentamos delinear no se emparenta con la de "biopoetics" tal como ha sido definida en el marco de los estudios literarios anglosajones, especialmente norteamericanos (véase Cooke, Brett y Frederick Turner. *Biopoetics. Evolutionary Explorations in the Arts*). En dicho contexto, el concepto refiere a una rama de la crítica literaria que se dedica a estudiar las influencias biológicas en la elaboración y la recepción de las diversas disciplinas artísticas y, por tal motivo, es considerada como una subdisciplina de la sociobiología y de la psicología evolutiva. Tal como se verá en

como fuente y destino de esas producciones. El animal que escribe, el animal que pinta, el animal que vive —es decir, que crea— en nosotros: ellos son el verdadero objeto del pensamiento biopoético. Para el crítico, entonces, "la cultura no resulta interesante porque sea un medio a través del cual la humanidad se separa o emancipa a sí misma de la animalidad sino porque se encuentra invadida de animalidad" (Lemm 2010a, 16).

Se podría, así, leer el abandono de la reflexión foucaultiana sobre la literatura como un nuevo efecto del progresivo desprendimiento de la matriz de pensamiento humanista. Cabe preguntarse si estas rupturas producen, como podría inferirse analizando el devenir del corpus crítico de Foucault, un paréntesis en el ejercicio de pensar las prácticas artísticas o si, por el contrario, responden a la voluntad de establecer un contacto por otras vías; el inicio de un camino hacia la elaboración de una biopoética, de una teoría que aborde un modo particular de producción estética —aunque el adjetivo sea algo inadecuado en este contexto— de lo que Esposito llama biopolítica afirmativa: una práctica de pensamiento "ya no definida por el poder sobre la vida, como el que conoció el siglo pasado en todas sus tonalidades, sino por un poder de la vida" (2011, 50). Para ello, resulta esclarecedor analizar con cierto detenimiento los argumentos expuestos en el prefacio de *La gran extranjera*.

Tres explicaciones

Entre muchas posibles explicaciones, los prologuistas distinguen tres que consideran relevantes para justificar el distanciamiento de Foucault del objeto literario. En primer lugar, habría en su trabajo una revalorización de las prácticas no discursivas, y la derivada consideración de que el discurso es sólo una de las modalidades de organización de nuestra relación con el mundo, con nosotros mismos y con los demás, es decir, de que existen lazos no verbales de ligazón con la realidad y que estos no son menos relevantes ni secundarios en un sentido causal. "A veces —señalan— la puesta en orden discursivo precede a otras particiones y las funda [...] y otras parece tener que ser su resultado" (2015, 24). Lo mismo se puede decir —continúan— del desorden, de la puesta en cuestión del orden del mundo; la literatura es una de esas formas, pero existen también otras modalidades orales o no lingüísticas de resistencia, de corrosión del *statu quo*. Según los críticos, este argumento explicaría el paulatino abandono del campo literario como "doble" de la propia investigación, que "obedece en Foucault, sin duda, a la voluntad de extender su cuestionamiento a una temática más amplia, planteada esta vez en términos de poderes y resistencias". Y concluyen: "La escritura

---

el desarrollo de nuestro trabajo, la noción de biopoética que procuramos delinear se distancia, e incluso se opone a los postulados que sostienen la disciplina mencionada.

literaria, utilizada como máquina de guerra, muy bien puede encontrar en ella su lugar, pero ya no representa su paradigma" (2015, 24). Esta primera razón está ligada a la idea de que las resistencias se producen, antes que en el territorio de lo "vivido" —lo escrito, lo conceptualizado, lo historizado, lo narrado—, en el de lo viviente, convertido en el terreno en que se dirimen las batallas políticas y culturales.

> Desde el siglo pasado, las grandes luchas que ponen en tela de juicio el sistema general de poder ya no se hacen en nombre de un retorno a los antiguos derechos ni en función del sueño milenario de un ciclo de los tiempos y una edad de oro. Ya no se espera más al emperador de los pobres, ni el reino de los últimos días, ni siquiera el restablecimiento de justicias imaginadas como ancestrales; lo que se reivindica y sirve de objetivo es la vida, entendida como necesidades fundamentales, esencia concreta del hombre, realización de sus virtualidades, plenitud de lo posible. (Foucault 2002, 137)

La búsqueda de la plenitud de lo posible, es decir, la lucha por el derecho a la vida, que es, en definitiva, "el derecho a encontrar lo que uno es y todo lo que uno puede ser" (Foucault 2002, 137), atañe sin duda a los cuerpos, al aspecto material del viviente; si a Foucault le interesa estudiar el devenir de los poderes sobre la vida en Occidente es porque entiende que ellos explican mejor que esa realidad abstracta denominada "mentalidad" el modo en que los dispositivos de poder se articulan concretamente en los cuerpos, los invaden y modelan, los protegen y también, si es "necesario", los aniquilan.[7] Por eso la literatura como práctica discursiva de resistencia parece perder su lugar de privilegio. No se trata, ciertamente, de depreciar sus poderes sino de ampliar la mirada para aprehender las tensiones que se establecen entre los códigos lingüísticos y los no lingüísticos, entre fijación y movimiento, entre literatura y cuerpo, entre vida y ley.

Esta ampliación se relaciona de modo directo con la segunda razón esgrimida por los críticos para explicar la transformación del punto de vista foucaultiano: el surgimiento de una nueva inquietud por lo colectivo, que se vincula a su vez, es seguro, con la reconsideración de la subjetividad en términos de procesos de subjetivación; esto es: como la creación de nuevos modos de existencia o, en términos nietzscheanos, la invención de posibilidades de vida. Queda en suspenso, por decirlo así, la noción de sujeto y todas sus posibles atribuciones, al tiempo que se hace visible una nueva problemática: el

---

[7] "Es esta la trágica paradoja sobre la cual se había interrogado Michel Foucault en una serie de escritos que se remontan a mediados de la década de 1970: ¿por qué, al menos hasta hoy, una política de la vida amenaza con volverse acción de muerte?" (Esposito 2006a, 16).

pensamiento de la transformación y la resistencia entendidas como movimientos colectivos, como mutaciones trans-subjetivas. "¿Cómo articular el des-orden (ya se trate de la deconstrucción del código lingüístico, la puesta en entredicho de una institución o el rechazo de la objetivación de la propia identidad?) con prácticas compartidas que constituyen no sólo una subjetividad singular sino subjetivaciones transversales?" (2015, 25).

Foucault deja el estudio de la sustracción de ciertos "casos literarios" al orden establecido para abocarse a una indagación mucho más abarcadora de los modos políticos de resistencia. En efecto, si el interés crítico se enfoca hacia el análisis de esa fuerza impersonal que permite la transformación de las condiciones de vida, ¿por qué limitar el pensamiento a una forma específica de producción definida y recortada, por otra parte, por instituciones y valores asentados en la ideología humanista y el más férreo conservadurismo político —la gran literatura, la academia, el buen gusto, etcétera—? La apuesta por lo colectivo como clave de lectura es, ciertamente, un gesto de rechazo de las estructuras veladas que organizan jerárquicamente el mundo y lo viviente, y una nueva lente para observar sus relaciones. Entender la vida como potencia creadora que atraviesa todas las formas de existencia obliga a reevaluar las modalidades de análisis de esas creaciones, sus modos de distinguir, valorar, consagrar o excluir; y no se trata de contraponer a la moral de la estética una moral alternativa orientada a democratizar el juicio de las prácticas artísticas, el objetivo es más bien dotar a esos juicios de otros elementos conceptuales.

Es iluminador conectar la pérdida de entidad de la literatura en el pensamiento foucaultiano con este momento en el que la "inquietud de sí" y la pregunta por el funcionamiento de las matrices que se imprimen sobre el continuo de lo viviente ocupan el centro de sus preocupaciones. Su contemporaneidad permite pensar en el giro biopolítico también como un giro biopoético, en tanto modifica el recorte de sus objetos críticos y, con él, la metodología de aproximación a ellos. Habrá que enfrentarse entonces a la dimensión colectiva de la subjetividad y volver a pensar en sus creaciones desde ese punto de vista. La subjetividad no delimitará ya una realidad individual, ni exclusivamente humana, ni enteramente lingüística —por eso Foucault no utiliza la palabra *sujeto* para referirse a la persona ni a ninguna otra forma de identidad sino la palabra *subjetivación* como proceso y *sí mismo (Soi)* como relación (relación con uno mismo)— (Deleuze 2006, 149-50). La subjetividad será, en cambio, la línea de fuga que le permitirá franquear las fronteras impuestas por las dimensiones del saber y del poder, esas formas y esas fuerzas que dibujan los límites de lo que se permite pensar en nuestras sociedades. La literatura y la crítica literaria, al igual que todas aquellas disciplinas emparentadas con el discurso de la estética, tendrán que hacer frente a este nuevo modo de entender la existencia como obra de arte, es decir, como invención y recreación de diversas formas de vida.

Llegamos así, finalmente, a la tercera de las razones argüidas por los prologuistas para explicar el abandono de "la gran extranjera": la ruptura con la noción de "afuera" y su efecto en la percepción del lenguaje literario. Si Foucault apostaba, en un primer momento, por el poder de la literatura, era seguramente porque creía en su exterioridad. La literatura, al igual que la locura, era concebida como un lenguaje gratuito, autorreferencial, marginal, transgresor. En ambos discursos estaba en juego una relación semejante con el afuera; se podría decir que eran, en la reflexión foucaultiana, dos territorios linderos.[8] Pero en el trabajo de los últimos años, atravesado ya el período genealógico, la idea de exterioridad parece debilitarse en virtud de una nueva conceptualización de la subjetividad. Peter Pál Pelbart se refiere a ese momento con mucha precisión:

> En 1980, al evocar esa experiencia por la cual el sujeto se arrebata a sí mismo, llevado a su propio aniquilamiento o disolución, tema caro a los años sesenta, Foucault ya no asocia la experimentación de la exterioridad de una cultura, como anteriormente […] sino con una experiencia personal y teórica, por la cual sería posible pensar diferente. Si la literatura o la locura ya no constituyen una exterioridad absoluta (pues todo es interior), la experiencia-límite es preservada y valorizada como una operación sobre sí mismo. No experiencia vivida, explica él, sino lo invisible para lo cual es preciso fabricarse […] El afuera gana una sorprendente inmanencia subjetiva. (2019)[9]

Esta reorientación del problema del afuera introduce la inquietud sobre la posibilidad del cambio, es decir, sobre las chances de emergencia de lo nuevo en el curso de la historia; la pregunta que el filósofo formula se parece, ciertamente, a las de otros pensadores que, atravesada la etapa estructuralista, comenzaron a plantearse la necesidad de explicar el devenir de los sistemas simbólicos.[10] Los prologuistas de *La gran extranjera* lo parafrasean del siguiente modo: ¿cómo es posible que desde el interior de cierta configuración epistémica e histórica, desde el interior mismo de la "red de lo real" desplegada por cierta economía

---

[8] Véanse las conferencias radiales "El lenguaje de la locura" (Foucault 2015).

[9] La traducción es mía.

[10] Existen actualmente algunas corrientes de pensamiento que se preguntan si, luego del ocaso del imperio de lo simbólico en los métodos de análisis, es posible volver a pensar el lugar de lo imaginario en las ciencias humanas. Retomando algunas críticas que, en este sentido, realizan al estructuralismo Jacques Le Goff y Cornelius Castoriadis, Jorge Belinsky (2000b) propone que debería reconsiderarse la función de lo imaginario a partir de su particular ubicación en relación a los otros dos elementos de la tópica lacaniana, es decir, considerarlo como un ámbito intermedio, como un espacio que permitiría a la perspectiva estructuralista —horizonte en el cual, según él, todavía siguen insertos los desarrollos de gran parte de las ciencias humanas— resolver el dilema del estatismo de los sistemas y la dificultad explicativa que implica su evolución. Ante la pregunta ¿cómo explicar el cambio, el devenir de los sistemas simbólicos?, Belinsky propone que lo imaginario puede funcionar como espacio transicional capaz de suspender el sistema vigente y, en esa suspensión, hacer posible el paso a un nuevo estadio.

de los discursos y las prácticas, en un momento dado se puedan desplazar sus líneas, movilizar sus puntos, vaciar su sentido, reinventar sus equilibrios? (2015, 26). ¿Podemos, en definitiva, hacer de nuestro modo de ser —nuestra habla, nuestra escritura, nuestra forma de vida— una vida otra? La noción foucaultiana de resistencia parece apostar por el sí, por la posibilidad de "una vida que coincida hasta el final con su simple modo de ser, con su ser tal cual es" (Esposito 2011, 50) y que, por tanto, resista los embates de cualquier poder y de cualquier saber. Pero eso no implica la muerte de las disciplinas que se proponen estudiarla; el desafío es que esa relación no implique un sometimiento pasivo, sino que permita actuar modificando esos saberes y esos poderes. Una biopolítica afirmativa se encamina más bien al vuelco de esa relación de fuerzas de modo que sea la vida, en su composición al mismo tiempo corpórea e inmaterial, la que haga de sus propias normas la referencia constante de aquellas que la rigen y ordenan, es decir, que la hacen inteligible. En esa misma dirección podrían orientarse las nuevas biopoéticas si quieren pensar las prácticas creadoras después de la muerte del hombre. Escribió Nietzsche: "La visión artística del mundo: instalarse frente a la vida" (2008, 191).

CAPÍTULO II

Biopolíticas de la interpretación

La resistencia biopoética

Las tensiones producidas entre las nociones de vida, política y literatura en el contexto de la obra del llamado "último Foucault", a las que aludimos en la introducción, pueden ser leídas, ciertamente, como una nueva forma de resistencia al modo de lectura propio de la tradición humanista, al tiempo que como un gesto de distanciamiento de las modas críticas imperantes: el giro biopolítico foucaultiano rescató la interpretación como forma de intervención y pugna por el sentido, destacando el potencial transformador de toda creación. A esa labor de resistencia tan singular y productiva —todavía hoy seguimos descubriendo sus efectos críticos— le dimos de manera provisoria el nombre de biopoética: una forma particular de entender el trabajo artístico —en nuestro caso, literario— que, a la luz de los aportes teóricos fundamentales de la biopolítica, propone contextualizar las nociones de escritura y lectura en el marco de la redefinición de las relaciones entre vida, arte y política.[11]

---

[11] En la entrada "Arte" del *Diccionario Foucault*, Judith Revel se detiene precisamente en ese momento de transición en el que el pensamiento foucaultiano se aleja del campo literario para abocarse al terreno de lo político. Revel señala, sin embargo, una serie de continuidades teóricas que considera relevantes: en primer lugar, el hecho de que el par dispositivos de poder/estrategias de resistencia, fundamental en los análisis de carácter político, "es en rigor un calco del par orden discursivo/experiencias transgresoras del lenguaje" (97) que caracterizó los trabajos de Foucault en la década de 1960. Revel subraya, asimismo, que en ambos casos se trata de fuerzas que no se excluyen ni se niegan unas a otras sino que, por el contrario, se alimentan mutuamente: "una relación de identificación y puesta en orden, por un lado, y una práctica de sustracción o de

---

Cómo citar este capítulo:
Yelin, J. 2020. *Biopoéticas para las biopolíticas. El pensamiento literario latinoamericano ante la cuestión animal.* Pp. 15-25. Pittsburgh, Estados Unidos: Latin America Research Commons. DOI: https://10.25154/book4. Licencia: CC BY-NC 4.0.

Como perspectiva y como herramienta crítica, la biopoética podría servir, entonces, para abordar aquellas intervenciones ficcionales o metaficcionales que analizan la dimensión creadora de lo viviente y, en sentido inverso, de aquello que vive —es decir, que resiste la matriz humana— en las creaciones. Si la biopolítica señala para Foucault —de modo general y pese a las variaciones y matices que se pueden hallar en los diferentes contextos de su producción—[12] una reconfiguración de la relación entre vida y política, es decir, el surgimiento de un sistema de regulación por el cual la vida y sus mecanismos entran "en el dominio de los cálculos explícitos" de la política, convirtiendo "al poder-saber en un agente de transformación de la vida humana" (Foucault 2002, 135), la biopoética nombraría una redefinición del vínculo entre vida y literatura que, a contramano de la biopolítica, desregula las formas convencionales de discriminar y organizar lo viviente. Es decir, una forma específica de encuentro con y de resistencia al biopoder, entendiendo a este último como una fuerza que afecta no sólo, evidentemente, las formas de vida de las sociedades, sino también sus modos de representación e imaginación.[13] Son numerosos en la actualidad los debates acerca de los alcances de la biopolítica como máquina de gestión de la

---

rechazo de ese orden, por otro, se construyen una a través de otra: el poder y la libertad no se oponen de manera frontal, sino que se interpenetran y se nutren recíprocamente". Por otro lado, el abandono de la literatura —y, de modo más general, de la esfera del discurso— como objeto de investigación podría leerse como la equiparación de lo discursivo con otros tipos de relaciones de poder (y, por tanto, de estrategias de resistencia): "La palabra literaria, ya sea un instrumento dócil del saber académico o un medio de impugnación de este, no es más que una posibilidad de experimentación, pero habría que sumarle el uso de los cuerpos, la relación consigo y con los otros, cierto uso de la conflictividad, etc. En consecuencia, no desaparece verdaderamente: solo se integra a un campo más amplio".

[12] Siguiendo a Thomas Lemke (*Biopolitik zur Einführung*), Vanessa Lemm sintetiza los tres sentidos en los que Foucault utiliza el término *biopolítica*: en *La historia de la sexualidad* (1976) lo hace para "definir un punto de inflexión en la historia del pensamiento político de Occidente que se manifiesta, a principios del siglo XVII, como una transformación radical del concepto tradicional de poder soberano"; en el curso que dictó en el Collège de France entre 1975 y 1976 (editado bajo el título *Defender la sociedad*) toma el término "para referirse a las tecnologías y discursos que juegan un papel central en la emergencia del racismo moderno"; y, finalmente, en tercer lugar, en las clases de 1977-1978 (editadas bajo el título *Seguridad, territorio, población*), y las de 1979, recogidas en el libro *Nacimiento de la biopolítica*, utiliza el concepto para describir "la forma de racionalidad política que está en juego en el tipo de gubernamentalidad liberal" (Lemm 2013b, 172).

[13] Cabe precisar aquí que la noción de biopoder, tal como se desprende del trabajo de Foucault, no refiere al poder de legislar o de crear soberanía sino a una forma estratégica de coordinar una serie de relaciones de poder dirigidas a que los vivientes produzcan. Por eso para Foucault es relevante que la entrada de la vida en la historia coincida con el surgimiento del sistema de producción capitalista; la biopolítica es, en este sentido,

vida, de control de las poblaciones y de producción de formas de individuación, pero apenas comienza a estudiarse la gramática que rige las ficciones de la
vida y los discursos que imprimen sobre la literatura esas mismas lógicas. Apenas empieza a emerger, asimismo, un discurso que repara en las escrituras que
desafían aquellos modos de la imaginación literaria y que apuestan por avanzar
en la penumbra en lugar de contentarse con encontrar aquello que buscaban.
Si algo tienen en común estas prácticas críticas con sus objetos de estudio es la
confianza en la labor autopoiética, en la idea de que la creación, en tanto relación de intimidad con la animalidad —volveremos sobre esto enseguida—, se
impone como un inevitable diálogo con lo desconocido.

El trabajo biopoético, así, ya sea que se materialice en la escritura literaria o
en la labor crítica, podría ser identificado con aquello que Foucault llamó "con-
traconductas": formas de resistencia a la regulación biopolítica que se orientan
a la búsqueda de maneras singulares de conducir la propia vida. La concepción
y efectuación de esa fuerza, que contrarresta los procesos de individualización
por medio de un cultivo y un cuidado de sí que redefine el estatus de la animalidad del ser humano (Lemm 2013b, 178), es lo que se ha dado en llamar
"biopolítica afirmativa". La biopoética quedaría, por tanto, enlazada al programa de esa biopolítica afirmativa, concibiendo todo trabajo artístico como
una exploración de los lazos entre lo humano y lo animal o, en otras palabras,
como una indagación de lo viviente por fuera de las taxonomías impuestas por
los discursos antropocéntricos. Una indagación que parte de la premisa de que
el artista no es un sujeto que se ha sobrepuesto a su condición animal sino más
bien un animal que es capaz de crear pese al proceso de humanización que está
siempre disciplinando —nombrando, individualizando, jerarquizando— su
particular forma de vida.

Hay un punto fundamental de la argumentación de Foucault en torno a la
articulación entre constitución subjetiva y creatividad que, al invertir la relación causal entre ambas, explica claramente lo que acabamos de exponer: no
se trata, en efecto, de referir la actividad creativa de una persona al tipo de
relación que mantiene consigo misma, sino de vincular el tipo de relación que
mantiene consigo misma a una actividad creativa (Foucault 1997, 262). La idea
de que la subjetividad es efecto de un proceso constante y siempre inacabado de
autoconstitución, y de que ese proceso supone el contacto con zonas vitales que
no han sido formateadas por la matriz humana, sitúa a la lectura y a la escritura
más allá del dominio de la estética —disciplina arraigada de la idea de que
existen valores humanos no sometidos a la lucha por el sentido, que no es otra
que la batalla interpretativa—, al tiempo que plantea la necesidad de encontrar
las preguntas adecuadas para interrogar los objetos literarios. Algunas de ellas,
y tal vez las que más relevancia tengan para el estado actual de nuestro campo

---

bioeconomía, economía de la vida. Para un desarrollo de esta cuestión véanse Lazzarato
(2000) y Vaccaro (2010).

de estudio, son: ¿cómo concebir herramientas críticas que permitan percibir en los textos la emergencia de la vida como proceso, como creación incesante, visibilizando así el potencial transformador de la literatura?, ¿cómo hacer para contrarrestar el hábito disciplinar que nos hace recorrer una y otra vez los mismos caminos?, ¿cómo, en definitiva, hacer de nuestra práctica crítica una tarea también creadora? Y también, por otro lado, ¿qué tipo de relaciones se pueden establecer entre los textos literarios y las constricciones de los biopoderes, evitando recaer en las explicaciones miméticas —la escritura como afirmación o resistencia a esas regulaciones—?, y sobre todo: ¿cómo se traducen a las poéticas de la vida?, más concretamente, ¿cómo impregnan los imaginarios que producen las ficciones y qué huellas imprimen en los discursos críticos? Estos interrogantes giran en torno al problema de la interpretación; caída en desgracia desde hace ya varias décadas, esta categoría vuelve a emerger con fuerza cada vez que las prácticas artísticas son pensadas en su faceta crítica, recreadora de la vida.

Una política de la cultura

En el prólogo al libro de Foucault *Nietzsche, Freud, Marx*,[14] refiriéndose al célebre ensayo "Contra la interpretación", en el que Susan Sontag —muy a tono con las corrientes teóricas de los albores de los años sesenta— ensaya un manifiesto antihermenéutico, Eduardo Grüner revisa su propia adhesión a algunos de sus presupuestos fundamentales. Cree, pasadas más de dos décadas y, sobre todo, con la obra de Foucault de por medio, que el entusiasmo formalista le impidió a una buena parte de la crítica pensar un aspecto crucial de la interpretación: que no es posible despegarla de los textos "fuente" para limpiarlos y dejarlos listos para el goce —sensible, erótico dirá Sontag— de su construcción formal. Grüner señala algo que, aunque evidente, ha sido poco considerado en los análisis de la recepción: que esas lecturas —y toma como ejemplo paradigmático el mismo que elige Sontag: Franz Kafka—, cuando son eficaces, no se limitan a traducir una serie de contenidos, simplificando lo complejo mediante el recurso de la explicación, sino que se incorporan a la obra al gravitar sobre su contexto, y, de ese modo, pasan a integrar el conjunto de representaciones simbólicas o imaginarias que constituyen nuestra cultura. No existe un Kafka, para ninguna cultura que se lo haya apropiado, desligado de todas las interpretaciones —simbólicas, históricas, psicoanalíticas— que carga sobre sus hombros y que, al mismo tiempo, hacen de él un

---

[14] El título original del texto es *Nietzsche. Cahiers de Royaumont*. El texto de Grüner fue publicado originalmente como prólogo a la edición argentina de este texto (*El cielo por asalto*, 1994) y recogido luego en el tercer número de la revista cordobesa *Topos y tropos*, en 2004.

intérprete de la sociedad que lo lee. Por eso Grüner sostiene, con Foucault, que la estética es inseparable de la ética y de la política, "en el sentido preciso de un Ethos cultural que se inscribe (conscientemente o no) en la obra, y del cual forman parte las interpretaciones de la obra, y de una politicidad por la cual la interpretación afecta a la concepción de sí misma que tiene una sociedad" (2004, 2). Tal vez se podría añadir que este tipo de enfoque tiende en última instancia a disolver el campo específico de la estética o, al menos, a cuestionar su validez atemporal y universal.

La defensa de la interpretación esbozada por Grüner en el prólogo al texto de Foucault intenta reconstituir los lazos entre las obras artísticas y las prácticas sociales, no en un sentido explicativo de tipo causal, evidentemente, sino otorgándole a esa ligazón un fundamento político, con todos los matices y las complejidades que ello implica. El concepto de interpretación contra el que batallaba Sontag reducía de modo drástico sus poderes, quedando restringido a las esferas de la religión, la pedagogía o cualquier otra modalidad de domesticación textual. La noción de interpretación que se desprende del trabajo foucaultiano puede ser entendida, en cambio, como la intervención en un campo de batalla simbólica del cual, por otra parte, es imposible sustraerse. La sustracción es un ideal imposible, una estrategia de intervención silenciosa, solapada, conservadora. Con las políticas de la interpretación, argumenta Grüner, sucede lo mismo que con la política a secas: o la hacemos nosotros, o nos resignamos a soportar la que hacen los demás (2004, 2).

El giro del pensamiento de Foucault hacia la biopolítica, ligado al crecimiento de su interés por la praxis social y, en una dimensión estrictamente teórica, al abandono del "afuera" como categoría de pensamiento, encuentra en esta noción de interpretación a la que alude Grüner un fundamento metodológico crucial. Interpretar será, entonces, intervenir los textos desde adentro para producir nuevos imaginarios, nuevos sistemas simbólicos que doten de sentido las prácticas sociales, entendiendo que en el pensamiento de Foucault la producción artística representa, al mismo tiempo y de manera indisoluble, un gesto creador y la fijación de modos de sujeción o de dispositivos de poder/saber. Por eso, una vez que se ha abandonado la idea de una "omnipotencia subversiva de ciertos gestos artísticos —o de una especie de exterioridad radical, de afuera absoluto de la palabra transgresora de los literatos—" (Revel 2009, 31), es posible reconsiderar a la literatura como un proceso de creación en el marco de una economía más amplia de los saberes, las representaciones y los códigos que organizan nuestra relación con el mundo. La acción transformadora no debe ser pensada, así, como un objetivo de la interpretación, sino como su condición misma de posibilidad: porque la realidad es transformable es posible seguir interpretando, y no a la inversa. "Toda la riqueza de la noción de praxis está contenida en esta idea de que la interpretación puede ser una herramienta de crítica, de 'puesta en crisis' de las estructuras materiales y simbólicas de una sociedad, en polémica con otras interpretaciones que buscan consolidarlas en su inercia" (Grüner 2004, 2).

A la luz de estas ideas, la propuesta de una lectura biopoética, de una interpretación de textos críticos y ficcionales en los que los regímenes de verdad a los que es sometida la noción de vida son resistidos o cuestionados, se articula de modo coherente con el devenir del último pensamiento foucaultiano. Y permite utilizar dicho derrotero como hoja de ruta para analizar las biopolíticas de la interpretación; para entender cómo son cuestionados, desde qué presupuestos y con qué categorías teóricas, los basamentos que sostienen la política general de verdad que rige nuestras concepciones de la vida. Las biopoéticas son, en este sentido, estrategias —conscientes o inconscientes— de resistencia a los saberes que una sociedad tiene acerca de la vida; desafían, por empezar, su nominación, cambiándola por la fórmula "formas de vida": modos de subjetivación que se construyen como respuesta o elusión de la impronta de los biopoderes. Por eso es relevante que la noción de biopoética albergue dentro de sí tanto las prácticas de lectura crítica como las de escritura poética y ficcional, entendiendo que toda forma de libertad, de capacidad de transformación, supone una intervención política —biopolítica— sobre el sentido, y que esta pueda llevarse a cabo desde ambos lados de la letra. Desde este punto de vista, leer y escribir son ejercicios indiscernibles.

En el marco de lo que Vanessa Lemm llama, siguiendo a Nietzsche, "política de la cultura", la biopoética tiene como objetivo, entonces, cultivar formas de sociabilidad a partir de prácticas basadas en el cuidado de sí, esto es, en la liberación cultural de la vida animal. Lemm enfatiza que la idea de liberación cultural de la vida animal no presupone en absoluto la existencia de "una naturaleza humana que ha sido alienada, reprimida o negada a través de procesos históricos, económicos y sociales, y que por lo tanto requiere ser liberada para reconciliar al ser humano con su naturaleza animal perdida" (2013b, 188). Por el contrario, lo que Nietzsche considera como "liberación cultural" —y que Foucault conceptualiza como "resistencia" o "contraconducta"— implica el rechazo de la idea de que el ser humano tiene una naturaleza: "Cuando Nietzsche prescribe 'un retorno a la naturaleza' como una 'cura de la civilización' se refiere a una cura de la creencia de que el ser humano posee siempre ya una naturaleza fija y estable". Lo propiamente humano no sería, así, la capacidad de diferenciarse del animal sino la condición de vivir abrevando en él para transformarse y transformar el mundo que habita.

Las reflexiones de Foucault en torno a la subjetividad como proceso de autoconstitución y su idea de que la única manera de resistir la violencia disciplinadora de los biopoderes es a través del cuidado de sí, es decir, por medio de un cultivo de la existencia del ser humano en tanto animal viviente y creador, se enlazan con estas premisas nietzscheanas; la subjetivación es un movimiento continuo de apertura hacia la otredad animal. Esa apertura es una forma de cultivo de la creatividad, que es la condición de posibilidad de la cultura; por eso cultura y creatividad están, tanto en el pensamiento de Nietzsche como en el de Foucault, íntimamente vinculadas a la animalidad. La biopoética como disciplina de conocimiento asume, así, la perspectiva de una política de la cultura (Lemm), entendiendo que la vida humana es inseparable de las demás formas de vida y que de esa relación nacen todas sus potencias. En efecto, sin el antagonismo que se genera entre las diversas formas de vida, es imposible generar la propia. La política de la cultura es, en este sentido, una forma elemental de creación y resistencia.

El antagonismo es un núcleo crucial para comprender la función de la biopoética, que se plantea como propias las dos tareas fundamentales que Nietzsche le asigna a la cultura: por un lado, una tarea crítica, consistente en mostrar que los procesos de civilización —la racionalización, la moralización, el disciplinamiento, en fin, la humanización del ser humano— actúan por medio de técnicas violentas de extirpación o negación de la animalidad del ser humano. El objetivo es hacer visibles los mecanismos simbólicos y los procedimientos de representación mediante los cuales la vida es domesticada. Por otro lado, existe una tarea afirmativa o creadora, que consiste en generar formas de vida y de pensamiento que participen de la animalidad en lugar de desvincularlas de ella; que conecten pensamiento, conocimiento y creación con la animalidad. Desde el punto de vista de la biopoética, esta segunda tarea corresponde fundamentalmente a la literatura, mientras que la primera estaría reservada a la crítica literaria.

Una biopolítica de la interpretación tiene que revisar, en consecuencia, todo el sistema de convenciones que sostienen la relación entre escritor y texto, entre texto y lector, entre escritor y lector. Entendiendo no sólo que aquellos que escriben y leen son vivientes animales y, por tanto, su relación con los textos está atravesada por corrientes afectivas, libidinales e irracionales, sino también asumiendo que las creaciones no pueden seguir siendo sometidas de modo acrítico a valoraciones provenientes del corpus teórico de la estética o de la filosofía de cuño antropocéntrico, idealizadoras y amansadoras del sentido; que es necesario intervenir creando categorías y metodologías de análisis orientadas a destotalizar los regímenes de verdad institucionalizados por las culturas, y a retotalizarlos oponiéndolos a otras estrategias interpretativas. Estrategias biopoéticas que rechacen también los regímenes de explotación económica y simbólica de la biopolítica a través de una búsqueda sensible de lo que excede, lo que no se ajusta ya sea por múltiple o inacabado, en fin, de aquello que desafía el orden instituido de las palabras y las cosas. Se crearán, así, otras genealogías de la literatura y de sus relaciones con lo viviente que abrirán nuevos caminos.

La crítica literaria y el discurso de la especie

Durante siglos —digamos, para ser más rigurosos, hasta la difusión de los desarrollos de la teoría literaria promediando el siglo xx— la presencia de animales y de lo animal en la literatura fue leída en términos metafóricos o alegóricos, sin otra proyección crítica que la exégesis moral o la aplicación pedagógica. Esas interpretaciones se enmarcaban en un contexto más general de confianza en la capacidad del discurso literario para transmitir mensajes y actuar con ellos sobre la realidad —histórico-social, política, y también literaria: los géneros, las instituciones en las que estos se despliegan, los modos de transmisión—, fe que fue perdiendo adeptos con la ruptura provocada por la irrupción de las vanguardias y los primeros avances de la teoría —lingüística y psicoanalítica— en las primeras décadas del siglo xx y que alcanzó, como decíamos, un consenso más amplio hacia la década del sesenta del siglo pasado. En el ámbito de la literatura animal, el proceso es contemporáneo de esos cambios, pero tiene algunos rasgos específicos que atañen a la propia tradición y al desarrollo de nuevas disciplinas científicas, como la etología, la psicología comparada o la ecología. No me detendré aquí en la transformación de los modos de lectura de la zooliteratura, en cuyo acontecer tuvo una enorme influencia la escritura —y, por supuesto, las lecturas adheridas a ella— de Franz Kafka, a las que dediqué otros trabajos,[15] pero sí me interesa subrayar que para que el modelo del animal-metáfora cayera en desgracia fue decisivo que en el ámbito de la filosofía se llevara adelante un cuestionamiento de lo que Cary Wolfe ha llamado el "discurso de la especie" (2003a) y la consecuente apertura de un campo de reflexión en torno a lo viviente que generó diversas transformaciones conceptuales. Movimientos que dieron lugar a lecturas en las que se privilegia la exploración y el análisis de los procedimientos con los que las ficciones ponen imágenes y palabras a la continuidad que existe entre todas las formas de vida.[16]

Por eso la corriente filosófica posthumanista y la crítica literaria que dialoga con ella comparten un campo de preocupaciones y un objetivo común: mapear, a través de la recreación de imágenes y conceptos, las zonas de permeabilidad que horadan las particiones del mundo viviente, es decir, la taxonomía fundadora de las especies. Esas zonas de indecidibilidad están arraigadas en la estructuración misma del lenguaje, en la imposibilidad material de decir las diferencias de una vez y para siempre —allí las buscan la filosofía y la lingüística—, pero también participan del despliegue narrativo en las ficciones: cada vez que un relato se propone narrar una vida, se ponen en cuestión todas las fronteras imaginarias que la separan del resto de los vivientes; a la fuerza del imaginario especista se oponen los poderes disolutivos de la ambigüedad propia de toda figuración. Las narraciones son entendidas, así, como zonas de integración en las que el lenguaje opera sobre las percepciones de la vida de las especies. A través de procedimientos que ponen de manifiesto la indecidibilidad inherente a

---

[15] Véanse "Kafka y el ocaso de la metáfora animal. Notas sobre la voz narradora en 'Investigaciones de un perro'"; "Hablar el animal. Las performances kafkianas" y "Para una teoría literaria posthumanista. La crítica en la trama de debates sobre la cuestión animal", incluidos en mi libro *La letra salvaje. Ensayos sobre literatura y animalidad.*

[16] Véanse, a modo de ejemplo, los trabajos de Susan McHugh (2011), Ron Broglio (2011) y Steve Baker (2013).

la naturaleza retórica del lenguaje, las ficciones exploran las posibilidades de las formas de vida humana, extendiendo sus confines hasta hacerlos converger con formas de vida no humanas. Narración y ficcionalización pueden ser pensadas, desde el punto de vista de la interpretación biopoética, como máquinas que exponen procesos de subjetivación y desubjetivación, sometiendo a sus lectores a esos mismos procesos. Precisamente en esa función reside uno de los poderes más relevantes de intervención política —zoopolítica— de la literatura—; en cada lectura se pone en juego la integridad del sistema y, con él, de las leyes que lo rigen, ordenan y sostienen en el tiempo.

En diálogo con el discurso de la biopolítica —o tal vez sería más acertado decir, siguiendo a Salvo Vaccaro, de la zoopolítica—,[17] la crítica literaria parece haber comprendido que las ficciones son muy importantes a la hora de elaborar hipótesis y teorizar sobre la transformación conceptual que está aconteciendo, es decir, que no son ilustrativas de una u otra concepción filosófica de lo viviente sino que más bien pueden deconstruir los hábitos disciplinares a través de sus estrategias metonímicas (McHugh 2011, 218); estudiar cómo se elabora en cada caso el imaginario "humanimal", qué estrategias narrativas utilizan, qué tipos de narradores las implementan, y también de qué modo la crítica se enfrenta a ellas, con qué herramientas, apelando a qué tradiciones de pensamiento y mediante qué formas discursivas. Se trata, en fin, de bucear en las ficciones y en las lecturas críticas que las impregnan para rastrear la emergencia de aspectos inhumanos del lenguaje, del arte, de las formas sociales. Así será posible de formular, de modo colectivo y progresivo, una serie de conceptos que permitan esbozar una perspectiva biopoética —y, por qué no, zoopoética— de la literatura y de la crítica literaria. Una biopolítica y una zoopolítica de la interpretación que no sólo permitirán entender mejor cómo funciona el lenguaje literario, sino también conocer, oír, imaginar el lenguaje de otras formas de vida. Susan McHugh imagina una "etología narrativa" como efecto de un nuevo modo de comprender las relaciones entre las especies y de descubrir cuál es el aporte que la crítica literaria puede hacer al campo interdisciplinario de los *animal studies*. "Vale la pena preguntarse —dice— qué tipos de conocimiento podremos, como humanos, llegar a tener de otras especies." Y en esa pregunta resuena el interrogante sobre los métodos, las teorías y las disciplinas. No se trata ya sólo —aunque en ese terreno queda también mucho por investigar— de aproximarnos a los lenguajes de los animales, ni de cotejar y traducir sus hábitos y sus formas de vida al código moral humanista, sino de encontrar el lenguaje humano adecuado para hablar de (y a) la animalidad.

---

[17] "[L]a respuesta al interrogante ¿qué vida?, reflejado en el ambiguo binomio léxico zoé/bíos, puede articularse a través de un recorrido zoopolítico en cuyo horizonte se encuentra la desustantivación de la vida a través de una reelaboración de la zoé como lema ocasional del viviente" (Vaccaro 2010, 27).

Si los esbozos venideros de una historia del agenciamiento animal en la literatura muestran cómo tales autocuestionamientos se producen gracias al descubrimiento de qué sucede cuando dejamos de estudiar a los animales con una metodología establecida o con sistemas de valores predeterminados, para imaginarnos a nosotros mismos trabajando con (e incluso contra) la formulación de un nuevo campo discursivo que reúna complejas y diversas construcciones y métodos para estudiar a (y con) los animales, entonces la necesidad de una etología narrativa se muestra más evidente. Producciones más abarcadoras y análisis que sigan estos lineamientos pueden socavar los compromisos con las formas disciplinares de conocimiento, al tiempo que ofrecen el mejor argumento en favor de la relevancia de los sentimientos de animales, humanos y demás seres implicados en las relaciones de compañía interespecies (McHugh 2011, 23).[18]

Las narraciones de animales, las narraciones en las que los humanos experimentan con la propia animalidad y las lecturas que entienden esas narraciones como formas de conocer y de teorizar acerca de animalidad dicen mucho acerca de cómo los humanos nos contamos a nosotros mismos los secretos de nuestra vida animal y, sobre todo, hablan de ese resto, de ese exceso de vida que no se deja narrar y que, sin embargo, está presente en cada una de las ficciones. El "giro ético" producido en el ámbito de las humanidades —tal vez sería mejor decir de las posthumanidades— no es sino la voluntad de crear una biopolítica de la interpretación que explore las formas de vida que emergen en las narraciones y la huella que estas pueden imprimir sobre las modalidades de regulación y manipulación de la vida en nuestras sociedades. El relato de la vida-exceso, en contraposición a la vida cosificada y objeto de consumo, puede ser una forma potente de intervención en la contienda contra el humanismo. Una contienda en la que, por cierto, están en juego una infinidad de vidas y cuyo blanco es, precisamente, el discurso de la especie. Domesticador, moralizante, reductor de sentido, reproduce la ideología de la desigualdad no importa el campo al que se aplique; ya se trate del mundo natural, de las relaciones hombre-animal, de los vínculos entre las diversas sociedades humanas o los que se establecen al interior de estas, el discurso de la especie aparece allí con su talante científico para justificar el dominio, la explotación e incluso el exterminio. Como la metáfora es su procedimiento fundamental, sólo puede ser enfrentado mediante estrategias metonímicas; si la metáfora tiende a la conservación del sentido (el ritual, el mito), la metonimia como forma de progresión no regulada habilita el cambio, el devenir, la progresión.[19] Las narraciones son,

---

[18] La traducción es mía.

[19] "¿No hay que admitir que el mito como marco de clasificación no es muy capaz de registrar esos devenires, que son más bien como fragmentos de un cuento? ¿No hay que dar crédito a la hipótesis de Duvignaud según la cual las sociedades están atravesadas por fenómenos 'anómicos', que no son degradaciones del orden mítico, sino dinamismos

por esa razón, el lugar donde puede tomar forma un discurso de la interespecie, es decir, el de un saber acerca de las relaciones entre las formas de vida que no parte de la segmentación sino de la continuidad y la integración.

Uno de los aportes más importantes que el pensamiento de Foucault puede hacer hoy al discurso de la crítica literaria es el cuestionamiento de los fundamentos estéticos que sostienen la "dignidad" del objeto literario —anclada, claro está, en una teoría de la subjetividad—, lo cual no implica en modo alguno su desaparición, sino una reelaboración desde la perspectiva de los procesos vitales de subjetivación. En los últimos años de su vida, después de hacer un análisis pormenorizado de los dispositivos de poder, Foucault se abocó a redefinir los biopoderes para crear un espacio de resistencia activa: "donde la vida es presa de los procedimientos de gestión y control, explotación y captación, puede, al contrario, afirmar lo que ningún poder poseerá jamás: su propia potencia de creación" (Revel 2009, 133). La oposición entre poder y potencia —que, como observa Revel, no es explicitada en la obra de Foucault pero sí en la de Deleuze de esos mismos años— tiene su testimonio, pese a todo, en el valor que el pensador les dio a las nociones de creación y de invención: "Mientras que el poder se aplica a la vida, la vida, por su parte, innova; mientras que el poder sujeta la vida, esta resiste mediante una estrategia que es a la vez ontológica y política: una creación, un incremento de ser". La posibilidad de "hacer de la propia vida una obra de arte" —vale decir, alimentar una relación consigo mismo que propicie la invención de nuevas formas de vida en la sociedad, el arte, la cultura— tiene para la crítica un valor programático. Ojalá sea posible encontrar en los textos literarios y en las lecturas a ellos adheridas las huellas de aquellos movimientos creadores. De esos hallazgos nacerán y se recrearán conceptos que alimentarán nuestras biopolíticas de la interpretación, y las mantendrá vivas.

---

irreductibles que trazan líneas de fuga, e implican otras formas de expresión que las del mito, incluso si este las repite por su cuenta para detenerlas?" (Deleuze & Guattari 1988a, 244). (Deleuze y Guattari se refieren al libro *L'Anomie, hérésie et subversion* de Jean Duvignaud.)

CAPÍTULO III

Breve estado de la cuestión animal

"El conocimiento por el conocimiento" —esa es la última trampa que la moral tiende: de ese modo volvemos a enredarnos completamente en ella.
FRIEDRICH NIETZSCHE. *Más allá del bien y del mal*, IV, 64

Posthumanidades

Desde 2007 se viene publicando con regularidad en la editorial de la Universidad de Minnesota una colección de ensayos sobre lo que en los últimos años la crítica posthumanista ha circunscrito como "la cuestión animal": un espacio interdisciplinario centrado fundamentalmente en los intercambios que las diversas disciplinas científicas y artísticas realizan con la filosofía de cuño posthumanista, desde —para situar este movimiento en una tradición más amplia— el giro nietzscheano hasta nuestros días, atravesando, de modo ineludible, el caudaloso río del pensamiento francés de la segunda mitad del siglo XX, así como también la producción más reciente en el campo de la biopolítica, especialmente en el ámbito de la filosofía italiana.

Cary Wolfe, uno de los referentes actuales más importantes del posthumanismo en el mundo anglosajón, es el editor de la serie. El nombre que eligió para la colección, "Posthumanities" (posthumanidades), condensa los dos sentidos en que se mueve actualmente el trabajo crítico en torno del problema de la animalidad. Por un lado, se puede entender la "posthumanidad" como un tiempo y un espacio en el que se produce y se pone a prueba un conjunto de conceptos para intentar aprehender los devastadores efectos de la crisis del humanismo como horizonte discursivo de pensamiento; no sólo los que tuvo sobre el corpus de la filosofía, sino también sobre los desarrollos de los saberes

Cómo citar este capítulo:
Yelin, J. 2020. *Biopoéticas para las biopolíticas. El pensamiento literario latinoamericano ante la cuestión animal.* Pp. 27-38. Pittsburgh, Estados Unidos: Latin America Research Commons. DOI: https://10.25154/book4. Licencia: CC BY-NC 4.0.

políticos, estéticos, científicos. O, en otras palabras, como un proceso histórico en el que el descentramiento de lo humano —a causa, fundamentalmente, de los avances tecnocientíficos y del estrepitoso fracaso del capitalismo— es cada vez más difícil de ignorar. Un estado de cosas, en definitiva, en el que el humanismo puede ser percibido como un paradigma históricamente datado y no como nuestro natural modo de pensar. En este contexto, las humanidades experimentan importantes transformaciones e incluso, como afirma el propio Wolfe en su artículo "'Animal Studies,' Disciplinarity, and the (Post)humanities", se convierten en campos de saber —también en instituciones, en universidades— que parecen tener escaso valor y ser poco solicitados en el mundo actual. Una de las tareas que podría contribuir a resignificar el rol de estas disciplinas de conocimiento en nuestras sociedades —y, por tanto, a darles un nuevo impulso, a desplazarlas de una función meramente conservadora— sería, pues, la de crear progresiva y colectivamente un nuevo diccionario, o al menos una serie de nuevas entradas superadoras de las gastadas conceptualizaciones esencialistas, moralistas, dicotómicas —animal/humano, cuerpo/alma, razón/instinto, civilización/cultura y sus numerosas derivaciones— que han ordenado durante siglos nuestro pensamiento acerca de la vida.

En función de lo expuesto, y en segundo lugar, la noción de "posthumanidades" se identificaría con la búsqueda de nuevas prácticas críticas —tanto artísticas como intelectuales—, esto es, formas de diálogo transdisciplinar que no se limiten a compartir perspectivas o métodos, lo cual suele dar resultados bastante empobrecedores, sino que pongan en cuestión los límites que separan un campo de otro, que interroguen, desde la práctica específica, los fundamentos de dicha especificidad. Esta búsqueda, que es connatural al pensamiento posthumanista, se apoya en la hipótesis de que esos límites establecidos *a priori* suelen estar vinculados, en la mayoría de los casos, a una concepción compartimentada y jerárquica del conocimiento. Un prejuicio enraizado en el pensamiento moderno, en su afán de fortalecer la distinción entre lo humano y lo animal por medio de la postulación de la supremacía absoluta de la racionalidad. Esto no significa, como aclara con cautela Wolfe, que deberíamos abandonar nuestros protocolos críticos para conformar una suerte de megacampo interdisciplinar llamado "estudios animales"; por el contrario, se trataría de reconocer que es sólo en y a través de nuestra especificidad disciplinar que podemos realizar una contribución específica a esa gran "cuestión animal" (Wolfe 2010, 115). Dotarla de nuevos sentidos, convertirla en una perspectiva que dialogue con otras a fin de hacer emerger —como sugiere el epígrafe que encabeza estas páginas— nuevas morales del conocimiento.

En este sentido, añade Wolfe, la transdisciplinariedad podría ser entendida como una red de disciplinas que, haciendo lo que cada una sabe hacer, pongan en cuestión —y sean cuestionadas por— otras formaciones disciplinares. Un buen ejemplo podría ser el de los estudios literarios: estos tienen un importante rol que jugar si se orientan a mostrar cómo las teorías del lenguaje han descansado mayormente en la ciencia cognitiva, y cómo esa teoría ha estado tradicionalmente ligada a los problemas de la conciencia y el conocimiento, utilizando como presupuesto una idea cartesiana de subjetividad que ella misma procura superar a través de su modo de análisis funcional (Wolfe 2010, 116).[20] Al reconsiderar los presupuestos de un saber tan próximo como el de la lingüística, la crítica literaria vendría a mostrar y analizar la ideología que opera pese a sus propias prevenciones. Sus desarrollos redundarían, así, en una revisión de los usos que ella misma hace de las teorías acerca del lenguaje y, de ese modo, en una transformación no del objeto del vínculo —en este caso, el lenguaje literario— sino de las formas concretas en que este se constituye, así como también de sus efectos sobre la producción de conocimiento. La crítica, pues, no sólo debería preguntarse una y otra vez ¿qué es y cómo funciona el lenguaje? —pregunta que trae consigo, de modo ineludible, otras como ¿qué es la subjetividad o lo subjetivo?, ¿qué es la conciencia? o ¿qué significa conocer?— sino también, en términos más generales, se vería impelida a indagar de qué modo se constituye la relación entre los problemas epistemológicos y las cuestiones ontológicas que forman parte de su campo de preocupaciones.

Consecuentemente con esta visión de las cosas, en la presentación general de "Posthumanities", Wolfe pone el énfasis en la voluntad de crear nuevas relaciones entre saberes que no se limiten a reproducir las retóricas y los métodos del conocimiento disciplinar, sino que promuevan un replanteamiento de las formas académicas —teóricas, metodológicas, éticas— de producir pensamiento crítico. Este propósito se apoya en la percepción de que la pregunta por lo humano desbordó el estrecho marco al que la había confinado la filosofía moderna, al volcarse al más vasto y complejo ámbito de lo viviente. Dicha ampliación de los límites de su objeto va acompañada de una reformulación que tendrá, por supuesto, significativas consecuencias éticas: si el hombre no es ya la única criatura a glorificar y proteger, si después de siglos de ensayos y errores es posible concluir que el humanismo fue, como mínimo, una forma de justificar la indiferencia y la crueldad hacia todo lo que vive —incluyendo, evidentemente, a todos aquellos seres humanos excluidos de esa categoría por no ajustarse a los patrones fijados por el pensamiento hegemónico—, entonces es necesario revisar desde el principio nuestra forma de pensar y de pensarnos.

¿Será necesario seguir preservando una "propiedad" de lo humano, o las humanidades deberán afrontar este nuevo desafío de pensar en un hombre des-apropiado, con confines difusos, no fácilmente identificables? Tal vez la acep-tación de esos umbrales menos claros permita imaginar, como apunta Mónica Cragnolini, "otro modo de ser humano", en otro vínculo con la comunidad de lo viviente. Si ser hombre ha significado "ser dueño, señor y propietario" de todo lo demás —de lo no humano pero también de otros humanos— tal vez

---

[20] Wolfe hace referencia, concretamente, al trabajo de Daniel Dennett, al que dedica buena parte del capítulo II ("Language, Representation, and Species. Cognitive Science versus Deconstruction") de *What is Posthumanism?* (2010).

haya llegado el tiempo en que, a través de la deconstrucción de la noción de "hombre" y de "humanidades", podamos considerar otro modo de ser-en-el-mundo (Cragnolini 2014a, 14).

Si se acepta que el concepto de "hombre" se ha transformado o está en vías de transformación, entonces nuestras concepciones acerca de la historia y la cultura, y sobre los modos de conocerlas, deben también ser sometidos a una revisión. Se podría decir que Wolfe ha concebido la colección a partir de esta premisa general, y lo ha hecho con gran coherencia; los fundamentos han sido desarrollados en profundidad en su libro *What is posthumanism?* (2010). En efecto, si uno se interna en los textos que integran el catálogo de "Posthumanities" a partir de la lectura del libro señero de Wolfe, la unidad se hace aún más evidente. Y, sin embargo, dicha unidad no impide que los temas transitados en los diversos ensayos sean muy variados: de la ciencia genética y sus usos ideológicos[21] a las aportaciones de la ecología clásica —se rescata, por ejemplo, un libro de quien fue considerado el fundador de esta disciplina, Jakob von Uexküll—[22] y contemporánea,[23] de la biotecnología a la cibernética,[24] pasando, por supuesto, por las diversas áreas de las ciencias sociales y humanas: la filosofía, la epistemología, la filosofía política, la antropología, la sociología, el derecho, la biopolítica, las artes en sus diversas manifestaciones.

En las páginas que siguen me propongo analizar con mayor detenimiento algunas líneas abiertas por dos volúmenes dedicados a las artes visuales, aunque siempre a partir del horizonte o enfoque global que plantea la colección. Creo que este recorrido es necesario por cuanto las experiencias artísticas están llamadas a realizar una contribución crucial al campo de los estudios animales. Aporte que dependerá en gran medida del interés de artistas y críticos por revisar sus presupuestos y sus prácticas a la luz de los diálogos que puedan establecer con las corrientes de pensamiento posthumanista. Me interesará especialmente, en este sentido, indagar qué caminos ha tomado la crítica de los últimos años para teorizar acerca de las vinculaciones entre el pensamiento, la percepción y la representación —o antirrepresentación— del animal.

---

[21] Judith Roof: *The Poetics of DNA*.
[22] *A Foray into the Worlds of Animals and Humans*, with *A Theory of Meaning*.
[23] Mick Smith: *Against Ecological Sovereignty. Ethics, Biopolitics and Saving the Natural World*. Timothy Morton: *Hyperobjects. Philosophy and Ecology after the End of the World*.
[24] Entre otros, Jussi Parikka: *Insect Media. An Archaeology of Animals and Technology*; Thierry Bardini: *Junkware*; David Cecchetto: *Humanesis. Sound and Technological Posthumanism*.

Superficial

> *"Epidermicidad".* — Todos los hombres de profundidad gozan de su felicidad
> en eso de parecerse por una vez a los peces voladores y en jugar en las últi-
> mas crestas de las olas; lo que más aprecian en las cosas — es que tienen una
> superficie: su epidermicidad — *sit venia verbo.*
>
> FRIEDRICH NIETZSCHE. La gaya ciencia.

El libro *Surface Encounters. Thinking with Animals and Art* de Ron Broglio
(2011) abre con una serie de preguntas que nos introducen rápidamente en el
problema medular de la relación entre pensamiento, percepción y representación del animal, y lo más interesante es que lo hace "deshumanizando" las
preguntas, es decir, situándolas en la esfera de la vida animal:

> ¿Qué es una fenomenología animal? ¿Cómo es ser un animal? [...] Tra-
> dicionalmente, la fenomenología se interesa por cómo los hombres se
> insertan en el mundo —un mundo de cosas materiales, significados
> culturales e interacción fisiológica. Por definición, la fenomenología es
> decididamente antropocéntrica; está interesada en cómo se mueven los
> humanos en el mundo tal y como lo percibimos. Hay buenas razones
> para esta inclinación. Después de todo, el mundo humano es lo que
> mejor conocemos, y la indagación del mundo animal es bastante espi-
> nosa (Broglio 2011, XV).

Las inquietudes en torno de las particularidades de la perspectiva animal,
de eso que Broglio llama "fenomenología animal", fueron y siguen siendo, en
efecto, motores para la ciencia, la filosofía y las artes en general. Desde estos
tres campos de exploración y creación se han formulado hipótesis de trabajo
que tienen la curiosa particularidad de no poder ser falsadas. Son, en cierto
modo, un atentado contra todo esfuerzo metodológico; y, al mismo tiempo, en
esa fatalidad reside su mayor potencia, su fuerza inagotable de interrogación:
sabemos que no es posible acceder al animal en tanto tal, que sólo contamos
con indicios obtenidos, por un lado, a través nuestra relación directa con ellos
—que es siempre un juego de acercamiento y distanciamiento, de identificación y extrañeza— y, por otro, gracias a nuestra propia vivencia como animales
humanos. Pero en ambos casos ese saber acerca del animal no es más que un
simulacro, un "como si" que nos permite habitar un mundo compartido. Lo
cierto es que no sabemos muy bien qué significa ser un animal humano ni qué
significa ser un animal no humano —o, mejor, qué significa ser esa multiplicidad que compone el mundo animal no humano—, es decir, estar en el mundo
como están los animales, sentir la vida como ellos la sienten. Por eso, de haber
algún modo de aproximarnos a esa realidad, este tiene que estar necesariamente
vinculado con la imaginación; si es que existe algo así como una "fenomenología animal", ella debe descansar en una actividad creadora, transformadora del

pensamiento, capaz de acceder a realidades y sensibilidades que excedan los límites de la especulación racional. No puedo saber cómo es ser un animal pero posiblemente pueda imaginarlo; no tengo acceso a la interioridad del animal pero sí a su piel.

Broglio aborda estos desplazamientos a partir de una reevaluación del uso convencional —se podría decir moral— de la noción de superficie. Argumenta que tradicionalmente los animales han sido considerados como seres con facultades limitadas, y que esas limitaciones eran por lo general entendidas en términos de superficialidad: los animales no sólo son superficiales en sí mismos —no tienen eso que, según el contexto, se ha llamado "espíritu", "alma", "vida interior" o "intimidad"— sino que, como consecuencia natural de ese modo de ser, apenas tienen acceso a la superficie de las cosas. "Las superficies son entendidas como apariencias fugaces, meras sombras carentes de la sustancialidad que se halla en lo 'profundo' de la interioridad humana" (2011, XVI). La idea de profundidad suele estar asociada, en el marco de los discursos humanistas, a aquello que es elevado: el bien, la verdad, la unidad, la identidad, etcétera, en tanto la de superficie se liga más bien a lo considerado como bajo: el cuerpo, los instintos, la multiplicidad, la no-identidad. Por eso Broglio propone —y tal vez este sea su hallazgo crítico más importante— reinterpretar, dar vuelta esa idea de "superficie animal" de modo de volverla una noción operativa al tiempo que un contra-valor crítico, tal como proponía Nietzsche cuando abogaba por un pensamiento que se quedara valientemente en la superficie, "en el repliegue, en la epidermis", que adorara la apariencia y creyera en las formas, los sonidos, las palabras, "en todo el Olimpo de la apariencia" (2001, 36). Siguiendo esa estela de pensamiento, Broglio considera que "la superficie puede ser un lugar de compromiso productivo con el mundo de los animales" (2011, XVII).

Pero ¿cómo se pueden producir esos encuentros? ¿Cómo hacer para pensar lo impensado escapando de las constricciones del pensamiento tal y como ha sido constituido durante siglos? Las artes plásticas contemporáneas, con su minuciosa exploración de las superficies —ya sea que trabajen con papel, tela, papel fotográfico, pantalla de proyección o directamente con las pieles, es decir, con las superficies de los cuerpos en el arte performático—, vienen cumpliendo una labor destacable. Cuando un artista imagina y representa algún tipo de encuentro con una vida animal, reordena de algún modo todo lo que creemos saber sobre la animalidad; por eso Broglio entiende que esas exploraciones tienen como efecto la creación de un lenguaje que permite aproximaciones heterogéneas a territorios inhumanos, a formas diversas de pensar al otro. Esos acercamientos son inevitablemente experimentales y contemplan la participación del cuerpo, de su materialidad, su sensibilidad: las superficies deben entrar en contacto para que la percepción pueda trascender el camino recto del concepto. Pero para que haya un verdadero contacto es necesario que la percepción se encuentre con la imaginación, que se ponga en acto una suerte de percepción imaginativa o imaginación perceptiva. Que el animal haga, de algún modo, mundo en nosotros.

Entra en juego aquí, como apunté más arriba, una nueva ética de la relación hombre-animal que supone la impugnación de la violencia y el consumo que normalmente rigen nuestros encuentros con ese mundo. Como contrapartida, Broglio propugna una revisión que, además de ética, es ontológica: "Asumir y tomar en serio que hay otros seres con otros mundos y formas de ser en la tierra quiere decir reevaluar el humanismo y qué significa ser humano" (2011, XVIII). Esa reevaluación tomará como herramienta fundamental la noción de hibridez, es decir, la premisa de que el hombre es a la vez animal y humano, de que ambas naturalezas conviven en él. Este deslizamiento conceptual cambia de modo sustantivo la ecuación a la hora de pensar la relación del hombre con los animales no humanos: "El afuera —superficies ajenas a las 'profundidades' de la interioridad humana— abre el humanismo generando inflexiones en sus límites" (2011, XIX).

De esas inflexiones, que son signo de pluralidad —la tesis derrideana de que no hay una sola línea que separa el ámbito humano del ámbito animal, sino que existen múltiples fronteras, que además son móviles y están sujetas a las tensiones propias de toda categoría política (Derrida 2008, 65)—, se ocupan las lecturas que el crítico hace de un conjunto de obras registradas en video o en fotografías. Obras efímeras, fragmentos de acontecimientos en los que los animales son a un tiempo creación y creadores y en los que los artistas o actores involucrados se someten una y otra vez a la prueba de las superficies, deviniendo ellos mismos una serie infinita de superficies en contacto. Este es tal vez el aspecto más interesante y estimulante del trabajo de las artes visuales, y el que puede abrir caminos para otras formas creadoras de pensamiento, como la escritura literaria: la idea de que en el encuentro entre hombre y animal puede emerger el animal humano. Esa zona que no está, como suele creerse, encapsulada dentro del hombre, sino que se inscribe precisamente en lo más exterior, lo más aparente, en la superficie. Es allí, en esa frontera, donde se puede producir un intercambio que se traduce en una forma de conocimiento. "El arte trae algo de ese límite, de ese horizonte de lo incognoscible; testimonia esos encuentros sin recaer en un lenguaje que asimile o trivialice el mundo del animal; ofrece, en cambio, un asombro contagioso frente a ese mundo desde la otra vereda del conocimiento humano" (Broglio 2011, XXIII).

Esa "otra vereda" es, ciertamente, la de lo imaginario. Broglio la caracteriza como una forma de conocimiento que no puede ser reducida al lenguaje de los saberes humanos —digamos, por caso, la neurobiología zoológica o la ciencia del comportamiento animal— sin que se distorsione el acontecimiento. Se trata, más bien, de entender que en la zona de encuentro entre hombre y animal lo que tiene lugar es un contacto sin contacto, una relación que es en realidad una no-relación, una comunicación cuyo lenguaje habría sido borrado. El lenguaje artístico podría ser entendido, entonces, como la huella de ese borramiento, y la labor del crítico como la tarea de, primero, rastrear en esas huellas algún destello de lo ocurrido y, luego, buscar —y, en el mejor de los casos, inventar— las palabras adecuadas para no aplanarla por completo, para dejar que algo, por ínfimo que sea, sobreviva y testimonie ese acontecimiento. En cada uno de los capítulos del libro Broglio analiza las diversas "entradas" al mundo animal que los artistas —entre ellos, por nombrar solo a algunos, Damien Hirst, Marcus Coates y Matthew Barney— pergeñan, tratando de focalizar la atención en los intercambios que se producen entre las prácticas estéticas y el pensamiento conceptual: cómo el arte invoca determinados conceptos y cómo esos conceptos permiten profundizar nuestro conocimiento del arte, exponiendo, al mismo tiempo, las formas en que esas obras muestran al mundo animal como una laguna del conocimiento humano. "El arte revela la incapacidad para articular el mundo del animal; el arte impone un límite, una ceguera a nuestra visión, y al mismo tiempo nos ofrece una zona biotópica palpable de interacción en la que los límites de ambos mundos se tensionan" (Broglio 2011, XXVI). Se verá a continuación cómo otro crítico analiza con lucidez la productividad de esta relación entre visión y ceguera, juego de opuestos con el que Paul de Man caracterizó la posición de la crítica literaria, de sus retóricas, frente a su objeto de estudio.[25] Es interesante que sea precisamente en torno de estos puntos sensibles, de esas zonas de indecidibilidad en las que el análisis formal encuentra su límite, que los caminos de las diversas disciplinas críticas se entrecruzan.

Artistas, médicos, filósofos

Artist/Animal (2013), de Steve Baker, se abre con dos epígrafes: el primero pertenece al artista plástico Jim Dine, uno de los padres estadounidenses del *happening*, y el segundo a Friedrich Nietzsche: "[…] ser bueno en el no saber, ¡como los artistas!". La cita ha sido extraída del prólogo a la segunda edición de *La gaya ciencia* (*La ciencia jovial* en otras traducciones), de 1886, un texto autorreferencial en el que Nietzsche analiza su estado anímico y su disposición al pensamiento después de haber atravesado una larga enfermedad. El ánimo con el que vuelve al ruedo de la filosofía es, dice, el de quien ha atravesado el "gran dolor", ese dolor "largo y lento que se toma todo el tiempo", que es un dolor total, físico y espiritual al mismo tiempo. Esa penosa experiencia le permite ver la realidad, el mundo que lo rodea, con unos ojos nuevos y una sensibilidad revitalizada: "uno vuelve renacido, con una piel nueva, más quisquilloso, más malicioso, con un gusto más sutil de la alegría, con un paladar más fino para todas las cosas buenas, con sentidos más agradables, con una segunda y más peligrosa inocencia de la alegría, al mismo tiempo más infantil y cien veces más refinado, que nunca hubiere sido" (2001, 34). Nietzsche vuelve a filosofar más atento al estado y al sentido de su cuerpo, y a la relación que ese estado tiene con el discurrir de su pensamiento. Es una conexión que le demanda a la filosofía futura nuevos objetivos, sobre todo, la misión de eludir las "audaces

---

[25] Véase, en especial, "La resistencia a la teoría".

extravagancias" del pensamiento metafísico, muy en especial sus respuestas a la pregunta por el valor de la existencia y, por supuesto, la arbitraria distinción entre cuerpo y mente. La metafísica, argumenta, aunque carece de fundamentos científicos valederos, brinda a los discursos de la historia y de la psicología, esenciales para entender la realidad humana, ciertas sugestiones que toman la forma de síntomas corporales. "El disfraz inconsciente de necesidades fisiológicas bajo el manto de lo objetivo, lo ideal, lo puramente espiritual se practica en una escala aterradora y muchas veces me he preguntado si la filosofía en términos generales no ha sido mera interpretación del cuerpo y un malentendido del cuerpo" (Nietzsche 2001, 32).

Por eso Nietzsche aboga por la existencia de un médico filósofo que se dedique a desentrañar ese malentendido y a pensar el problema de la salud de la humanidad en todas sus dimensiones. Alguien, dice, que tenga el valor de llevar su sospecha hasta el límite, sosteniendo que la filosofía no se ocupa —y no se ha ocupado nunca— de la verdad, sino de algo bien diferente, "digamos, de salud, porvenir, crecimiento, poder, vida…" (2001, 32). Ya no se puede seguir sosteniendo el valor juvenil de la verdad; la presencia de la enfermedad, que es la única forma que tienen los hombres de entrar en contacto con la propia finitud y, por tanto, con la vida, ha dejado huellas decisivas: "somos demasiado experimentados, demasiado serios, demasiado alegres, demasiado astutos, demasiado profundos… Ya no creemos que la verdad continúa siendo verdad si se le arranca el velo; hemos vivido lo suficiente para no creer más en eso" (2001, 35). Esta digresión permite comprender mejor qué entiende Nietzsche cuando se refiere a un reencuentro saludable con el pensamiento. La virtud de ser buenos en el no saber que detentan los artistas, su perplejidad ante la vida, ante la indisoluble ligazón de cuerpo y alma, su vindicación del olvido como forma ineludible del recuerdo y, por tanto, del conocimiento, la aceptación de los límites de la presencia y del entendimiento, son consideradas por el filósofo como parte esencial de la búsqueda de una filosofía de madurez, libre de las mistificaciones de la metafísica.

En esa línea de pensamiento se inscribe el trabajo de Steve Baker, un referente insoslayable de la cuestión animal en el campo de las artes visuales contemporáneas. No sólo porque sus análisis tienen a los cuerpos —los de los artistas y los de los animales— como protagonistas, sino también porque manifiestan una voluntad explícita de sustraer las prácticas artísticas del terreno del debate moral. En efecto, *Artist/Animal* (2013) se inicia con una consideración acerca de algunos lugares comunes de la crítica de arte, tanto de aquellos que discuten una cierta falta de ética en la utilización inescrupulosa de los animales o de sus imágenes en las obras, como de quienes, en el otro extremo, consideran que el arte contemporáneo es el último bastión del pensamiento radical, y por tanto no debe ser sometido a ninguna regulación exógena.

Baker se desprende de ambas perspectivas, que son, en efecto, eminentemente morales: ya se crea que el arte es malo porque mediante la representación afecta de diversas maneras la imagen que tenemos de los hombres y de los animales;

ya que el arte es bueno porque es la única forma que nos queda de llevar el pensamiento al límite de sus posibilidades. *Artist/Animal* intenta al menos —se sabe que es imposible crear una perspectiva completamente extramoral, que todo lenguaje al enunciarse supone, se quiera o no, una serie de valoraciones— pensarlo en otros términos, entendiendo a las prácticas artísticas como condición de posibilidad para la creación de nuevas perspectivas. En palabras del propio Baker: "[el arte] tiene el potencial de ofrecer una forma diferente de enmarcar los problemas; no es que produzca un acercamiento más radical, abierto, curioso o inventivo que el pensamiento que uno puede hallar en otras disciplinas, sino simplemente emplea herramientas diferentes" (2013, 2).

Esas herramientas son, fundamentalmente, los cuerpos o, para decirlo con mayor precisión, la dimensión material de cuerpos que, librados de su pesada carga simbólica, pueden ser sensibles a formas alternativas de conocimiento. Desde esta perspectiva, Baker procura entender la relación crítica con los materiales artísticos —y también la relación de los artistas con su materia— a partir de la noción de "confianza": es necesario creer en el vínculo que estos establecen con los animales con los que trabajan, estén vivos o muertos, porque hay allí una productiva combinación de saber y no saber, de norma y transgresión, que da como resultado esa forma de conocimiento que llamamos creatividad. Baker utiliza la noción de creatividad definida por Wendy Wheeler como un estado de receptividad preparada. Es una definición operativa para entender la doble vertiente activa-pasiva que suponen este tipo de prácticas, muy en sintonía con la forma en que Nietzsche aborda el problema de la relación entre arte y moral, entre libertad y coacción:

> Todo artista sabe que su estado "más natural", esto es, su libertad para ordenar, establecer, disponer, configurar en los instantes de "inspiración", está muy lejos del sentimiento del dejarse-ir —y que justo en tales instantes él obedece de modo muy riguroso y sutil a mil leyes diferentes, las cuales se burlan de toda formulación realizada mediante conceptos, basándose para ello cabalmente en su dureza y en su precisión (comparado con éstas, incluso el concepto más estable tiene algo de fluctuante, multiforme, equívoco)— (Nietzsche 2005, 127).

En esa tensión entre las formas establecidas de aprehender nuestra relación con el mundo animal y los movimientos que generan las experiencias de los artistas —desde los autorretratos fotográficos de Mary Britton Clouse hasta los dibujos hechos por ratas registrados por Lucy Kimbell— se juega, según Baker, lo más interesante de las contribuciones del arte contemporáneo a la llamada cuestión animal. Para entenderlas es condición, dice, que esas prácticas —aún fallidas y provisorias— sean tomadas en serio. "En serio" no significa aquí de ninguna manera —como podrá deducirse, estando tan presente el pensamiento de Nietzsche— con espíritu científico ni partiendo de prejuicios morales. Imponer juicios a priori antes de atender a las prácticas artísticas efectivas sería, ciertamente, una forma de no tomarlas en serio (2013, 3) a la vez que un modo de desestimar el potencial creador de la relación hombre-animal.

La pregunta que Baker identifica en el origen de los argumentos desplegados en el libro es, a grandes rasgos, la siguiente: ¿qué sucede cuando artista y animal se encuentran en el contexto del arte contemporáneo? ¿Qué efectos, qué transformaciones, qué intensificaciones se producen? De los análisis de las diversas experiencias que constituyen el corpus estudiado se desprende que es imposible esquematizar los resultados en tanto cada artista y cada obra solicitan la recreación de las herramientas críticas y, aún más, colaboran en su elaboración. Baker logra, sin embargo, conceptualizar cuatro características recurrentes que podrían definir, de modo general, esa zona del arte contemporáneo abocada a la percepción humana actual de la vida animal. Una vida que, subraya, ya no se reduce a "meros símbolos o metáforas de aspectos de la llamada condición humana", sino que reúne a "criaturas que comparten activamente el mundo más-que-humano con los hombres", seres que existen de forma autónoma, múltiple y diversa, y que merecen un tratamiento acorde a esa complejidad (2013, 3-4).

Las preocupaciones compartidas por los artistas que le interesan a Baker son, en primer lugar, como se señaló, la materialidad de los cuerpos: la presencia física de cuerpos vivos, humanos y/o animales y una atención especial a sus superficies, intensificadas por medio de las distorsiones realizadas por el artista. En segundo lugar, un interés por la experiencia inmediata y directa más que por su mera descripción o representación; por eso son numerosas las obras performáticas, las instalaciones con animales o los ensayos de laboratorio. En tercer lugar, una atención cuidadosa a los aspectos formales de las obras, que pese a su carácter espontáneo o efímero suelen estar rigurosamente planificadas y concebidas —un arte, como pedía Nietzsche, vital al tiempo que "divinamente artificioso" (2001, 35)—. Y, por último, la voluntad de orientarse hacia una perspectiva extramoral, sin importar, como ya se dijo, cuán exitosa pueda llegar a ser. Esto significa, en términos nietzscheanos, y para ligar una vez más la dimensión estética con la epistemológica, procurar "el deleite de la X" (2001, 34), que en Baker es, por supuesto, el deleite del animal y que implica una valoración —cómo escapar de ella— de la praxis, una concepción del conocimiento como práctica y no como representación. Para esta concepción pragmática que es, en definitiva, una epistemología antirrepresentacional, el conocimiento no representa el mundo sino que hace posible modos diversos de estar y de actuar en él (Baker 2013, 237).

Entender el conocimiento como práctica implica, ciertamente, una potenciación de las contribuciones que las experiencias artísticas pueden realizar al pensamiento crítico que intenta aprehenderlas. En ese sentido se orientan, dentro del campo de los estudios animales, los aportes que podrían realizar categorías como "superficie" —en tanto inversión de algunas de las valoraciones fundamentales de los discursos humanistas— y "fenomenología animal". Ambas propugnan la fusión de pensamiento e imaginación como forma privilegiada de aprendizaje y la búsqueda de una epistemología que contemple formas no representacionales de aproximación a lo real. Gracias a las experiencias de algunos artistas visuales, los críticos que hemos tomado como objeto de estos comentarios se detienen a reflexionar sobre el valor del cuerpo y de la materia en el conocimiento de los otros no humanos, así como también sobre el tipo de pensamiento que esos diálogos producen. Una tarea que podría transformar radicalmente no sólo el campo de los estudios animales sino también algunos aspectos resistentes de las disciplinas aún llamadas humanísticas. Entre muchos otros desafíos, queda pendiente el de revisar dichos cambios a la luz de experiencias creadoras de otro tipo, como el teatro, la danza y, sobre todo —por su compleja relación con la materia verbal—, la literatura. La crítica literaria podría tener también, así, la ocasión de convertirse en una ciencia jovial.

CAPÍTULO IV

Sobre la literatura de animales

¡Y cuán lejos estamos todavía del estado en que vengan a agregarse al pensamiento científico las fuerzas artísticas y la sabiduría práctica de la vida y se establezca un sistema orgánico superior frente al cual el erudito, el médico, el artista y el legislador, tal como ahora los conocemos, aparecerán como unas pobres antiguallas!

FRIEDRICH NIETZSCHE. *La gaya ciencia.* III, 113.

Resistencias

Quisiera en estas páginas revisar algunas ideas que organizan actualmente el campo de los llamados "estudios animales" para luego, a partir de esos lineamientos de carácter más bien general, centrar el foco en el discurso de la crítica literaria que, creo, se encuentra en un momento de reconfiguración muy productivo. Me propongo, en otras palabras, delinear un mapa de intereses y presupuestos compartidos por algunas de las disciplinas que conforman el ámbito de las humanidades y analizar, como se anuncia en el título, su función en la definición y abordaje de lo que provisoriamente llamaré "literatura *de* animales". "De" y no "sobre" animales; quiero decir que no me refiero, como podría inferirse, a las escrituras ficcionales en las que se figuran animales —comúnmente llamada "zooliteratura"— ni a aquellas que se abocan a la reflexión sobre la animalidad como problema filosófico o teórico, sino a una serie de textos que —ya se verá cómo y por qué— se orientan a exponer, a través de diversas técnicas y procedimientos, que han sido escritos por animales. Se trata de un corpus que podría contener virtualmente cualquier escritura literaria. Está en juego aquí una idea que Jacques Derrida adelantó en sus escritos sobre el animal autobiográfico y con la que abrió un nuevo espacio de reflexión sobre el

Cómo citar este capítulo:

Yelin, J. 2020. *Biopoéticas para las biopolíticas. El pensamiento literario latinoamericano ante la cuestión animal.* Pp. 39-50. Pittsburgh, Estados Unidos: Latin America Research Commons. DOI: https://10.25154/book4. Licencia: CC BY-NC 4.0.

pensamiento y la representación del animal: "Quienquiera que dice 'yo' o se aprehende o se plantea como 'yo' es un ser vivo animal" (2008, 67). Partiendo de una premisa de engañosa sencillez, Derrida propone la fundación de una disciplina que imagina como una filosofía de animales y que, me gustaría argumentar, tendría un diálogo fluido con nuestra literatura de animales. Un género en el que se inscribirían todos aquellos textos que procuran rastrear las huellas del animal que escribe cada vez que alguien se autoproclama humano. En lugar de hablar —ya se trate de literatura o de filosofía— de escrituras sobre la animalidad, deberíamos llamarlas escrituras animalizantes o animalizadas.

Lo primero que creo relevante considerar es el fuerte impacto que sobre el campo de las humanidades tuvieron los estudios de la "cuestión animal", esa vertiente del pensamiento contemporáneo que ha vuelto a poner en el centro de la escena la figura de Friedrich Nietzsche —sabemos hasta qué punto Gilles Deleuze y Félix Guattari, Jacques Derrida, Michel Foucault y también los pensadores posthumanistas europeos y americanos de nuestros días escribieron y escriben en la estela del filósofo alemán—,[26] fundamentalmente su denuncia de la artificialidad y arbitrariedad del universo antropocéntrico modelado por la metafísica. La transformación fundamental en este sentido ha sido, evidentemente, la del concepto de hombre, cuya centralidad e identidad fueron puestas bajo sospecha. Ya no es posible, como afirma Mónica Cragnolini, "pensar al existente humano en términos de sujeto representativo, autónomo y propietario, que 'objetiva' el mundo en ese espacio interior de la conciencia" (2014, 9). Al quiebre decisivo de la noción de conciencia que significaron los desarrollos del psicoanálisis y al fuerte cuestionamiento de la idea de identidad como sustancia que propiciaron las teorías estructuralistas, se sumaron los avances en el terreno de la etología, la neurociencia y el cognitivismo. Estas disciplinas revisaron nociones clave de los discursos humanistas, como "racionalidad", "subjetividad" o "lenguaje". Por eso, tal como adelanté en el capítulo anterior, una de las consecuencias más palpables del desarrollo de los estudios críticos animales ha sido la reestructuración de la fisonomía de las humanidades, materializada en la creación del espacio eminentemente transdisciplinar de las posthumanidades: una red de teorías y prácticas que reemplazan la tan resquebrajada concepción de lo humano por el más complejo y múltiple concepto de lo viviente.[27]

En el ámbito de la crítica filosófica y cultural argentina reciente estas transformaciones son cada vez más perceptibles. Los dosieres de revistas dedicados a la cuestión animal, tanto el preparado por el equipo editorial de la cordobesa

---

[26] Me refiero, entre otros, a Cary Wolfe, Mathew Calarco, Paola Cavalieri, Rosi Braidotti, Donna Haraway, Judith Butler, Alphonso Lingis y Judith Roof. En el ámbito latinoamericano es una referencia insoslayable el volumen *Extrañas comunidades. La impronta nietzscheana en el debate contemporáneo*, editado por Mónica Cragnolini.

[27] Para un desarrollo de este tema pueden consultarse, entre la vasta bibliografía existente, Wolfe (2010) y Cragnolini (2014a).

Nombres en 2008, que es una recopilación señera en el área, como el de la porteña *Pensamiento de los confines*, titulado "El giro animal", y el del *Boletín* del Centro de Estudios de Teoría y Crítica Literaria de la Universidad Nacional de Rosario ("Animalidad, pensamiento, literatura") —ambos de 2011— han sido concebidos con la evidente intención de hacer dialogar a la crítica literaria con la filosofía y la filosofía política y, de modo casi especular, a la filosofía y la filosofía política con la literatura. Lo mismo puede decirse del volumen *Pensar/escrever o animal: ensaios de zoopoética e biopolítica* (editado por María Esther Maciel en 2011), y de *Heridas abiertas. Biopolítica y representación en América Latina* (compilado por Mabel Moraña e Ignacio Sánchez Prado) y *Cuerpos, territorios y biopolíticas en la literatura latinoamericana* (coordinado por Andrea Ostrov), ambos de 2016.

Se realizaron también numerosos estudios sobre la recepción del pensamiento de Nietzsche en Argentina, recogidos entre 2001 y 2010 en la revista *Instantes y azares*, en los que se rastrea la impronta nietzscheana en escritores del canon literario argentino, como Jorge Luis Borges, Ezequiel Martínez Estrada y Alejandra Pizarnik. También son prueba de una fecunda experimentación transdisciplinar las lecturas de la obra de Franz Kafka realizadas por Mónica Cragnolini ("Animales kafkianos") y Evelyn Galiazo ("Patas arriba"), dos estudiosas de las huellas del pensamiento nietzscheano en nuestra cultura contemporánea, o el prólogo de la antología *Ensayos sobre biopolítica. Excesos de vida* que redactaron Gabriel Giorgi y Fermín Rodríguez, ambos especialistas en teoría literaria y literatura latinoamericana.

Lo que me interesa destacar aquí no es sólo que se está produciendo un intercambio efectivo entre disciplinas cuyos territorios, por otro lado, han sido siempre colindantes; quisiera sobre todo subrayar el efecto transfigurador que ese movimiento tiene en el campo específico de la crítica literaria y también, claro está, de su objeto de estudio, la literatura. Es decir, el hecho de que después de varias décadas en las que los esfuerzos metodológicos en nuestro campo de estudios se orientaran mayormente a la creación o recreación de una serie de herramientas apropiadas para la lectura de textos literarios, la emergencia de la "cuestión animal" provocase una reconsideración de los presupuestos que sostenían esas intenciones —fundamentalmente, de las nociones de sujeto y de representación—, quitando a las perspectivas ligadas a la lingüística su rol de principales interlocutoras y colocando en su lugar al discurso filosófico.

Esta transformación trajo consigo un nuevo modo de pensar la especificidad del lenguaje literario, que ya no se identificará tanto con su labor autorreflexiva como con su singular modo de producir pensamiento. Dos procesos evidentemente vinculados pero que la crítica ha ido progresivamente deslindando con el fin de evitar recaer en explicaciones tautológicas. Si el repliegue del lenguaje literario sobre sí mismo —eso que Roman Jakobson llamó la "función literaria"— sólo puede ser percibido gracias a la existencia de un afuera —de un conjunto de relaciones materiales, imaginarias, simbólicas— con el mundo, es necesario que la lectura literaria vuelva a estrechar lazos con la filosofía. Así, la pregunta nodal ¿qué es la literatura? será sustituida por una aparentemente menos ambiciosa: ¿cómo piensa la literatura? Asumiendo, claro, que eso que hoy convenimos en llamar literatura no es sino una de las múltiples formas que tiene el lenguaje de producir pensamiento.

La otra consecuencia de la expansión de los estudios animales que considero importante señalar, en tanto resulta también decisiva para el futuro de nuestro trabajo, es la voluntad de estudiar las relaciones entre creación artística y conocimiento. No es casual, en efecto, que los aportes más recientes a los estudios animales se caractericen por tratar de comprender cómo elaboran y reelaboran conceptos algunas producciones estéticas que tradicionalmente habían sido ligadas al dominio de la fantasmagoría, el sueño o la expresión subjetiva entendida como emoción individual, como curso natural por el que fluye la sensibilidad del artista. En el capítulo II me detuve en el trabajo de algunos críticos que comienzan a indagar la dimensión epistemológica de diversas prácticas estéticas. En el caso de las artes plásticas, por ejemplo, se analizan experiencias en las que los artistas generan y a veces protagonizan encuentros con animales en los que una faceta de la animalidad o de la relación hombre-animal es reconsiderada. Algunos de ellos son acontecimientos de orden performático, otros tienen lugar en el ámbito de un laboratorio, otros simplemente recurren a técnicas convencionales como la escultura, la pintura o la fotografía para dar cuenta de una transformación imaginaria que, habiendo sucedido ya, sólo pide ser testimoniada.[28] En todas esas obras o performances se reconoce la voluntad de encontrar en el animal una fuente de creación teórica cuya relación con el sentido difiere sustancialmente de la forma de reflexión del ser humano. Se trata de una perspectiva nacida de intereses a un tiempo estéticos y políticos, en tanto supone una revaloración de todo lo que durante siglos ha sido despreciado tanto en el campo de las artes como de las ciencias: lo exterior, lo corpóreo, lo superficial, lo múltiple, lo anónimo, lo no-lingüístico, lo efímero. Los críticos que ponen en juego toda esa serie de contravalores parecen haberse preguntado ¿qué pasaría si buscásemos pensamiento precisamente allí donde creemos que no es factible encontrarlo?, ¿qué imágenes, qué ideas de la relación entre hombre y animal se desprenderían de esas experiencias? Estos dos interrogantes constituyen los ejes en torno a los cuales se puede leer el impacto de la vertiente de pensamiento posthumanista en el ámbito de la crítica literaria, que es el que me gustaría revisar en estas páginas. Aunque tal vez debería decir,

---

[28] ¿Cómo son esas experiencias? Me limito aquí a una descripción muy sucinta, sólo para dar una idea más concreta de las obras: un concurso en el que, gracias a un dispositivo electrónico —también llamado "ratón" —, las ratas dibujan con su movimiento (Lucy Kimbell: "Is your rat an artist?"); pinturas realizadas a la intemperie, incluyendo en su proceso la intervención de animales que habitan una determinada zona geográfica (Olly and Suzi: "Anaconda on Painting", "Penguins Sliding" o "Cycle of Pray"; retratos fotográficos en los que se funden en un solo rostro rasgos humanos y animales (Mary Britton Clouse: "Nemo: Portrait/Self Portrait", "Daphne", "Naomi", "Cecilia", entre otras).

para ser coherente, el de las lecturas de literatura, sea cual fuere el campo disciplinar o institucional en el que ellas se inscriban.

Ahora bien, antes de comenzar a analizar de qué modo, con qué estrategias metodológicas y conceptuales, los lectores están llevando toda esa agua —revuelta, turbia y refrescante— al molino de la crítica literaria, parece necesario hacer una salvedad para evitar una posible distorsión: el trabajo de la crítica que procura abrevar en la corriente de pensamiento posthumanista no se identifica con aquello que se ha caracterizado como el campo de los escritos "'posteóricos', 'posdisciplinares', 'poscoloniales' o 'posoccidentales' de los 90" (Dalmaroni 2015, 48), formas de abordaje que partiendo de la idea de que la literatura debía estar al servicio de la consecución de ciertas transformaciones institucionales o políticas, hicieron de la lectura un medio más o menos erudito o creativo, pero siempre constreñido por el alcance de esas intenciones y condenado de antemano a realizar tareas de reconocimiento.

Pero ¿por qué el posthumanismo no se identificaría con estas corrientes "post"? En primer lugar, porque la transformación del campo disciplinar que se reclama desde el ámbito de los estudios críticos animales no tiene como fin homogeneizar los discursos disolviendo la especificidad de las diferentes prácticas artísticas en el vasto territorio de los ya declinantes estudios culturales; por el contrario, la idea es establecer zonas de contacto transdisciplinar que pongan de relieve las particularidades teóricas y metodológicas de cada enfoque —las condiciones de enunciación de sus discursos—, al tiempo que exponer, como decía, sus dificultades para pensarse a sí mismas. Un ejemplo bastante claro en este sentido podría ser el de la teoría de la deconstrucción, vertiente filosófica que le permitió a la crítica literaria dar cuenta de los límites de sus propios ejercicios de lectura al mostrarle que las estructuras retóricas y gramáticas divergen entre sí, que se contradicen; en fin, que "la retórica es irreductible, discrepante y heteróclita con respecto a la lógica y a la semiología y con respecto a la paráfrasis interpretativa" (Catelli 2015, 35). De ese modo, a partir de una teorización filosófica acerca de la naturaleza indecidible del lenguaje, la crítica pudo reflexionar sobre la particular forma de funcionamiento de su objeto de estudio y sobre sí misma o, en otras palabras, sobre las dos caras de lo que Paul de Man —propiciador de este fértil encuentro transdisciplinar— llamó la "resistencia a la teoría".

En segundo lugar, las perspectivas de lectura que se identifican con el posthumanismo se distanciarían de los "post" a los que alude Miguel Dalmaroni en que su objetivo no es en absoluto desplazar el foco del centro para arrojar luz sobre zonas consideradas —cultural, social, ideológicamente— marginales; su fin es más bien ampliar el ámbito de sus intereses incorporando problemas y discursos que pueden enriquecer la comprensión de la literatura. En ese sentido se orienta la consideración del hombre como animal humano y de la literatura como forma específica de pensamiento. No se trata, entonces, de establecer nuevas jerarquías; el objetivo final es pensar por fuera de ellas: ni la entronización de lo literario como posibilidad de acceso a una experiencia inescrutable —reducción metafísica cuyo recorrido se agota siempre en la imposibilidad de hablar de lo que se considera esencial— ni su caracterización como mera traducción estética de los contextos —históricos, sociales, culturales—, verdaderos portadores del "sentido". En ambos casos se establecen relaciones jerárquicas que tienen, por supuesto, efectos concretos sobre la suerte institucional de los críticos y sus tareas docentes o investigativas. Lo que está en juego cada vez que alguien se propone realizar una lectura de cuño posthumanista no es el valor de lo literario sino el examen de las formas específicas que esas producciones tienen de figurar el mundo. Su capacidad de desestabilizar los conceptos con los que han sido construidas y reguladas discursivamente nuestras realidades.

Si lo que resiste en la literatura y en la teoría es, precisamente, el carácter inhumano del lenguaje, su no-adecuación a los atributos que el humanismo le asignó durante siglos —humanidad, trascendencia del sentido, relación unívoca con las cosas—, el posthumanismo no sería más que un nuevo modo de asedio a esas resistencias. De análisis, por un lado, de las resistencias que la literatura —y el lenguaje en general, su retoricidad— opone a la teoría, y de deslindamiento, por otro, de las múltiples resistencias —políticas, ideológicas, institucionales— que la cultura opone a las ambiciones de la teoría. Entendiendo por teoría a ese conjunto de presupuestos que apuntan a diseccionar e interpretar la relación entre las palabras y las cosas. Ahora bien, si las resistencias de la literatura son las del lenguaje mismo, ¿cómo sostener, desde la teoría, esa diferencia de lo literario, su especificidad como discurso? Se supone que quienes trabajan en el estudio y desarrollo de la teoría literaria deberían abogar por la singularidad de su objeto, pero si el posthumanismo propone, en la estela de pensamiento nietzscheano, desligar al lenguaje —a los lenguajes— de todo lastre metafísico, ¿cómo seguir sosteniendo la idea de una verdad, de un valor intrínseco (no institucional) de lo literario?

Parece haber, ciertamente, un equívoco fruto de un residuo humanista cada vez que los críticos ponderan la excepcional capacidad de la literatura para desestabilizar el lenguaje, para desquiciarlo. Parafraseando y tergiversando un poco a Roland Barthes, se podría decir que todo texto ataca, aunque no lo desee, las estructuras canónicas de la lengua (1983, 51); sea cual fuere su naturaleza, atenta contra la voluntad reguladora de la gramática. Esta idea ayuda a entender mejor el salto epistemológico del posthumanismo: no se trata de la equiparación de todos los discursos sino de la equiparación de todo lenguaje, del que los discursos serían formas específicas de juego y transformación, formas en las que el lenguaje —en su no coincidir consigo mismo— produce pensamiento. Así como toda vida es singular, así todo texto crea sus particulares modos de relación con eso que convenimos en llamar "realidad", pero siempre a partir de una relación conflictiva con el sentido o, dicho de otra manera, de una no-relación con el sentido unívoco. Y esa no-coincidencia además de pensamiento genera vértigo, emoción. Los sonidos, el ritmo, las imágenes producen placer porque son imposibles de aprehender, de fijar, porque están en continuo movimiento. Por eso cuando hablamos de "pensamiento literario" hablamos también de la materialidad del lenguaje y de la materialidad del cuerpo que lo percibe o practica, y esa relación entre pensamiento y materialidad es también inarmónica, incongruente. Barthes lo sintetiza extraordinariamente: "El placer del texto es ese momento en que mi cuerpo comienza a seguir sus propias ideas —pues mi cuerpo no tiene las mismas ideas que yo" (1983, 29). Si la teoría puede aproximarse a esa experiencia del disenso será a través del cuerpo de su escritura, haciendo ciencia de ese desacuerdo original entre ideas y materia, verdadera fuente de todo placer, y también de todo conocimiento. Será, inevitablemente, una ciencia que testimoniará la desaparición de lo humano y, como consecuencia, la emergencia de nuevas formas de subjetividad. Su objeto, la literatura *de* animales, está todavía en ciernes.

La vida de la crítica

Si se acepta, entonces, que el posthumanismo no es una forma "post" más de resistencia a la teoría, sino que se trata de una perspectiva que apuesta a teorizar —a escrutar las resistencias— en un marco de agudización de la crisis del escenario humanista, se abre un vastísimo campo de indagación en torno a las prácticas efectivas de lectura. Me interesa desplegar aquí dos preguntas que delinean los bordes de un mismo problema: ¿cuáles son las hipótesis que la crítica literaria toma del vasto campo del pensamiento posthumanista?, y ¿qué efectos tiene sobre nuestra concepción del fenómeno literario el cuestionamiento de la distinción humano/animal a partir del recentramiento de la noción de vida?

La denuncia de la precariedad y arbitrariedad del concepto moderno de hombre y la búsqueda de una perspectiva más rica y compleja en la noción de vida es un movimiento que, ciertamente, juega un papel fundamental en la mayor parte de los estudios críticos que analizan la relación entre literatura y animalidad —pienso en una serie de intervenciones dentro del ámbito argentino, pero me arriesgo a afirmar que es una hipótesis extensible a otras latitudes—.[29] En dichos trabajos se reflexiona sobre los modos en que se figura literariamente la vida, lo cual entraña, de modo evidente, una transformación de los juicios acerca de las formas que asumen las relaciones entre vida y literatura. Se trata, en definitiva, de un ataque a las concepciones que intentan estabilizar o aprehender un sujeto de la experiencia.[30]

---

[29] Me he referido ya a los trabajos de Margot Norris (*Beasts*), Susan McHugh (*Animal Stories*) y Christopher Breu (*Insistence*), entre otros.

[30] Tomo como referencia los desarrollos que sobre el tema realizó Alberto Giordano, especialmente aquellos reunidos en *Una posibilidad de vida. Escrituras íntimas* (2006), *Vida y obra. Otra vuelta al giro autobiográfico* (2011) y *La contraseña de los solitarios. Diarios de escritores* (2011). Hay en ellos una interesante reflexión sobre la noción de "vida" que pone en cuestión las concepciones que la sustantivan, nominan, humanizan. Lo que interesa al crítico es precisamente registrar los momentos en los

Ciertamente, allí donde la crítica literaria pre- o post-teórica —humanista, pre-formalista, post-literaria, cultural o como se prefiera llamarla— busca lo humano, con todos sus atributos, predicados y morales, las lecturas de raigambre posthumanista rastrean las manifestaciones múltiples y cambiantes de la vida concebida como potencia anómala y generativa, y no como sustancia idéntica a sí misma. La vida animal, metamórfica, impersonal, inhumana, anónima —sin propietarios, rostros ni contornos—, inmanente —resistente a la imposición de fines que la trasciendan—, virtual —potencial, actualizable— y, en consecuencia, futura. Es por eso que las filosofías vitalistas, o al menos las que parecen establecer un diálogo con la creación literaria, están orientadas al porvenir —en tanto realidad abierta que debe ser recreada y no como destino planificable, previsible—. De allí el interés de estas corrientes por los movimientos de vanguardia y por todas aquellas experiencias que apuntan a desdibujar los límites entre obra y vida, cuestionando o dejando en suspenso algunas de las normas silenciosas instituidas por la tradición. Cuando la pregunta por el valor de una obra, prerrogativa por excelencia de la estética, se sustituye por la pregunta por su naturaleza (¿es esto una obra de arte?), es porque en ella algún componente del orden del discurso humanista ha sido trastocado.

Pero esa vida potencial, futura, no sólo arrastra consigo la forma humana sino también aquella que el antihumanismo estructuralista colocó en su lugar: la del sujeto. La subjetividad como efecto de la capacidad lingüística —el lenguaje en lugar de la conciencia— será otro de los presupuestos teóricos cuya centralidad es cuestionada con el argumento de que, más que un una línea de corte entre los vivientes, existe una multiplicidad de diferencias que operan sobre lo real y que incluyen, entre otras tantas, la diferencia lingüística. La institución de una perspectiva no antropocéntrica tendrá como efecto primordial, pues, la desustancialización del sujeto, que no podrá ser pensado más que como un resto entre procesos de subjetivación y de desubjetivación. Ya no será sujeto todo aquel que hable; la subjetividad será la imagen resultante de una tensión entre las fuerzas continuas de la vida y las fuerzas fijadoras de la forma.

---

que el autobiógrafo o el diarista testimonian o involuntariamente permiten apreciar la descomposición de su propia subjetividad, sentir la vida como fuerza virtual, cambiante, impersonal, como corriente que atraviesa el tamiz del lenguaje. "El paso de la vida a través de las palabras" es la fórmula que Giordano utiliza dar cuenta de esa relación siempre desfasada, anacrónica e inestable. "Lo que Woolf llama realidad es siempre el correlato de una experiencia incomunicable, la manifestación de una certidumbre vacía de sentido, una evidencia repentina que se hurta, soberana, a los poderes de la nominación. Es eso que aparece en el intervalo entre-momentos cuando no aparece nada, cuando todo se hunde en su imagen. La vida, una vida, como proceso impersonal y extraño, como experiencia aterradora y excitante de los límites de la subjetividad: la irrupción del afuera en el corazón de lo íntimo" (2011a, 128).

En una entrevista que le realizaron Stany Grelet y Mathieu Potte-Bonneville, Giorgio Agamben[31] observa la presencia de esa tensión aporética en el último pensamiento de Michel Foucault, más concretamente, en su trabajo acerca de lo que caracterizó como el "cuidado de sí" (2008). Dice Agamben: está, por un lado, lo que Foucault define afirmativamente como la "inquietud de sí" y, en franca convivencia con ella, la necesidad imperiosa de desprendimiento, de abandono de sí. Y agrega, parafraseando al filósofo: se ha llegado al fin de la vida si uno se interroga sobre la propia; el arte de vivir consiste precisamente en la destrucción de la identidad, de la psicología. "Haría falta, por así decir, mantenerse en este doble movimiento, desubjetivación y subjetivación. Evidentemente, es un terreno en el que es difícil sostenerse" (Ugarte Pérez 2005, 175). Esta lectura se apoya en gran medida en las reflexiones de Gilbert Simondon en torno de los procesos de individuación. Simondon sostiene que en todo individuo coexisten un principio individual, personal, y un principio impersonal, no individual; una vida estaría siempre compuesta por esas dos fases, que están siempre en relación (Ugarte Pérez "Una biopolítica" 186). Experimentamos la "desubjetivación" precisamente porque convivimos con una potencia impersonal, eso —dice Agamben— que nos sobrepasa y al mismo tiempo nos hace vivir.

El arte de vivir, o el arte de la vida tendría, así, una dimensión poética en el sentido etimológico de la palabra: la vida entendida como *poiesis*, como creación. La pregunta acerca de cómo hace el sujeto para estar en relación con esa potencia impersonal que no le pertenece y que además lo excede es, ciertamente, un problema de índole artística. "La desubjetivación no tiene solamente un aspecto sombrío u oscuro. No es simplemente la destrucción de toda subjetividad. Está también el otro polo, más fecundo o poético, donde el sujeto no es más que el sujeto de su propia desubjetivación" (Ugarte Pérez 2005, 187). Ese doble movimiento que Foucault conceptualiza a partir de la reflexión sobre el cuidado de sí se podría aplicar, en efecto, a cualquier práctica creadora, sea esta artística o crítica: quien se proponga abordar esas zonas de subjetivación y autoconocimiento se encontrará fatalmente con figuras en las que un sujeto asiste a la escena de su desubjetivación.

Además de subrayar el interés que tiene para nuestro campo de estudio esta concepción de sujeto como resto resultante de procesos contradictorios en tensión, me interesa rescatar aquí la propuesta metodológica que, en lugar de establecer principios teóricos para mantener a raya la tentación metafísica, alienta ejercicios de pensamiento en los que los procesos de subjetivación son considerados como estrategias de lectura y no como verdades acerca del yo o del sentido. Es fuertemente cuestionado, así, el discurso de la estética, arraigado en la ideología autoral humanista y en el triunfo intemporal de la forma.

---

[31] Publicada por primera vez en la revista *Vacarme* 10 (1999-2000) y recogida en Ugarte Pérez ("Una biopolítica").

En el ensayo *El hombre sin contenido* (2005a), Agamben aborda el problema de la valoración artística y acude a la idea nietzscheana del "arte para artistas": "Ah, si de verdad vosotros pudieseis entender por qué precisamente nosotros necesitamos el arte...", pero "otro arte... un arte para artistas, ¡solamente para artistas!" (Nietzsche 2001, 41). ¿A qué se refiere Nietzsche con esa fórmula? No sólo a un desplazamiento del punto de vista convencional acerca del arte, centrado en la recepción y no en la producción, sino, de modo más radical, a una eliminación de la distinción entre creador y espectador que tiene como efecto una mutación en el estatuto esencial de la obra de arte (Agamben 2005a, 27), considerada por Nietzsche como eterna autogeneración de la voluntad de poder y, por tanto, rasgo fundamental del devenir universal. La estética deja lugar así a una visión desacralizante que, al poner en el centro de la escena a la vida como fuerza primigenia, destrona al "sujeto creador", dador supremo de sentido, y hace de la obra una pura apariencia, superficie en la que se deslizan, inaprehensibles, los contenidos.

Una perspectiva crítica apoyada en tales ideas funda, además de un campo conceptual no dominado por lo humano como centro ordenador de la experiencia, un nuevo modo de entender la relación que las prácticas estéticas sostienen con esa poderosa hipótesis de lo viviente: eso que la crítica define a grandes rasgos como "sensibilidad vitalista". No pretendo, ni estaría ciertamente a mi alcance en estas páginas, realizar un examen de las diversas corrientes del pensamiento vitalista; procuraré, sin embargo, deslindar algunos aspectos que son cruciales para comprender la transformación epistemológica propuesta desde el posthumanismo. En primer lugar, parece inevitable detenerse al menos un momento en las resistencias que la noción de vida opone a cualquier perspectiva que intente aprehenderla. Como señala María Pía López en *Hacia la vida intensa. Una historia de la sensibilidad vitalista*, una de ellas —tal vez la fundamental— es su resistencia a la conceptualización. La esencia de la vida sería negada si se quisiera y pudiese dar de ella una definición conceptual. "Sólo le es dado, como vida consciente, llegar a ser consciente de sí misma en su movilidad, sin que esté por medio el estrato de la conceptualización, que coincide con el dominio de las formas" (López 2009, 47). Se establece así una tensión entre la vida y su formalización: no es posible percibir la vida si no es a través de las formas, y las formas, por su parte, no tienen otro origen que la vida.

La literatura, tal como la conocemos, es una forma de fijación del lenguaje, un mecanismo de detención; pero hay, al mismo tiempo, algo en ella —su retoricidad, dirá Paul de Man— que reproduce la inestabilidad de todo proceso vital, algo que está siempre en trance de nacer y morir. Por eso la crítica se debate necesariamente entre dos fuerzas contradictorias: la de producir puntos de anclaje para la fijación cultural —de ello depende nada más ni nada menos que la existencia de una tradición— y la de permitir que se produzcan cambios, que los lenguajes y los códigos se transformen, se renueven. De la lucha entre esos dos impulsos antagónicos nace lo que llamamos creación cultural. "El triunfo de la vida es lo que hace la historia de la cultura (de la literatura), la sustitución de unas formas por otras, su transformación" (López 2009, 47-48). Las imágenes a las que el vitalismo recurre para figurar esos procesos tan difíciles de aprehender se reiteran: el río, la metamorfosis, el nómade; figuras también recurrentes en la literatura que caracterizamos como posthumanista: aquella que procura dar cuenta de la huella animal en los personajes y las voces narradoras humanas, aquella que entiende el nomadismo como el único modo posible de habitar el mundo y de ejercitar el pensamiento.

Pero ¿qué significa aquí ejercitar el pensamiento? Fundamentalmente, no renunciar a la tarea de pensar el pensar mismo, es decir, resistir el encorsetamiento conceptual que obstaculiza "la percepción de la unidad vital y la condición misma de la vida" (López 2009, 68). Hacer de la sospecha un principio metodológico. La desvalorización —tan cara al linaje nietzscheano— del mundo de las categorías, los sistemas, las teorías, tiene como objetivo central registrar alguna huella de esa realidad cambiante y huidiza. Frente a los críticos y filósofos cultores de las formas, las filosofías de la vida, en consonancia y sana asociación —se verá a qué refiere esto enseguida— buscan un roce o una apropiación de ciertas capacidades expresivas: construyen un conjunto de estrategias para dar cuenta de aquello que el concepto indefectiblemente traicionaría. Estrategias que apuntan, para retomar lo planteado al inicio de estas páginas, al diálogo transdisciplinar y al contagio teórico. Una sana asociación significaría, así, que las posthumanidades apuntan a integrar todos aquellos saberes para los que la cuestión animal es, más que un conjunto de contenidos formalizadores, una perspectiva de lectura que trastoca el orden —taxonómico, jerárquico— instituido por la hegemonía humanista. Perspectiva no antropocéntrica, no logocéntrica, impulsora de una nueva lectura de lo viviente que da, a su vez, nueva vida a las lecturas.

La "vida de la crítica" refiere, así, a dos movimientos simultáneos e interdependientes. Por un lado, nombra los cambios producidos al interior de los estudios literarios, su voluntad de crear y recrear categorías para aprehender las formas en que la literatura aborda el anudamiento lenguaje-vida o, en otras palabras, suspende y complejiza la relación entre lenguaje y realidad "humana". Y, por otro, alude a una revitalización de los discursos de la crítica que, superado el duelo por el ocaso de la estética como disciplina de referencia, tendrá la posibilidad de buscar un nuevo sentido a la actividad artística, ligándolo a su propia incertidumbre como viviente, es decir, retornando a aquella relación interesada, pre-estética, que veía en el arte una voluntad de potencia, una promesa de felicidad cifrada en un "ilimitado acrecentamiento y potenciación de los valores vitales" (Agamben 2005a, 11).[32] Se trata, en definitiva, de una crítica

---

[32] "Al transformar en procedimiento poético el principio del retraso del hombre frente a la verdad, y al renunciar a las garantías de lo verdadero por amor a la transmisibilidad, el arte, una vez más, consigue hacer de la incapacidad del hombre de salir de su estado histórico, permanentemente suspendido en el intermundo entre viejo y nuevo, pasado y

que se propone repensar la vida y, en ese gesto, cobra ella misma nueva vida; que se propone examinar los modos en que el animal autobiográfico deja su huella no a pesar sino gracias a la resistencia del lenguaje, a su aspecto material, rítmico, ambiguo, imaginario. No es extraño, entonces, que esa búsqueda transforme por completo nuestras ideas acerca de lo que la literatura es y de lo que la literatura puede en relación con la vida.

Queda pendiente la tarea de pensar cómo hará la crítica literaria para abordar su objeto, la literatura *de* animales, sin sustancializar las diversas emergencias de lo viviente; ¿cómo evitará comulgar con la idea —tan seductora, por cierto— de que la literatura animal o animalizada produce imágenes en las que la vida es intensificada y, por tanto, permite la realización de una experiencia más satisfactoria —sea cual fuere el contenido que se asigne a este adjetivo— del mundo? Dicho de otro modo: ¿cómo evitará ponerse al amparo de una nueva estética? Las versiones moralizantes de los problemas abordados se presentan siempre como un horizonte de inteligibilidad que amenaza con empobrecer, con aplanar las lecturas. La crítica al humanismo debería, por el contrario, ofrecernos vías alternativas para aproximarnos al pensamiento literario a través de nociones capaces de aliarse con formas de vida menos restrictas y normalizadas. Lo cual no significa, por supuesto, rechazar de plano el problema de la verdad; la clave estaría en entenderla como "la disposición del pensamiento a expandir, y no limitar, sus capacidades creativas" (López 2009, 10). Léase aquí el fundamento ético de la elección del posthumanismo como perspectiva de análisis y como condición de posibilidad de una crítica indisciplinada.

futuro, el espacio mismo donde puede encontrar la medida original de su propia estancia en el presente, y reencontrar cada vez más el sentido de su acción. Según el principio que afirma que tan sólo en la casa en llamas es posible ver por primera vez el problema arquitectónico fundamental, así el arte, una vez que ha llegado al punto extremo de su destino, permite que pueda verse su proyecto original" (Agamben 2005a, 185).

CAPÍTULO V

La vida de la crítica

¿Qué quiere decir entonces que el arte haya ido más allá de sí mismo? ¿Significa verdaderamente que para nosotros el arte se ha convertido en pasado?, ¿que ha descendido a la tiniebla de un crepúsculo definitivo? ¿O más bien quiere decir que el arte, cumpliendo el círculo de su destino metafísico, ha penetrado de nuevo en la aurora de un origen en el que no sólo su destino, sino el del hombre podría ser cuestionado desde el principio?

GIORGIO AGAMBEN. *El hombre sin contenido.*

Sobre el gesto "post"

En el capítulo anterior me propuse deslindar algunos de los aportes que los estudios acerca de la llamada "cuestión animal" podrían hacer a los estudios literarios. Allí intenté, también, dar respuesta a una objeción que imaginé Miguel Dalmaroni haría a los "usos" de algunas contribuciones provenientes de la corriente de pensamiento posthumanista en el discurso de la crítica. Digo que lo imaginé porque, efectivamente, en el texto en el que hacía pie mi imaginación —el artículo "Resistencias a la lectura y resistencias a la teoría. Algunos episodios en la crítica literaria latinoamericana" (2015)— no hay ninguna referencia explícita ni sugerida al posthumanismo. En ese trabajo, Dalmaroni repasa la crisis de la teoría literaria en el ámbito académico latinoamericano durante los grises años noventa, declinación que estuvo acompañada —y en gran medida fogoneada— por el crecimiento de los estudios comúnmente llamados posteóricos (o, según el caso, posdisciplinares, poscoloniales, posoccidentales), que vinieron a clausurar una etapa de exaltación teórica cuyo mayor exponente había sido la deconstrucción derrideana. Una avanzada filosófica que, como observa Dalmaroni, llegó a saturar con su jerga los estilos de las

Cómo citar este capítulo:

Yelin, J. 2020. *Biopoéticas para las biopolíticas. El pensamiento literario latinoamericano ante la cuestión animal.* Pp. 51-62. Pittsburgh, Estados Unidos: Latin America Research Commons. DOI: https://10.25154/book4. Licencia: CC BY-NC 4.0.

escrituras críticas hasta sumirse, finalmente, en "una agonía autoprovocada" (Dalmaroni 2015, 48).

Me pregunté, entonces, si era posible identificar al pensamiento posthumanista con esas corrientes "post" que habían negado a la literatura la "especialidad" que parecía haberle ofrecido la teoría —y digo "parecía" aceptando que si la literatura es especial para la teoría, lo es sólo en el sentido que Giorgio Agamben dio con tanta justeza a la noción de "especial": aquello que no es un ser sino un modo de ser, que no tiene nada de sustancial ni de personal, "un acontecimiento que, no pareciéndose a alguno, se parece a todos los otros" (2005c, 75)—. Los discursos "post" fueron precisamente aquellos asentados en la certeza de que los tiempos de la especialidad de la literatura —en un sentido casi aristocrático— habían felizmente terminado y de que había llegado, al fin, la hora democrática de la cultura. La post-autonomía sería, considerado así el problema, una respuesta de una vertiente de la crítica a la idea de especialidad literaria, pero entendiendo —o, más bien, malentendiendo— a esta en términos metafísicos.

La respuesta que esbocé para la objeción imaginaria de Dalmaroni —que diría algo así: el posthumanismo podría ser una nueva máscara de los ahora también declinantes estudios culturales— me sirvió para definir con mayor claridad qué es lo que podría ser considerado valioso de las perspectivas filosóficas no-antropocéntricas y cuáles serían las buenas nuevas que estas podrían traer a nuestro campo disciplinar, es decir, a los estudios literarios con vocación teórica. Pero vuelvo un poco atrás para desarrollar mejor el argumento. La contestación imaginaria a las impugnaciones imaginarias me hizo preguntarme cuáles eran los rasgos, en caso de haberlos, que ligarían a la crítica de ascendiente posthumanista con las corrientes llamadas "post" y cuáles aquellos que la distanciarían. En efecto, hay en el gesto de desplazamiento de lo humano como centro y clave de inteligibilidad del mundo la voluntad de escapar a las lecturas que invisten a la literatura con ciertos valores —la belleza, la complejidad, el potencial interpretativo de la realidad, el poder de revelar la verdad del lenguaje, su potencia revulsiva, o cualquier otro—; valores que la legitiman, que la vuelven, por decirlo así, un arte con mayúsculas. El rechazo de esas morales de la forma que derivan inevitablemente en morales del contenido —en tanto contribuyen a la sacralización de las artes como vías regias de expresión de "lo humano"— es, ciertamente, un rechazo de la estética. Disciplina históricamente fechable que, sin embargo, opera desde hace al menos tres siglos como fundamento de tantas otras, entre ellas la historiografía y la crítica literaria.

El posthumanismo comparte con los estudios culturales, entonces, el cuestionamiento a la autoridad metafísica de la estética, considerándola un modo caduco de establecer los confines de lo artístico, jerarquizar las prácticas y arbitrar la rigurosidad de los juicios sobre ellas. Pero, al mismo tiempo, resiste a las tendencias que pretenden disolver el objeto literario; no existe, ciertamente, en las teorizaciones recientes de los filósofos abocados a la "cuestión animal" la intención de borrar las fronteras entre las diversas disciplinas que abordan las prácticas artísticas en pos de la creación de un objeto cuyos límites bordeen el gran magma de la cultura. El objetivo de la crítica de raigambre posthumanista es, como decíamos, que cada disciplina enriquezca su universo conceptual a través de la incorporación de perspectivas instituidas por otros saberes, atravesando sin demasiados miramientos la línea invisible que separa a las ciencias llamadas "duras" de aquellas que son consideradas como "humanísticas". Un muro levantado, desde ya, por la ideología humanista, que suele traducir cualquier diferencia al lenguaje de las dicotomías y las subordinaciones. En síntesis: ni la reducción de lo literario a una esencialidad de la que ningún saber, por riguroso que fuera, podría decir nada —a menos que disfrutara al estrellarse una y otra vez contra la elegante muralla de lo inefable—, ni su subordinación a realidades consideradas más "objetivas" o "auténticas", ya sean estas históricas, políticas, científicas o culturales. Es decir que se trata de una apuesta por darle a la literatura un lugar "especial" en el sentido agambeano. El desafío parece ser que las lecturas hagan toda la resistencia posible —al final siempre se pierde, tal es la naturaleza del lenguaje— a las categorías que "defienden" a la literatura —y con ella, claro, al hombre— en lugar de examinar las interesantes formas de su ausencia.

Hombre y literatura son, en efecto, nociones solidarias en los discursos antropocéntricos y si se ataca a una, esta arrastrará indefectiblemente a la otra. Y más demoledor será el efecto si el blanco es el lazo que las une: afirmar la no-identificación entre hombre y obra, entre la subjetividad del artista y su materia, vale decir, sostener que ningún contenido se identifica de manera inmediata con la intimidad de una conciencia, implica aceptar que la condición de la experiencia artística no es sino la del desgarro: el lazo que debería unir a ambos está ausente, o al menos no es perceptible para el lector. Allí donde debería haber obra, unidad, sujeto, sentido, sólo hay lenguaje. Hecha esta constatación, la literatura se convierte, para tomar otra formulación de Agamben, en una nada que se aniquila a sí misma, y el escritor, en un hombre sin contenido.

Pero ¿qué hacer, entonces, con una disciplina, la nuestra, que se aboca a un paisaje de destrucción, a un campo disciplinar semibaldío? ¿Qué función podría tener en ese escenario la noción de vida, con su promesa de apertura a formas más complejas y móviles de pensar las obras —en el sentido de procesos creadores y no de productos acabados— del lenguaje? ¿Podrá salvaguardar nuestra práctica? Veamos, al menos brevemente, qué rol comienza a cumplir en algunos ensayos publicados recientemente y dedicados al examen de la "cuestión animal" y a su imbricación con la escritura literaria.

Lecturas vivas

La declinación de los estudios culturales[33] y el ya difícil retorno a perspectivas estrictamente formalistas están generando interesantes movimientos que tienden a desarmar la clásica dicotomía entre arte comprometido y arte por el arte, así como también su reflejo en la crítica, artificialmente dividida entre partidarios de la lectura inmanente o contextual. Los investigadores afines al campo de la "cuestión animal" que eligen a la literatura como objeto principal de sus reflexiones se proponen buscar metodologías de lectura que, sin renunciar a las especificidades del lenguaje literario —fundamentalmente, a su capacidad de evidenciar las resistencias del lenguaje—, den cuenta de las "formas comunes" que permiten el establecimiento de nuevos diálogos entre literatura y filosofía, imagen y lenguaje, cuerpo y pensamiento. Con "nuevos" no quiero decir "innovadores" en el sentido en el que lo utiliza el discurso científico, sino más bien creadores, generadores de más indagación y experimentación teórica.

Tomo intencionadamente aquí la expresión "formas comunes" del ensayo que publicó en 2014 el crítico argentino Gabriel Giorgi: *Formas comunes. Animalidad, pensamiento, biopolítica*. En el subtítulo se puede leer la voluntad de que las formas funcionen como centros de gravitación en torno de los cuales se aglutinan conceptualizaciones de carácter extraliterario. No se trata, está claro, de que esas formas traduzcan realidades de otros órdenes sino de que ellas generen imantaciones de imágenes, cuerpos, subjetividades que permitan, al crear nuevos órdenes en la narración del crítico, revitalizar la lectura, esto es, poner en escena, una y otra vez, la experiencia del desgarro, la no-correspondencia entre hombre y lenguaje, entre vida y literatura, y la fuerza que pugna por esa imposible unidad.

Entre esas lecturas "vivas", en las que la creación conceptual es tarea primordial, incluimos, además de los trabajos de Gabriel Giorgi, los de Fermín Rodríguez, Florencia Garramuño y Jens Andermann dedicados a la literatura y la cultura latinoamericanas; los de Alberto Giordano sobre las llamadas escrituras del yo y los de Judith Podlubne, Nora Avaro y Julia Musitano sobre escrituras biográficas; los ensayos en los que Raúl Antelo teje redes entre la poesía y las artes plásticas o entre la filosofía y la ficción, así como también las reflexiones que Mónica Cragnolini y Evelyn Galiazo, junto con otros investigadores afines, dedican a la escritura de Franz Kafka y a la impronta de pensamiento de Friedrich Nietzsche en la obra de escritores y pensadores argentinos del canon. En todos ellos se parte del presupuesto común —no siempre explícito pero sí presente y activo— de que, justamente por su carácter móvil, resistente a la

---

[33] Perspectiva cuya optimista voluntad de intervención política fue en buena medida desalentada por los desarrollos teóricos de la biopolítica, que complejizaron, con su examen de algunas categorías nodales como la de "persona", la lectura algo simplificadora de las relaciones de poder. Sobre este tema, véase Rodríguez Rodríguez (2006).

fijación, a la forma, la noción de vida puede ser una herramienta privilegiada de acceso crítico a la literatura, un instrumento de lectura capaz de iluminar zonas que el lenguaje señala sin nombrar, realidades que, por su movimiento, escapan de las taxonomías y de los análisis enraizados en estructuras de pensamiento dicotómicas. Estos lectores aceptan la naturaleza indecidible del lenguaje como punto de partida y no como límite del conocimiento; distinguen claramente, con un criterio que es filosófico y tiene fuertes consecuencias metodológicas, entre lo indecidible y lo inefable para buscar vías que les permitan seguir avanzando, para seguir leyendo los infinitos matices de las diversas formas de vida. Entendiendo, por supuesto, la particular inestabilidad de esta fórmula: es decir, que la forma —la cultura, la literatura— se opone al movimiento de la vida, que es a su vez la que le dio origen.

Pero es necesario advertir que la apuesta por la "vida" como perspectiva crítica no implica en modo alguno una vuelta romántica al vitalismo, sino más bien la recuperación de algunos rasgos de esa sensibilidad que todavía parece tener algo que decirnos acerca de nuestro modo de entender la relación entre arte y vida; más concretamente, sobre la capacidad de la vida para interrogarnos sobre nuestros modos de ser y de crear. Estas aproximaciones suponen, en palabras de Evelyn Galiazo, "una manera de pensar, en el pensamiento [del] animal, aquello que ya nos acompaña según el modo de lo impensado" (2011, 105). Es una definición sugestiva porque subraya la idea de reencuentro con lo que ya está allí, en nosotros, a la espera de ser conceptualizado; hallazgo que sólo puede acontecer en el contexto de una cultura que hace visible la continuidad entre todas las formas de vida, denunciando el carácter arbitrario de todo ordenamiento, de toda normativa biopolítica. Lo impensado que nos acompaña es una fórmula que acota con bastante precisión el horizonte del posthumanismo en tanto señala al animal —al animal otro y al animal que somos—.

Cuando Roberto Esposito se refiere a la posibilidad de concebir una biopolítica afirmativa (2006a), parece apuntar precisamente a la búsqueda de modos no violentos de relacionarnos con lo impensado, con lo que ya está acompañándonos: una política no sobre la vida sino de la vida; una política que imite, en la medida de lo posible, los procesos productivos y creativos de la vida. Para la crítica literaria, la tarea no es muy diferente: se trataría de procurar que lo que vive en los textos y sobrepasa nuestras estructuras de pensamiento dibuje el camino, haga la teoría. Una teoría *de* la literatura y no *sobre* la literatura que aborde el problema de la vida, de lo que está vivo en la literatura, a través de la elaboración —y el préstamo, la tergiversación, la subversión— conceptual. Parafraseando a Esposito, que a su vez parafrasea a Deleuze: si la filosofía es la práctica de creación de conceptos adecuados al acontecimiento que nos toca y nos transforma, se podría intentar repensar la relación entre literatura y vida en una forma que en vez de someter la vida a la literatura, introduzca en la literatura la potencia de la vida.

Para cerrar estas reflexiones y abocarnos de lleno a las "lecturas vivas": si la cuestión animal, en tanto desplazamiento y opacamiento de la cuestión humana, implica una reconfiguración que pone en el centro del campo la noción de vida, esta será, en adelante, el nuevo interrogante al que se enfrentará la crítica, y al que podría aferrarse en el escenario de naufragio disciplinar provocado por la crisis del aparato conceptual de los humanismos. La vida de la crítica dependerá, así, de su capacidad de repensar la vida: de encontrar las maneras de nombrarla sin violentarla, de entender su funcionamiento, su no-adecuación completa a la forma humana, a la forma animal, a la forma planta. Su transversalidad e impersonalidad; su carácter resistente, inaprehensible y al mismo tiempo creador. En las páginas que siguen nos dedicaremos, entonces, a dos ejercicios de lectura que no consideran a la vida como una creación ni como una experiencia plena, ya constituida, sino como una fuerza que crea y aniquila, como "el llamado a lo que adviene, a lo que tiene de indeterminado y de increado el mundo" (López 2009, 239).

El murmullo

En un diálogo recogido en 1971 por la revista francesa *Actuel*, un grupo de estudiantes le solicitó a Michel Foucault que expusiera las razones fundamentales de su duro cuestionamiento del marco conceptual de los discursos humanistas. Le pidió, además, que mencionara los valores por los que este podría ser reemplazado si se instaurara un sistema de transmisión de saber alternativo. La respuesta del filósofo nos interesa especialmente aquí porque ilumina el corazón epistemológico de las concepciones antropocéntricas, mostrando sus efectos políticos más inmediatos. Dice Foucault: "Entiendo por humanismo el conjunto de discursos mediante los cuales se le dice al hombre occidental: 'si bien tú no ejerces el poder, puedes sin embargo ser soberano. Aún más: cuanto más renuncies a ejercer el poder y cuanto más sometido estés a lo que se te impone, más serás soberano'" (1979, 34).

Para Foucault el humanismo es una máquina discursiva creadora y reproductora de soberanías sometidas: el alma, soberana sobre el cuerpo y sometida a Dios; la conciencia, soberana en el juicio y sometida a la verdad; el individuo, soberano en relación con sus derechos y sometido a las leyes de la naturaleza o de la sociedad. Esa máquina se alimenta de un conjunto de saberes y prácticas a través de las cuales se ha negado u obstruido el despliegue de la voluntad de poder en Occidente. Y aunque Foucault no lo explicite en ese texto, se podría añadir, remitiendo al pensamiento nietzscheano, que se trata de un aparato conceptual que ha negado de manera sistemática la animalidad del ser humano. Por eso es posible afirmar, con Foucault y con Nietzsche, que en el corazón del humanismo late una teoría del sujeto o, para decirlo más precisamente, una teoría del sujeto sujetado, del sujeto humano privado de su voluntad de poder y ajeno a su condición animal.

¿Qué se podría pensar o hacer para saltar este cerrojo? Foucault sugiere dos salidas que parecen complementarias: por un lado, estaría la vía política, la lucha colectiva por el des-sometimiento y, por otro, la salida o el ataque cultural, que consiste en un trabajo de destrucción del sujeto en tanto pseudo-soberano. Ese trabajo desmitificador compete a la crítica, que se ve impelida pensar a partir de categorías de análisis superadoras de la hegemonía conceptual humanista. Se debería empezar, claro, por la propia noción de cultura, por extraer lo que hay en ella de resistente y transformador. Vanessa Lemm observa que en el pensamiento de Nietzsche la cultura no es un acervo cuantificable y pasible de ser transmitido de hombre a hombre, de generación en generación, sino una fuerza capaz de dar cuenta de la continuidad entre todas las formas existentes de vida, de denunciar la arbitrariedad de la distinción entre hombre y animal y, con ello, hacer visible la identidad híbrida del ser humano.[34] La salida cultural implicaría, desde esta perspectiva, la salida del concepto moderno de sujeto y también la salida de un sistema de lectura que se limita a encontrar lo que busca y que vigila, con su siempre remozada inmovilidad, el cerrojo político. La salida, en síntesis, que propone hacer pedazos todo aquello que permite el "juego consolador de los reconocimientos" (Foucault 1979, 20).

El otro juego, el de los descubrimientos, convoca con urgencia a la vida como noción-potencia, inventora e interpretativa, capaz de desplazar radicalmente nuestro punto de vista y hacer que se desvanezcan de una vez un conjunto de prejuicios profundamente arraigados en nuestros imaginarios. En primer lugar, el de que el ser humano es un sujeto de cultura, y el de que ese atributo lo diferencia del animal, viviente a-cultural. En esta idea se asienta otra, subsidiaria de ella y muy operativa en términos biopolíticos: que existen hombres con mayor o menor capital cultural o civilizatorio, es decir, más o menos cercanos al ideal de humanidad.[35] Este prejuicio, que forma parte del sentido común de nuestras sociedades occidentales, opera como justificación del sometimiento de buena parte de la humanidad a condiciones de vida indignas porque se la valora como "menos culta" y, en consecuencia, "menos humana", más próxima al modo de ser animal: "así como el animal (forma de vida 'inferior', se dice)

---

[34] "Para Nietzsche no sólo resulta digno de destacar que la humanidad y la animalidad se encuentran a un mismo nivel en los griegos, sino además, y lo que es más importante, que ellos identifican en la animalidad una fuente de cultura. Los griegos celebran sus instintos animales como fuerzas intrínsecamente culturales, como portadores de vida y de inspiración artística. La cultura griega 'enseña', en primer término, que sólo aquellos que siguen al animal podrán alcanzar un nivel de cultura más elevado y, luego, que sólo aquellos que afirman la vida plenamente en todas sus formas —humana, animal, y otras— podrán generar formas promisorias y novedosas de vida y de pensamiento" (Lemm 2010a, 47).

[35] Téngase en cuenta que cultura y civilización son dos nociones equiparables en el contexto de los discursos humanistas pero fuertemente antitéticas en el marco del pensamiento nietzscheano. La civilización, proyecto moral adiestrador, amaestrador y explotador del animal que la cultura se propone mostrar y denunciar. Para un mayor desarrollo de este tema véase Lemm (2010a).

puede servir a la humanidad (forma de vida 'superior'), ciertos modo de vida humana son 'animalizados' para poder convertirse en lugar de experimentación, sometimiento y expiación, en beneficio del desarrollo y progreso del resto de la humanidad" (Cragnolini 2010, 100).

Cragnolini expone en este pasaje el modo en que la distinción hombre/animal se proyecta hacia el interior de lo humano, desplazamiento que podría explicar por qué la apropiación política y la aplicación jurídica del discurso humanista lejos de proteger la vida humana ha propiciado guerras étnicas y religiosas, genocidios, campos de refugiados, exclusión económica y todas las formas pensables de sumisión, desprotección o aniquilación de la vida humana. Si se cuestiona la idea de que existe un sujeto de cultura y se afirma, por el contrario, que el sujeto es precisamente aquello que sujeta la vida, que resiste la fuerza de la cultura animalizante para poder ejercer su autonomía, entonces la idea de "vida sacrificable" adquiere un nuevo sentido: ya no será sólo la de los animales, o la de aquellos individuos que no se ajustan a la norma instituida, tal como lo estudió y conceptualizó Foucault, sino, en un sentido más general, toda emergencia de lo singular, de todo aquello que aún no ha sido sujetado por el concepto. "En la idea de sujeto se sacrifica la vida (el sacrificio se nutre de la vida, de la vida de la 'carne'), y se sacrifica la singularidad por lo universal" (Cragnolini 2010, 103-104).

Pero ¿dónde se podrían rastrear las huellas de esa vida no sacrificada? Nuestros "lectores vivos" saben acercarse delicadamente a los textos para oír su pulso, así como los rabdomantes sienten el movimiento subterráneo del agua dando golpes en la tierra. No cavan pozos profundos ni utilizan máquinas sofisticadas, simplemente saben dónde golpear y cómo escuchar. En un artículo dedicado al análisis de las formas que asume la vida animal en la literatura de Kafka, Cragnolini identifica una emergencia significativa que llama "murmullo anónimo" y que caracteriza como el modo específico en que la escritura kafkiana hace emerger lo viviente; la corriente de vida que persiste pese a todos los esfuerzos de formalización y nominación, la vida que fluye debajo del lenguaje. Desde esta perspectiva, la literatura animal kafkiana no daría cuenta de un fondo originario recordado en el ejercicio de una subjetividad que aprehende lo vital —un retorno a una zona animal sepultada o reprimida—, sino que expondría lo que acontece cuando, como dice Esposito retomando a Foucault, aparece la tercera persona, porque la literatura es el ámbito que refleja más que ningún otro la actitud exteriorizada de los enunciados. A diferencia del "yo pienso", el "yo hablo" se vuelca a una exterioridad, en la que el lenguaje se manifiesta en la forma de un murmullo anónimo (Cragnolini 2010, 119).

Las nociones de murmullo y de anonimato se asocian en la lectura, siguiendo las interpretaciones de Roberto Esposito (2006b), con la figura de la despotenciación: lo débil, lo pequeño, lo enfermo, lo insignificante, lo ridículo, lo inútil serían modalidades impotentes de rebelión contra el poder. Cragnolini advierte, sin embargo, que pensar la despotenciación como contrapoder podría resultar paradojal, en tanto si se convierte en afirmativa, la desubjetivación es ya una forma más de sujeción. El poder de la vida animal reside precisamente en su carácter de acontecimiento, en su presencia potencial y azarosa, ajena a la voluntad o el deseo. Por eso la literatura puede ser un espacio de efectuación de los poderes de la vida siempre y cuando no se plantee el objetivo moral de protegerla o cultivarla. La animalidad kafkiana es, en la lectura de Cragnolini, la huella de ese acontecimiento.

Retomando las declaraciones de Foucault en relación con la búsqueda de una salida cultural para el asfixiante cauce humanista, la crítica reciente parece orientarse a rastrear y analizar las múltiples y singulares formas de emergencia de la vida animal, los modos en que ese flujo vital anónimo encuentra una vía de manifestación en las escrituras. La lectura de Cragnolini, que no casualmente inscribe su trabajo crítico en el campo disciplinar de la filosofía, tiene además una fuerte resonancia ética: ese murmullo, esa habla anómala es, además del resultado de un procedimiento poético, una estrategia de escape de las matrices disciplinarias y disciplinadoras que dictan cómo deben ser el hombre y el animal. El murmullo de lo anónimo es la contestación no afirmativa y, por tanto, no sujetada, a las concepciones humanizantes de la cultura.

Cuerpos

Las respuestas de los críticos a los prejuicios de la metafísica humanista parecen apuntar cada vez más a pensar eso que hay de material, de tangible en los textos literarios. Y esto no significa, como decíamos, un mero retorno al imperio de la forma, a la idea de que la palabra es, ante todo, materia —grafía, sonido, música— sino una apuesta por aquello que tanto los lectores "contenidistas" como los "formalistas" parecen, por diversos motivos, dejar de lado: los cuerpos. En sus lúcidas intervenciones críticas, Giorgi focaliza su atención en los cuerpos que escriben y en los que son escritos, en esas vidas que exceden en mucho la realidad moral y estética de la que hablan la literatura y la crítica antropocéntricas, para las cuales quien escribe no es un cuerpo sino un espíritu, y toda escritura refiere a la vida psíquica o emotiva de hombres cuyos cuerpos tienen poco o nada que decir; o que dicen sólo lo que su "propietario" ya sabe o es capaz de interpretar, de volcar al código verbal.

Cuando el cuerpo se presenta, en cambio, como una vivencia extraña e intraducible, como materia anónima y múltiple, es porque alguna frontera del discurso humanista ha sido traspasada y, en consecuencia, alguna norma de la regulación biopolítica, trasgredida. Si la crítica está atenta a esos movimientos, si acerca la mirada y el oído a esas transfiguraciones, puede hallar en la literatura un objeto de estudio deseable y amable, esto es: único, singular; un material al cual poder aproximarse sin temor a recaer en las generalizaciones —tentación metafísica— ni en la fragmentación impuesta por la valoración aislada de determinadas particularidades —tentación estética—. Puede, de ese modo, escapar, para usar los términos de Agamben, del "falso dilema que obliga al conocimiento a elegir entre la inefabilidad del individuo y la inteligibilidad del universal" (1990, 9). Porque lo inteligible —sigue Agamben citando a Jean Gerson— "no es ni el universal ni el individuo en cuanto comprendido en una serie, sino 'la singularidad en cuanto singularidad cualsea'". Dicho de otro modo, aquella forma de ser con la que podemos entrar en contacto: la singularidad que podemos leer, interpretar, experimentar, oír, tocar, amar.

Las aproximaciones críticas de Giorgi a una serie textos literarios latinoamericanos contemporáneos apuntan precisamente a interrogar esas singularidades a través del análisis de las tensiones a las que son sometidos los cuerpos. Cuerpos humanos y animales, zonas de fricción y de contacto, espacios de transición. Si Cragnolini acercaba el oído a los murmullos kafkianos de la vida, Giorgi parece concentrarse en observar su materialización en los cuerpos y en las fuerzas de choque que esos cuerpos singulares ejercen sobre las regulaciones biopolíticas. ¿Cómo son ordenados, jerarquizados, disciplinados esos organismos y qué estrategias despliegan en las ficciones para mostrar su existencia no reglada, las líneas de fuga que la vida encuentra para fracturar la matriz de la forma humana? Giorgi rastrea en la literatura una vía de apertura para esos movimientos al tiempo que un espacio de denuncia de la distancia y la disimetría que existe entre el cuerpo y la forma individual o individuada:

> Por un lado, la definición y la figura misma del "individuo", como cuerpo individuado, reconocible como "uno", enfrenta un desafío constante, sistemático; no hay, parecen repetir estos materiales, cuerpo que no sea una multiplicidad, o constituido en una multiplicidad y una red: ese parece ser un principio o una regla de la visibilidad de los cuerpos que traza una sintonía entre los materiales y las lecturas. (Giorgi 2014a, 295)

Los materiales y las lecturas son, ciertamente, atravesados por una misma realidad corporal, que es la que se manifiesta como fuerza informe, indómita y resistente —a la formalización en la escritura y a la conceptualización en la interpretación—, más pulsional que racional, más sensible que inteligible. Y, al mismo tiempo, son sometidos a un régimen económico que no sólo los ordena sino que, de modo más general, los hace visibles, les confiere entidad social. Lo propio no es entendido, así, como una categoría metafísica —la identidad, lo subjetivo, lo humano— sino más bien como aquello que ha sido apropiado y convertido en mercancía. Giorgi analiza la emergencia de esos procesos —y, por supuesto, sus dislocaciones literarias— en las historias de mataderos, más concretamente, en la narración de Martín Kohan "El matadero" y en una novela de Carlos Busqued, *Bajo este sol tremendo*, ambas de 2009. Giorgi las inscribe dentro de una serie en la que incluye textos de Osvaldo Lamborghini, Rodolfo Walsh, David Viñas, Carlos Alonso, Raúl Larra, Bernardo González Arrili, y en los que lee resonancias del texto fundacional de Esteban Echeverría, "desde el que se distribuyen escenas, personajes, operaciones formales y materias políticas, y que funciona como máquina de lectura" (Giorgi 2014a, 130). Los mataderos son esos campos de muerte en los que cuerpos vivos se convierten en cosas intercambiables y eventualmente sacrificables en virtud de un cálculo económico. Leyendo desde esa perspectiva, Giorgi registra en los textos un trabajo de reordenamiento de lo animal en la cultura y de las formas en que, partiendo de lo animal, se esboza una política de los cuerpos. En ese movimiento, oye una interrogación recurrente sobre la relación entre vida y propiedad, entre vida y mercancía; las vacas no son metáfora ni su muerte es alegoría de nada y, sin embargo, en ellas se cifra una clave que permite entrever el difícil encaje que siguen teniendo, pese a todos los exitosos procesos de naturalización, la lógica utilitaria del capital y la ilógica gratuita de lo viviente. Es allí, en el matadero, en el instante mismo en que un viviente es convertido en pieza de carne, cuando "el cuerpo capitalizado del animal parece reflejar una condición más general de todo cuerpo y de toda vida" (Giorgi 2014a, 295).

Si el animal y la animalidad como problemas suscitan cada vez mayor interés en la crítica literaria y artística en general es porque ciertamente permiten hacer pie en el terreno pantanoso de la vida, penetrar ese modo de existencia tan resistente al pensamiento racional. Como si sólo desde el animal pudiésemos asomarnos a nuestro modo singular de ser, a nuestra particular forma de vida. Y ese abocamiento tiene siempre un carácter contradictorio y errático, en tanto se trata de acercarse infinitamente a lo que no se puede alcanzar, de ir conociendo lo eventualmente incognoscible. Margot Norris ha expuesto lúcidamente esa paradoja conceptual que caracteriza al pensamiento biocéntrico, cuya principal ambición metodológica es "actuar" del mismo modo en que lo hace la vida; usar la vida como modelo, imitar su dinámica. El pensamiento biocéntrico, dice Norris, es gratuito; en lugar de procurar aproximarse a los valores de trascendencia, progreso e iluminación que caracterizan a una buena parte de la filosofía occidental, se propone simplemente "convertirnos en lo que ya somos", revelar nuestra singularidad (el *cualsea* agambeano), "dejar de luchar y rendirse ante el destino, regresar de nuestra vida imaginaria de sueños y aspiraciones diferidas al eterno ahora de nuestros cuerpos y nuestra vitalidad" (Norris 1985, 238).[36]

Al inicio de estas páginas me preguntaba qué futuro podíamos esperar y desear para nuestro campo de estudios, acechado, de un lado, por la fuerza aplanadora de los estudios "post" y, de otro, por la tentación metafísica de aquellos que pretenden defender a la literatura apelando a una excepcionalidad que, en el límite, recae inevitablemente en una idea de trascendencia. Y, sobre todo, presionado por la idea de que es necesario tomar uno de los dos caminos, elegir entre el fin o la salvación de la literatura, pero sin preguntarse qué pasaría si en lugar de someterla a ese juicio definitivo hiciéramos la prueba de ir desprendiéndola de la matriz humanista que la vio nacer. ¿Qué pasaría, en definitiva, si la vida entrara a jugar un papel primordial en las lecturas,

---

[36] La traducción es mía.

produciendo, al modo nietzscheano, una transvaloración de los valores? La respuesta a ese interrogante está en proceso; la están construyendo colectivamente los críticos y pensadores que, con sus lecturas, proponen nuevos valores para una nueva poética de la vida. Me detuve aquí apenas en algunos pasajes de esos desarrollos; es necesario seguir indagando las lecturas de vocación posthumanista para dibujar un mapa de esta vigorosa ola que podría arrancar, o al menos debilitar, eso que Nietzsche llamó "la raíz de la necesidad metafísica del hombre" (1984, 70).

CAPÍTULO VI

Una promesa de felicidad

La interdisciplinariedad, de la que tanto se habla, no consiste en confrontar disciplinas ya constituidas (de las que ninguna, de hecho, consciente en abandonarse). Para conseguir la interdisciplinariedad no basta con tomar un "asunto" (un tema) y convocar en torno de él a dos o tres ciencias. La interdisciplinariedad consiste en crear un objeto nuevo, que no pertenezca a nadie.

ROLAND BARTHES, "Los jóvenes investigadores".

Etologías literarias

En la introducción de *Zoographies. The Question of the Animal from Heidegger to Derrida* (2008), un libro insoslayable para repasar y comprender el devenir del pensamiento posthumanista en el siglo xx, Matthew Calarco se interroga acerca de la capacidad de nuestros discursos —no sólo de los nacidos en el seno de la filosofía sino también de aquellos que provienen del ámbito de la ciencia o, de modo general, del campo cultural— para describir la rica multiplicidad de las formas de vida y de las perspectivas que éstas instituyen. Y responde que necesitamos perentoriamente de un pensamiento inaudito[37] sobre los animales y sobre la animalidad humana; que nos hacen falta nuevos lenguajes, nuevas creaciones artísticas, nuevas historias, incluso nuevas ciencias y nuevas filosofías. Es inevitable preguntarse acerca de las formas que asumirán esas novedades; Calarco, al igual que otros pensadores posthumanistas contemporáneos, apuesta por el establecimiento de diálogos insospechados entre visiones provenientes

---

[37] Calarco utiliza la fórmula *unheardof thoughts*, con la que traduce la derrideana *pensée inouïe*.

Cómo citar este capítulo:
Yelin, J. 2020. *Biopoéticas para las biopolíticas. El pensamiento literario latinoamericano ante la cuestión animal.* Pp. 63-73. Pittsburgh, Estados Unidos: Latin America Research Commons. DOI: https://10.25154/book4. Licencia: CC BY-NC 4.0.

de distintas lentes críticas. Lo cierto es que algunos de esos intercambios ya se están produciendo; un ejemplo destacable dentro del ámbito anglosajón es el trabajo de Susan McHugh, enmarcado en una nueva disciplina que llama "etología literaria": un campo de estudio abocado a mapear las diversas modalidades de representación —o, se podría añadir, desrepresentación— que las ficciones animales o del animal —no todas: sólo aquellas en las que el discurso de la especie (Wolfe 2003a) es cuestionado— ponen en funcionamiento para dar cuenta de una transformación que excede, está claro, el ámbito de la imaginación literaria. Una transformación que es también una revelación y que ha impregnado de modo irreversible los discursos de las ciencias sociales y humanas: resulta imposible, se lo mire desde la perspectiva epistemológica desde la que se lo mire, establecer una distinción única y estable entre hombre y animal. En otras palabras: no hay nada que el hombre posea que no se pueda hallar, de un modo u otro, en diferente grado, en el universo que consideramos no humano.[38] Se trata a estas alturas, y tal como se ha desarrollado en los capítulos anteriores, de una idea recurrente que, sin embargo, no deja de producir fisuras en las bases sobre las que se asientan las perspectivas de análisis más transitadas de las humanidades, prontas a convertirse definitivamente en posthumanidades.

Ahora bien, si los estudios etológicos —aun aquellos que todavía diferencian férreamente entre etología animal y etología humana— fueron, con sus desarrollos en el campo conductual y epistemológico, resquebrajando el prejuicio de la superioridad humana, la disciplina imaginada por McHugh —que no distinguiría, evidentemente, entre esos dos grandes grupos sino que procuraría pensar el comportamiento de ciertos imaginarios dejando en suspenso aquella distinción— se orientaría a redoblar la apuesta, mostrando que son precisamente aquellos caracteres y valores que habían servido para caracterizar al animal a través de una confrontación con el ser humano los que hacen potentes —inteligentes, sensibles, ocurrentes, reveladoras— a las ficciones. No hay creación posible, parece sostener la etología literaria, sin la activación del animal que somos. Ese criterio va acompañado de una reevaluación de los fundamentos que sostienen el canon literario, en tanto, como se ha argumentado ya, la crítica de vocación posthumanista debe hacer frente a los presupuestos teóricos y metodológicos de la estética. En estas páginas procuraremos desplegar la hipótesis de que en los diálogos interdisciplinares y en el esfuerzo simultáneo —y a veces paradójico— de constituir una perspectiva crítica no antropocéntrica para leer objetos literarios, se manifestaría la resistencia a abandonar una posición valorativa cuya referencia fundamental es el juicio del receptor —no nos referimos aquí a un corpus en particular sino, de modo general, a las reglas de juego institucionales que compelen a los críticos a dar por cierto una serie de axiomas para otorgarle una cierta estabilidad a sus objetos de estudio—.

---

[38] Para un desarrollo de este punto véase Wolfe (2003b).

El hombre sin contenido (2005a), el ensayo de Giorgio Agamben sobre la declinación del pensamiento estético en Occidente, se inicia con una cita extraída de la *Genealogía de la moral*, donde Friedrich Nietzsche reflexiona sobre la definición kantiana de la belleza, asentada en la figura de un espectador considerado como agente de un goce desinteresado, impersonal y universal. A esta definición Nietzsche opone, con gran astucia, la de Stendhal, que caracteriza lo bello, desde su perspectiva de artista, como "una promesa de felicidad" (Agamben 2005a, 10). Para Agamben, la experiencia del arte que Nietzsche defiende no tiene nada que ver con la estética; por el contrario, su intención es deslindar el concepto de belleza del difuso limbo que rodea la sensibilidad del espectador para así poder considerarlo desde el punto de vista del creador.

> Esta purificación, por tanto, se realiza a través de una inversión de la perspectiva tradicional sobre la obra de arte: la dimensión de la esteticidad —el aprendizaje sensitivo del objeto bello por parte del espectador— le cede el sitio a la experiencia creativa del artista, que solamente ve en su obra *une promesse de bonheur*. En "la hora de la sombra más corta", una vez alcanzado el límite extremo de su destino, el arte sale del horizonte neutral de la esteticidad para reconocerse en la "esfera de oro" de la voluntad de potencia. Pigmalión, el escultor que se exalta debido a su propia creación hasta el punto de desear que no pertenezca más al arte sino a la vida, es el símbolo de esa rotación que va desde la idea de belleza desinteresada como denominador del arte, hasta la de felicidad, es decir, a la idea de un ilimitado acrecentamiento y potenciación de los valores vitales, mientras que el eje de la reflexión sobre el arte se desplaza del espectador desinteresado al artista interesado. (Agamben 2005a, 11)

La inversión de valores a la que se refiere Agamben, ejercicio tan común en el pensamiento nietzscheano —y, ciertamente, reconocible en el giro foucaultiano hacia la biopolítica—, empuja a los estudios literarios, y a las disciplinas que abordan otras formas de la creación artística, a una suerte de callejón sin salida: ¿cómo rechazar un argumento tan potente y —siguiendo el hilo stendhaliano— tan feliz, tan prometedor? Y, al mismo tiempo, ¿cómo afirmar su validez sin cuestionar uno de los supuestos fundamentales de nuestra práctica crítica: la idea de que es fundamentalmente en la reflexión acerca de la lectura donde podría habitar una teoría literaria? Téngase en cuenta que el argumento nietzscheano esgrimido por Agamben no propone volver a situar el problema del valor en el corazón de la obra, esencializándola y volviéndola portadora de alguna clase de verdad sobre sí misma, sino que lo redirecciona hacia el proceso creador, ese estadio irrecuperable y, sin embargo, insoslayable cuando se aborda una obra, en tanto es prueba de la precaria estabilidad de su existencia y, por tanto, esa suerte de fuego originario que la mantiene viva, que le permite respirar y transformarse. Nietzsche apuesta por la voluntad de potencia de la práctica artística, es decir, por la recuperación de su vitalidad a través de la incorporación del proceso que le dio origen. La estética es, desde este punto de vista, una perspectiva mortífera, apaciguadora de las fuerzas que toda creación emana, obstaculizadora de la consumación de esa promesa de felicidad que la obra, en tanto *poiesis* impersonal e infinita, irradia.[39]

Puede entenderse, así, por qué los asedios a la idea de especificidad literaria producidos por las teorizaciones biopolíticas de linaje nietzscheano —que, como se puede inferir, colisionan también, de modo general, con la hipótesis de existencia de un ámbito artístico autónomo, desligado de algo así como una vida de creación "no artística"—, al tiempo que obturan algunos caminos, producen desvíos sumamente productivos. Habilitan, en primer lugar, una reflexión sobre las reticencias de la crítica a abandonar presupuestos que la siguen anclando en una perspectiva eminentemente antropocéntrica. Si bien es cierto que el desarrollo de la teoría literaria continental —fundamentalmente, del estructuralismo y el posestructuralismo— puso en tela de juicio la validez teórica de conceptos tan centrales como los de obra, autor, subjetividad o representación, también lo es que subsistieron, en su concepción general del lenguaje, algunos presupuestos que pueden haber funcionado como obstáculos para el análisis. Limitaciones que, ciertamente, perviven en mayor o menor medida en las prácticas críticas contemporáneas, todavía ligadas, como ha observado Jorge Belinsky en su ensayo *Lo imaginario: un estudio* (2000a), al horizonte epistemológico del estructuralismo.

En efecto, y a pesar de haber producido una transformación radical de nuestro modo de comprender el funcionamiento del lenguaje,[40] el estructuralismo

---

[39] Una promesa de algo que no concierne a nadie en particular, ni puede ser aludido en los términos en que nos referimos al "bien", la "belleza", la "perfección". "La felicidad mantiene con el sujeto una relación paradójica. Aquel que es feliz no puede ser consciente de serlo: el sujeto de la felicidad no es un sujeto, no tiene la forma de una conciencia, aunque se trate de la mejor de ellas" (Agamben 2005b, 25).

[40] McHugh argumenta que no es casual que el desarrollo de la etología científica en el siglo xx haya sido contemporáneo de la gran transformación en el abordaje de las artes producida por las teorizaciones del estructuralismo, primero, y del postestructuralismo más tarde. Y observa con astucia que el ejemplo que Terry Eagleton utiliza para argumentar las dificultades a la hora de recortar el objeto literario recurre precisamente a una representación moderna y urbana de las relaciones de compañía interespecie: Eagleton se pregunta si la señal del subte londinense que indica la obligatoriedad de llevar los perros por la escalera mecánica no es más ambigua de lo que parece, si no podría ser interpretada también —ciertamente, en inglés la expresión cobra una mayor ambigüedad que en castellano: "Dogs must be carried on the escalator" (Eagleton 1996, 6)— como la obligación de llevar un perro consigo para ser admitido en la escalera mecánica. La frase le sirve al crítico para ilustrar las posibilidades que se abren con la irrupción de la atención estructuralista a la ambigüedad semántica, en particular las implicaciones teóricas de conceptualizar la lectura no ya en términos de recepción pasiva sino de procesos interpretativo-escriturales creativos y participativos; y aunque el crítico

sostuvo y legitimó, a lo largo de décadas, una ligazón incuestionable entre sujeto y lenguaje. En el prólogo a la compilación *Ensayos sobre biopolítica. Excesos de vida*, Gabriel Giorgi y Fermín Rodríguez se detienen sobre este punto: existe, argumentan, un lazo que sigue ligando, aunque de modo desplazado, a la teoría estructuralista con el núcleo del pensamiento humanista: "el supuesto anti-humanismo estructuralista —la vieja cuestión de la muerte del sujeto— deja todavía en pie lo humano bajo la forma de un sistema de significación o una estructura que introduce la diferencia en la masa amorfa, pre-lingüística de un real inalcanzable o perdido" (2009, 18). El sujeto de la cultura, asediado a lo largo del siglo xx por la teoría psicoanalítica, los desarrollos de la lingüística, la filosofía y la teoría literaria, conserva, sin embargo, un rasgo distintivo que lo jerarquiza de modo incontestable: la capacidad de hablar, de representar, de pensar. Como observa Calarco, el sujeto resultante de esas operaciones críticas no suele ser, con todo, un sujeto de la experiencia sino un sujeto humano (2008, 8). En este sentido, poco importan la cualidad, el matiz, el tono particular que se atribuya al rasgo propiamente humano, lo que realmente interesa es que la división sigue funcionando, organizando y jerarquizando las diversas formas de vida.[41]

La diferencia estructuralista trabaja negativamente en relación a un real indiferenciado e inalcanzable, afuera del lenguaje o de la razón. ¿Pero qué ocurriría si la diferencia no estuviera localizada en lo humano; si además de diferencias lingüísticas hubiera múltiples series de diferencias imperceptibles trabajando en lo real, más pequeñas que las diferencias que ponen los sentidos, la conciencia o el lenguaje? ¿Y si no hubiera

---

modaliza su afirmación señalando que la frase podría ser ambigua si es abordada con la "suficiente ingenuidad", marca claramente la inconsistencia de cualquier teorización que no tenga en cuenta la inestabilidad semántica inherente del lenguaje, incluso al más cotidiano y prosaico. Se produce así un primer desplazamiento que abrirá el camino a las perspectivas posthumanistas. "En lugar de luchar por un único o verdadero significado humano, el consecuente foco puesto en la proliferación de sentidos (por no mencionar los propósitos y las formas) de las historias y su relación con los contextos históricos y culturales en la teoría postestructuralista ayuda a explicar el 'giro' animal en literatura, el arte y otros campos de estudio tradicionalmente humanísticos" (McHugh 2011, 216).

[41] Jacques Derrida argumenta que el sentido de la subjetividad es constituido a través de una red de relaciones excluyentes que van más allá del binarismo humano/animal. Ha acuñado el término *carnofalogocentrismo* para referirse a esta red y destacar la dimensión sacrificial (*carno*), masculina (*falo*) y lingüística (*logo*) de las concepciones clásicas de subjetividad. Lo que Derrida trata de aprehender con este concepto es cómo la metafísica de la subjetividad opera no sólo para excluir a los animales del estatus de sujetos completos sino también a otros seres, en particular a las mujeres, a los niños, a grupos minoritarios y otros Otros que son considerados como "carentes" de uno u otro rasgo básico de la subjetividad. Así como los animales han estado y siguen estando excluidos de una protección legal básica, del mismo modo, señala Derrida, hay muchos "sujetos" humanos que no son reconocidos como tales (2005).

ninguna instancia —sujeto hablante, cultura en general— diferenciando la vida desde afuera, porque la vida es ya diferencia, movimiento, devenir, potencia virtual, poder de cambio? (Giorgi y Rodríguez 2008, 18)

Esta pregunta alimenta en la actualidad, con intensidades y modalidades diferentes, la producción de un conjunto de críticos literarios argentinos, fraguada, como hemos visto en capítulos precedentes, al calor del pensamiento posthumanista y, en algunos casos, de los llamados *animal studies*. Su objetivo más acuciante parece ser redefinir los contornos de su objeto e imaginar nuevas formas de abordarlo, de dar forma a un campo de estudio cuyos desarrollos operen en favor de un pensamiento de la continuidad de las formas de vida, no sólo como una suerte de proclama ético-política sino también como una provocación crítica y artística. Roland Barthes lo sintetiza maravillosamente en la cita que encabeza estas páginas: el verdadero desafío de la interdisciplinariedad es crear un objeto nuevo que esté disponible para ser pensado más allá de los prejuicios y los automatismos metodológicos de los diversos campos de saber. Analizaremos a continuación algunas de las tensiones a las que se enfrenta el pensamiento de la crítica reciente; tensiones que, es importante subrayar, esta no pretende neutralizar, sino que abraza como fuerza constitutiva de una práctica —la teorización— cuyo horizonte de posibilidad es inevitablemente paradójico. Como apunta Alberto Giordano —retomando la hipótesis de Paul de Man acerca de la retoricidad intrínseca del lenguaje—, no puede haber "teoría de la literatura sin resistencia al cumplimiento de su propósito fundamental" (2015, 102).

Resistencias

Los críticos literarios y, de modo más general, los lectores de literatura[42] que exploran los procedimientos de ficciones en las que la animalidad tiene un rol decisivo, suelen abrevar más en los aportes de cuño filosófico, psicoanalítico, biopolítico o antropológico —las referencias más frecuentes, como venimos viendo, son a la obra de Friedrich Nietzsche, Michel Foucault, Jacques Derrida, Gilles Deleuze, Félix Guattari, José Luis Pardo, Roberto Esposito, Giorgio Agamben, Eduardo Viveiros de Castro— que en los aportes específicos de la teoría literaria. Las elecciones parecen indicar que la teoría literaria no pudo o no quiso hasta el momento pronunciarse de modo riguroso acerca de la mentada "cuestión animal". Ya sea por las razones argüidas por Giorgi y Rodríguez —la pervivencia en la base de sus teorizaciones de una indisoluble ligazón entre

---

[42] Uso esta fórmula para referirme a aquellos investigadores que, como Mónica Cragnolini, se formaron y desempeñan en el campo académico de la filosofía y no en el terreno institucional de la crítica literaria.

sujeto y lenguaje—, ya porque los desarrollos de los pensadores que acabamos de nombrar fueron más flexibles y creativos a la hora de experimentar con los conceptos, inventar nociones, robar, traducir, ensayar un pensamiento errático más afín a un modo no antropocéntrico de aproximación al otro, humano o no humano —para ilustrarlo basta con mencionar la noción deleuziana de "devenir animal", la de "máquina antropológica" agambeana o las de "multinaturalismo" y "perspectivismo" de Viveiros de Castro—. O tal vez esa inclinación se deba a que —para conectar ambas razones— el desgajamiento de la subjetividad de la raíz del lenguaje humano es indispensable para comprender la errancia —la escucha de la presencia anómala de la animalidad en el pensar mismo— como una fuente primordial de conocimiento. Porque errar críticamente no implica recostarse en la vaguedad o la imprecisión conceptual sino, por el contrario, asumir la trabajosa y arriesgada tarea de abordar lo que no se deja pensar, lo que resiste y, sin embargo, exige imperiosamente ser pensado.

¿Se puede hipotetizar, entonces, que la escasa incidencia de conceptos provenientes de la teoría literaria en las lecturas de ficciones en las que lo viviente ocupa el centro de la escena estarían vinculadas al sostenimiento por parte de aquélla —a causa de su propia historia epistemológica— de una concepción antropocéntrica del lenguaje? Tal sería, en efecto, una de las razones por las que los lectores de literatura interesados en vincular sus procedimientos con los desarrollos en el campo de la "cuestión animal" recurrirían con mayor frecuencia a conceptos y perspectivas metodológicas formuladas en otros ámbitos de estudios e incluso a categorías —sin ir más lejos, a la noción nietzscheana de vida como fuerza creadora— que cuestionan fuertemente la pertinencia de la idea de autonomía del campo literario. Con todo, no parece atinado leer este desvío disciplinar como una falta; por el contrario, resulta más estimulante pensar que de esos diálogos podrían surgir encuentros inusitados y, como consecuencia, abrirse nuevos horizontes epistemológicos. Tal vez en el rechazo a modalidades de lectura que los propios textos muestran obsoletas, en esa misma resistencia, habite el germen de otras resistencias que, aunque igualmente irresolubles, pueden resultar más productivas.

En "La resistencia a la teoría" (1986) Paul de Man atribuye a la teoría literaria una capacidad pragmática de aproximarse a sus objetos de estudio de la que, sostiene, carece la tradición canónica de pensamiento filosófico, más ligada a modelos convencionales de lectura —entre ellos, de modo preponderante, el de la estética—. En efecto, el hecho de que la teoría literaria haya nacido por fuera de la órbita de la filosofía, su afán de sostener una cierta autonomía para pensar algunos problemas compartidos por ambas disciplinas e incluso, en algunos casos, la rebelión consciente contra el peso de la gran tradición filosófica, no constituyen para De Man una falencia sino, por el contrario, una enorme potencialidad: ese rasgo pragmático, abierto a la polémica y apegado a la singularidad de sus objetos, al tiempo que la debilitaría como teoría, le añadiría un elemento subversivo de impredictibilidad que la convertiría en "una especie de comodín en el juego de las disciplinas teóricas" (De Man 1986, 648). Pasadas más de tres décadas desde la publicación del emblemático ensayo, se diría que la comprensión de la teoría literaria como una actividad epistemológica más que como un corpus de métodos listos para descifrar un objeto preexistente está más vigente que nunca. En la decisión de abrevar en conceptualizaciones provenientes de otros campos sin desentenderse de la naturaleza de sus objetos de estudio, de cuya singularidad extraen sus propias señas de identidad —se podría afirmar que la teoría literaria se instituye como tal en el ejercicio mismo de la lectura, en el contacto con la literatura— se puede rastrear, precisamente, la propuesta demaniana.

En la crítica argentina reciente, en aquellos textos que se enfrentan al carácter mutante, inaprehensible de lo viviente, la resistencia constituye un elemento familiar con el que la teoría, lejos de debilitarse, se produce y reproduce a sí misma. La resistencia funciona como el motor autopoiético de la teoría, en tanto, como ha señalado De Man, el lenguaje que esta habla no es sino el de la autorresistencia.[43] Tal vez la irrupción de la vida animal en la literatura y en los discursos de la crítica, su presencia insistente y esquiva, desestabilizadora del sentido de lo humano, no sea sino una manifestación más de un mecanismo de resistencia que para De Man es connatural a todo lenguaje; sin embargo, por la fuerza y las implicancias políticas de sus manifestaciones, se presenta como una ocasión única para volver a pensar la convivencia entre la imposibilidad y la necesidad de la teoría. Una tensión que cada crítico resuelve con su propia impronta pero compartiendo un rasgo fundamental: la apuesta por la búsqueda de estrategias para que el proceso creador de la obra se comunique con el de la lectura. Cada vez que un lector se hace cargo de las fuerzas paradójicas que atraviesan todo deseo de teoría, la promesa de felicidad stendhaliana franquea los límites de la obra para impregnar el territorio de la crítica. Cada vez que en la lectura, siempre ansiosa de aprehender lo particular, el detalle que permite enraizar una hipótesis en la materialidad del texto, se registra la huella de lo impropio, de lo irrepresentable, que es precisamente aquello que no puede penetrar en los lenguajes del mundo —y que, justamente por eso, constituye el punto de refacción desde el cual ellos pueden ser interrogados radicalmente—, algo de ese proceso de creación perdido se hace presente al lector de un modo efímero y huidizo, como la espuma de una ola que acaba de abandonar la costa.

En el trabajo crítico de Gabriel Giorgi sobre las diversas formas en que se producen alianzas entre lo humano y lo animal en las ficciones contemporáneas (*Formas comunes*, 2014a); en las lecturas que Fermín Rodríguez hace de los acercamientos de la literatura a lo insoportable —el trauma social, la violencia, el terror, la precariedad material— ("Miedo" 2013, "El trabajo" 2014a, "En las fronteras" 2014b) o en las reflexiones de Alberto Giordano sobre la

---

[43] "Nada puede superar la resistencia a la teoría ya que la teoría misma es esta resistencia. Cuanto más elevados sean los fines y mejores los métodos de la teoría literaria, menos posible se vuelve ésta" (De Man 1986, 666).

fragilidad e inestabilidad de las figuraciones del yo producidas por las escri-turas íntimas (*Una posibilidad* 2006, *El giro* 2008, *La contraseña* 2011a, *Vida y obra* 2011b), se teoriza precisamente acerca del hiato que separa a los suje-tos del fundamento de su propia subjetividad. El desafío que el aparato crítico de estos lectores enfrenta es haber elegido un objeto de estudio —la relación literatura-vida, es decir, una zona de la escritura en la que la humanidad es percibida como impropiedad— que se niega a sí mismo, vale decir que es, en su misma formulación, inviable. Ante esa evidencia, se les presentan dos alter-nativas: procurar nombrarlo —imaginar la ola que ya se volvió a fundir en el mar, es decir, elaborar una nueva resistencia— o inventar estrategias para la observación de la espuma que el crítico tiene frente a sí; estudiar sus contornos, sus singularidades, las sutiles formas de su desaparición. Someterlo al escru-tinio de su propia palabra, confrontarlo con ella para dejar testimonio de los efectos sufridos por su pensamiento y su sensibilidad. Los críticos que siguen las huellas de la vida podrían ser definidos, en este sentido, como testigos de una desaparición —testigos sin pruebas, pero testigos al fin—. En efecto, en los ensayos a los que nos referimos, la resistencia de la vida a la escritura y a la lectura, la propia resistencia de la teoría a enfrentarse con esa evidente imposi-bilidad, no son entendidas como puntos ciegos que la lente del crítico es inca-paz de sortear sino como el único alimento genuino de la relación crítica. Así lo sintetiza Alberto Giordano al señalar el origen psicoanalítico de la noción de resistencia demaniana:

> En el curso de la experiencia analítica, el fenómeno transferencial de la resistencia, cuya forma discursiva es la de una interrupción que deja al sentido en estado de inminencia, expone la presión ambigua de algo que sólo puede entredecirse en los términos de una revelación sofocada. A la vez que lo interrumpe, la resistencia orienta el trabajo analítico —hay que aprender a actuar en y con ella— porque en los intervalos de inquie-tud se manifiesta la sustracción de una verdad indecible que apremia a la enunciación. (Giordano 2015, 101)

Puede que el hallazgo más interesante y seductor de la crítica literaria argentina reciente sea la aceptación de la resistencia crítica como interrup-ción y apertura. Eso la exime, por un lado, de la fatigosa tarea de su negación —buena parte de la historia de la crítica literaria se escribió, ciertamente, como resistencia a la resistencia—, y por otro, como lógica consecuencia, de todos los esfuerzos defensivos de su práctica en pos de la afirmación de la especi-ficidad y dignidad de su objeto de estudio: si la resistencia es algo que ocurre en el lenguaje y afecta de modo general la producción de subjetividades, ¿qué podríamos reservarnos como propio para la literatura?; ¿quién podría seña-lar una diferencia específica? Librados de esos deberes, los lectores defienden la validez interpretativa de su escritura como único testimonio posible de las batallas con las propias resistencias. Su objetivo primordial es hacer hablar a los textos sin acallar el ruido que atraviesa toda materia verbal, procurando, en cambio, que esa dimensión gravite de modo decisivo en las lecturas. Eso se logra a través de la atención que el crítico dirige no sólo, como decíamos, a las huellas del trabajo creativo, sino también a las del proceso de autoconstitución de su propia subjetividad, y a las marcas que en él imprime el diálogo con el texto, fundamentalmente con aquello que no puede inteligir con claridad, ese fluir anómalo que produce efectos sobre su propio lenguaje.

La transformación del anudamiento literatura-vida en parte de la crítica literaria reciente se vincula, así, con la inclusión de la vida del crítico en la ecuación de la lectura, es decir, con su voluntad de escribir sin olvidar que él también es un viviente, un animal que se hizo hombre gracias a la negación del "ruido" de su existencia. La crítica que nos gusta llamar biopoética sería, así, una forma de contacto con el olvido (del) animal.[44] Mónica Cragnolini patentiza ese encuentro a través de la voz ajena, la más ajena, en los relatos de animales de Franz Kafka. En ellos oye y hace oír procesos de desubjetivación que desafían los mecanismos de defensa, las figuraciones del yo que el lenguaje literario ofrece continuamente —¿qué es acaso si no un personaje?—, al tiempo que socava.[45] Pero esa capacidad de escucha no se limita en la crítica al universo no-humano; la afirmación de la continuidad de todas las formas de vida hace posible que el mismo ejercicio se realice con la palabra articulada, entendiendo que en la voz humana, cuando la vida no es sacrificada, también puede emerger lo extraño, lo nuevo, lo inaudito del pensamiento, en definitiva, que toda narración del yo humano es una ficcionalización del animal. ¿Pero dónde está, dónde se localiza lo inaudito?; ¿en qué pliegues de la lengua se puede hallar el pensamiento literario de la vida? Desde luego, en el murmullo anónimo de los animales kafkianos, pero también en la inscripción que a veces dejan los cuerpos al atravesar el umbral que separa *bíos* de *zoé* (Giorgi);[46] en esa evanescente

---

[44] Véase Lemm (2010a).

[45] "De ese murmullo anónimo hablan los animales kafkianos: el murmullo de esas manadas de pequeños roedores que cree sentir constantemente el topo de la construcción cuando, ejercitándose por devenir imperceptible, no hace más que exacerbar los mecanismos de defensa (¿debería decir, del 'yo'?). Mientras tanto, a pesar de esos mecanismos, el murmullo, aunque lejano, aunque no localizable ni identificable, se sigue escuchando, del mismo modo que se escucha el 'chillido quejumbroso' del pueblo de Josephine, el pueblo que —como el viviente animal— siempre es víctima" (Cragnolini 2010, 119).

[46] "Dos insistencias parecen trazar el contorno de estas intersecciones entre la vida y la política bajo el signo del animal; dos interrogaciones que apuntan a los modos en que la cultura desmonta algunas matrices por las cuales una vida se hace inteligible como 'humana' y que trazan, consecuentemente, jerarquías entre cuerpos y entre formas de vida. Por un lado, la definición y la figura misma del 'individuo', como cuerpo individuado, reconocible como 'uno', enfrenta un desafío constante, sistemático; no hay, parecen repetir estos materiales, cuerpo que no sea una multiplicidad, o constituido en

aparición que, de modo inusitado, afecta la intimidad del crítico (Giordano);[47] entre los desechos de las vidas descartadas en las sociedades neoliberales del presente (Rodríguez).[48] En esas zonas que resisten hay una promesa de felicidad para el crítico, la única que le ha sido reservada: la de leer/escribir lo que aún no ha sido pensado. La resistencia es para estos lectores una fatalidad pero también un objetivo: tocar ese borde, sentirlo y mostrarlo a través de la palabra nueva, la palabra-invento. La teoría no es para ellos sino la experiencia crítica de una intensidad —la de dejarse vivir y, así, dejarse escribir (Rodríguez 2014c)— para que esa letra se reencuentre con las fuerzas impersonales que Nietzsche atribuyó a toda creación viva, y las acreciente. La palabra del crítico como única prueba de la vida de la obra, de su proceso de creación infinito.

---

una multiplicidad y una red: ese parece ser un principio o una regla de la visibilidad de los cuerpos que traza una sintonía entre los materiales y las lecturas. Por otro lado, la interrogación recurrente de la relación entre vida y propiedad, o vida y mercancía, allí donde el cuerpo capitalizado del animal parece reflejar una condición más general de todo cuerpo y de toda vida —donde, como se ve en los textos sobre mataderos, todo cuerpo, humano o animal, se hace visible bajo la medida y el cálculo del capital" (Giorgi 2014a, 295).

[47] "Lo curioso, lo raro de la literatura, es que se impone sin imponer nada: a veces, mientras leo un texto que la reproducción cultural me ofrece como literario, o, como en el caso de los diarios íntimos o los epistolarios, de estatuto ambiguo, puede suceder que algo extraño se presentifique sobre la superficie de la escritura y me haga señas, o me mire, sin intención reconocible. La aparición de la desaparición de algo que concierne a mi intimidad" (Giordano 2008, 11).

[48] "Unos, de un lado, viven disciplinándose bajo la amenaza de perderlo todo; otros, víctimas de la violencia económica y social, ya no tienen nada que perder, salvo las cadenas que los sujetan a un biopoder que se propaga más allá de la esfera tradicional de la política por el tejido material de lo vivo, a lo largo de líneas de precariedad laboral, de inseguridad social y desocupación, de terror económico, de enfermedad y reproducción, de sangre y de muerte. Saturada por nuevos mecanismos de poder, esa misma vida, que se ha vuelto campo de control y manipulación, de politización y subjetivación, fue también la materia de una literatura que ensayó formas de localizar y desmontar las operaciones biopolíticas fundamentales" (Rodríguez 2014b, 195).

SEGUNDA PARTE

Escrituras

CAPÍTULO I

El animal biográfico

El que desconozca semejante materia, jamás podrá darse cuenta de las muchas y muy trágicas cosas que pueden acontecerle a una gallina. Nace de un huevo y por algunas semanas, no es sino un montoncito de pelusas, como las que aparecen en las tarjetas de Pascua de Resurrección, para luego transformarse en algo horriblemente desplumado, que devora formidables cantidades de maíz y alimento, que ha costado sacrificios al dueño de casa, se contagia de moquillo, de cólera y otros males, permanece por momentos mirando con estupidez al sol, se enferma y muere. Unas cuantas gallinas, y de vez en vez un gallo, procuran seguir los misteriosos designios de Dios y luchan por arribar a la madurez. Las gallinas ponen nuevos huevos, de los cuales nacen otros tantos polluelos y la melancólica historia se repite. Es algo increíblemente complicado. La mayoría de los filósofos deben haber sido producidos en criaderos de gallinas.

Sherwood Anderson, "La victoria del huevo".

Mundografías

¿Existen las biografías de animales? La pregunta, aunque sugestiva, se revela de inmediato impertinente: si se la considera un momento, salta a la vista que las biografías de animales no existen, y más aún, que no pueden existir. ¿Por qué? Sencillamente porque los animales, no participando del *bíos*, difícilmente podrían convocar la grafía o, dicho de otro modo, porque una vida sin palabras no parece solicitar —ni merecer— un relato. Entre *bíos* y grafía se establecería, así, una relación de mutua necesidad: el *bíos*, la vida que debe ser protegida, lo sería precisamente por su capacidad de ponerle palabras a su existencia, por saber y poder defenderla; esto es, por su carnadura política, por su historicidad —¿qué

Cómo citar este capítulo:
Yelin, J. 2020. *Biopoéticas para las biopolíticas. El pensamiento literario latinoamericano ante la cuestión animal.* Pp. 77-87. Pittsburgh, Estados Unidos: Latin America Research Commons. DOI: https://10.25154/book4. Licencia: CC BY-NC 4.0.

es una biografía sino el despliegue narrativo de una subjetividad en el tiempo?—, por su estar instalada dentro del lenguaje verbal y dar testimonio de ello; por su potencial, dirá Michel Foucault, de asumir "la forma de una prueba de sí" (Foucault 2005). Prueba reflexiva que en el hilo del pensamiento foucaultiano es también prueba del mundo. El *bíos*, dijo en uno de los últimos cursos que dictó, es "la manera como el mundo se nos presenta inmediatamente en el transcurso de nuestra existencia".[49] El mundo puede ser pensado, así, como un efecto del *bíos* —en tanto este último es su condición de posibilidad— y las biografías como una suerte de mundografías: testimonios de aquellos que tienen mundo.

Sabemos que en el corpus del pensamiento filosófico occidental acerca de los animales estos han sido —y en gran medida siguen siendo, sea cual fuere la imagen a la que cada pensador haya acudido para caracterizarlos— los pobres de mundo: no pueden acceder a una realidad humana —la de las cosas en tanto tales, dirá Martin Heidegger— porque están atrapados dentro de sí, aturdidos, perplejos, inmersos en un medio ambiente que no es cabalmente un mundo sino más bien un conjunto de señales perceptibles por sus sentidos. Su vida es así definida por aquello que les falta: lenguaje, razón, alma, espíritu, inteligencia, sensibilidad, mente. No tiene demasiada importancia, en realidad, la naturaleza del atributo ausente, lo relevante es que este imprime en el animal la marca de una identidad incompleta, una seña que define de modo indubitable su vivir —que lo caracteriza, en definitiva, como un sinvivir—. Y sin embargo, la relación entre animal y mundo que Heidegger intentó circunscribir está cargada de ambigüedad: los animales no tienen acceso al mundo pero tampoco permanecen completamente ajenos a él; para ellos el ente, según la fórmula heideggeriana, está abierto al tiempo que es inaccesible.[50] Están en el mundo en un modo que es caracterizado, en oposición al *Dasein* humano, como un no-estar.

---

[49] "El hecho de que el bios, la vida —quiero decir: la manera como el mundo se nos presenta en el transcurso de nuestra existencia—, sea una prueba debe entenderse en dos sentidos. Prueba en el sentido de experiencia; es decir que el mundo se conoce como aquello a través de lo cual hacemos la experiencia de nosotros mismos. Y además, prueba en el sentido de que este mundo, este bios, es también un ejercicio, es decir, aquello a partir de lo cual, a través de lo cual, a pesar de o gracias a lo cual vamos a formarnos, transformarnos, encaminarnos hacia una meta o una salvación, marchar hacia nuestra propia perfección" (Foucault 2005, 454).

[50] "El estatuto ontológico del medio animal puede ser definido así: está *offen* (abierto) pero no *offenbar* (desvelado, literalmente: abrible). El ente, para el animal, está abierto pero no es accesible; es decir, está abierto en una inaccesibilidad y una opacidad, o sea, de algún modo, en una no-relación. Esta apertura sin desvelamiento define la pobreza de mundo que caracteriza al animal con respecto a la formación de mundo que caracteriza a lo humano. El animal no está simplemente privado de mundo porque, en tanto que está abierto en el aturdimiento, debe —a diferencia de la piedra, privada de mundo— prescindir de él, carecer de él (*entbehren*); es decir, puede estar determinado en su ser por una pobreza y una falta" (Agamben 2005d, 72).

Esta ambigüedad constitutiva ha sido crucial para el devenir filosófico y lite-rario de las concepciones y representaciones de los animales; y, por supuesto, se vuelve muy relevante si el objetivo es analizar las posibilidades de una biografía animal, es decir, las chances que tiene el animal —un animal— de que su vida se enclave en el mundo o, más concretamente, alcance cierta dignidad literaria. De que su vida, en definitiva, se deslinde de la figura homogeneizadora del animal —singular generalizador que niega la múltiple y heterogénea configu-ración de la vida animal no humana—, así como también de las fronteras que la separan de la vida de los animales humanos.[51] Tan grande es, en efecto, el peso de la ambigüedad heideggeriana sobre la espalda del imaginario animal que la crítica ha llegado a imaginar un género biográfico para los objetos inertes pero no ha considerado la posibilidad de que alguien les dé forma narrativa a las vidas pobres y aturdidas de los animales.[52] Tal vez porque darles vida a las cosas, estudiar las interrelaciones que establecen con su medio, sea —al menos hasta el momento— menos problemático, si se tienen en cuenta los efectos que puede producir sobre la definiciones éticas y políticas de nuestras sociedades, que llevar adelante una exploración acerca de la vida de los animales.[53]

---

[51] "Más allá del borde supuestamente humano, más allá de él pero en absoluto en un solo borde opuesto, en (el) lugar de 'El Animal' o de 'La-Vida-Animal', ya hay ahí una multiplicidad heterogénea de seres vivos, más concretamente (pues decir 'seres vivos' es ya decir demasiado o no lo bastante), una multiplicidad de organizaciones de relaciones entre lo vivo y lo muerto, unas relaciones de organización y desorganización entre unos reinos cada vez más difíciles de disociar dentro de las figuras de lo orgánico y lo inorgánico, de la vida y/o de la muerte. A la vez íntimas y abisales, esas relaciones no son nunca completamente objetivables. No dejan lugar a ninguna exterioridad simple de un término con relación al otro. Se sigue de ahí que jamás tendremos el derecho de considerar a los animales como las especies de un género que se llamaría El Animal, el animal en general" (Derrida 2008, 47-48).

[52] Sin ir más lejos, la revista *Critique* dedicó un número de 2012 a la biografía de los objetos. En uno de los artículos, "Vies d'objet. Sur quelques usages de la biographie pour comprendre les technosciences", Bernardette Bensaude-Vincent argumenta que el género biográfico, frecuentemente utilizado para poner de relieve la dimensión social y cultural de las ciencias mediante la narración de las vidas de sabios e inventores, podría ser aplicado también a los resultados de la tarea de dichos hombres. "La narración biográfica ha sido, de hecho, utilizada en algunas publicaciones recientes para describir la trayectoria de objetos desde su concepción en laboratorio hasta su desaparición. La extensión del género biográfico a los objetos se inscribe en una nueva corriente de estudio de las ciencias y las técnicas fuertemente inspirada en la antropología social: después de centrarse en las prácticas (*practical turn*) en los últimos decenios del siglo xx, ahora la atención se concentra en los artefactos, instrumentos, máquinas o sistemas, al punto que Peter-Paul Verbeek, filósofo de la técnica, proclama un 'giro hacia las cosas' (*thingly turn*)" (Bensaude-Vincent 2012, 588-589). La traducción es mía.

[53] Aunque, ciertamente, los avances y las reflexiones en torno de la inteligencia artificial atacan también, desde otro flanco, los argumentos defensivos de los discursos

Entonces, para empezar, los animales no son biografiables porque, aunque es imposible negar que tengan una vida, esta no ha sido conceptualizada como *bíos*. Tienen, según una línea filosófica enraizada en el pensamiento antiguo, *zoé*: un término que para los griegos se refería al simple hecho de vivir, a aquello que es común a todos los seres vivos; es decir, tienen una vida desnuda, sin vestidura, o mejor: no investida. Más allá de las controversias que puedan existir en torno de la pertinencia de una distinción entre el ámbito del *bíos* —vida cualificada— y el de la *zoé* —vida sacrificable— cuando se piensa lo humano, es indudable que los animales permanecen fuera de la zona de protección política.[54] ¿Cómo esas vidas desprovistas de valor político podrían merecer un relato, una historia? ¿A quién podría interesarle la vida de un pollo que es criado con luz artificial día y noche, y que es alimentado de modo incesante, casi sin dormir, hasta el momento en que puede ser degollado y desangrado? ¿Es eso acaso una vida? ¿Y quién podría escribirla?

Es raro encontrar, recorriendo el corpus de la llamada zooliteratura, experimentos narrativos cuyo objetivo último sea contar la vida de un animal.[55] Se objetará que hay narraciones, sobre todo en la tradición moderna anglosajona, en las que prima un interés etológico, la voluntad de examinar y representar la sensibilidad y el comportamiento de los animales anclándose en un individuo en concreto, casi siempre en una mascota: un perro, un gato. En todas ellas, sin embargo, los animales acaban siendo una excusa para hablar de una vida considerada más valiosa —más compleja, más emotiva, más interesante—; la de la poeta Elizabeth Barrett en *Flush* de Virginia Woolf, la del propio John Ackerley en *My dog Tulip* o en *We Think the World of You*, la de Elizabeth von Arnim en *All the Dogs of My Life*, la de Doris Lessing en *Particularly Cats, Rufus the Survivor* y *The Old Age of El Magnifico*.[56] No es mi intención minusvalorar los evidentes méritos literarios de estas novelas, simplemente quisiera señalar que en ellas los animales son utilizados —de un modo no muy diverso que en las industrias alimenticia y textil— como materia prima para la elaboración de un producto más sofisticado; por lo general, como terreno para la experimentación con nuevas técnicas de representación de la conciencia —en Woolf esto es

---

humanistas. El descentramiento de lo humano a través de su imbricación en redes técnicas, médicas, informáticas y económicas es un dato imposible de negar y que exige "un nuevo modo de pensamiento que supere las fantasías y represiones, los protocolos filosóficos y las evasiones del humanismo en tanto fenómeno histórico específico" (Wolfe 2010, XVI). La traducción es mía.

[54] Sobre la distinción entre *bíos* y *zoé* véase Borisonik y Beresñak (2012).

[55] Para una aproximación a la noción de zooliteratura véase Maciel (2008).

[56] Escribe Quentin Bell, refiriéndose a *Flush*, en su biografía de Virginia Woolf: "Le fascinaban los animales, pero su afecto era curioso y reservado. Quería saber qué sentía su perro [...] Flush no es tanto un libro de una amante de los perros como un libro de alguien a quien le hubiera encantado ser un perro [...] Su perro era la encarnación de su propio espíritu, no la mascota de un amo" (Bell 1972, 410). La traducción es mía.

especialmente perceptible— o como coartada del amor narcisista, encontrando en el afecto animal, como señalé en otra ocasión, un sentimiento constante, no sujeto a los vaivenes del otro; un amor que es, en definitiva, un subterfugio para la poetización del amor propio (Yelin 2010). Se produce así un deslizamiento desde el relato biográfico al autobiográfico, como si la intención etológica inicial, esbozada en los títulos de los textos —retratar al perro, indagar el comportamiento del gato, contar sus recorridos vitales— se viera fatalmente oscurecida por la sombra del yo, que crece con el correr de las páginas hasta ocupar, finalmente, todo el espacio. La vida del animal, su existencia corpórea, la huella que imprime su presencia en el mundo pasa así a un segundo plano y se convierte, en la imaginación del lector, en una imagen vaporosa, la evocación de una fantasmagoría afectiva de la vida humana. La única capaz de dar y hacer, según la fórmula foucaultiana, una prueba de sí.

Es decir que la cualidad de vidas sacrificables se puede aplicar a los animales en todas sus dimensiones, desde la estrictamente material —la carne que comemos, la piel con la que nos vestimos, los organismos con los que experimentamos— hasta la conceptual, simbólica o imaginaria: las concepciones y figuraciones que producimos y consumimos. Y es probable que el segundo sacrificio dependa directamente del primero: las vidas de los animales no son biografiables tal y como han sido imaginadas en nuestras sociedades; las mismas que, por otra parte, alimentaron y cristalizaron el género biográfico, ese gran productor de vidas protegidas. ¿No cabe preguntarse, por tanto, si la explotación literaria del animal —en su modalidad metafórica, alegórica o intimista— no irá menguando al ritmo de las transformaciones concretas de las relaciones entre hombre y animal en un futuro no muy lejano? ¿No se irán transformando también, al mismo ritmo, las formas de representación humana de las escrituras biográficas? ¿Cómo se pensará y representará la vida humana una vez que se haya deconstruido de modo efectivo la oposición humano/animal, dando lugar a una infinita cantidad de zonas de contacto, continuidades, solapamientos entre ambos términos?

Como vimos en la primera parte del libro, estas preguntas interpelan a numerosos críticos y escritores en la actualidad y también a una serie de pensadores que se inscriben en el campo de la filosofía posthumanista. Herederos de la tradición nietzscheana, entienden que es tarea urgente de la reflexión filosófica revisar los dispositivos y modos de jerarquización y exclusión a los que es sometida la noción de vida. Sólo así creen que será posible desplazar el eje antropocéntrico alrededor del cual gira aún hoy gran parte de la producción filosófica en Occidente.[57] Aunque con herramientas y procedimientos

---

[57] "Lo que está en juego es un esfuerzo por superar la visión reduccionista que hemos heredado de la tradición filosófica dominante que va desde Aristóteles a Descartes, pasando por Heidegger y Levinas. Tal transformación no puede alcanzarse de una vez ni por decreto. Es necesario utilizar las herramientas con que contamos y desarrollarlas

específicos diversos, pensadores y artistas comparten la preocupación por una constelación de problemas que atañen directamente a las definiciones de la vida y, naturalmente, a las formas en que esta puede ser estudiada, comprendida, narrada: los procesos de subjetivación y desubjetivación; las relaciones entre la noción de animal no humano y la de animalidad humana; la tensión existente entre la concepción del cuerpo como propiedad e identidad y como materialidad radicalmente impersonal; la crítica al discurso humanista de la especie, con su correlato literario en la disolución de los géneros y, más aún, de las disciplinas artísticas; el inveterado desajuste, tan crucial para el trabajo biográfico, entre los hechos y la verdad. Se va esbozando así un nuevo paradigma —que da lugar, con el desarrollo teórico, a nuevas metodologías— para entender las relaciones entre ficción, pensamiento y vida. Sería temerario arriesgar un pronóstico sobre la suerte que correrán todas estas transformaciones; por el momento sólo es posible afirmar que, en la contemporaneidad, pese a los valiosos aportes y desplazamientos metodológicos del pensamiento y las artes de cuño biocéntrico, el animal no tiene quien lo escriba.

Rostros

Es difícil saber si el resultado de un experimento como el imaginado podría tener algún interés literario. Y, sin embargo, la pregunta insiste: si en el campo de las artes plásticas se vienen explorando desde hace ya más de dos décadas formas no antropocéntricas de aproximación a la animalidad en las que se establece un diálogo fluido con los avances en el campo del conocimiento científico y tecnológico, ¿por qué una gran parte de los escritores sigue insistiendo en elucubrar qué les dirían los animales si les hablaran o qué estarán pensando cuando los miran? Los ejemplos son numerosos: de la saga de Jack London a *Tombuctú* de Paul Auster o *King* de John Berger —curiosamente, uno de los pensadores más interesantes del lugar de los animales en la contemporaneidad—,[58] pasando por *Señor y perro* de Thomas Mann o, en el ámbito de la

---

para profundizar la crisis del antropocentrismo metafísico, desplazando los límites que este ha establecido en el pensamiento. En vistas de esta tarea, el compromiso con el continuismo biológico que encontramos en pensadores como Darwin, Dawkins y De Waal es un camino primordial para el pensamiento, en tanto descentra lo humano al tiempo que ofrece la posibilidad de desvelar rasgos de los animales que fueron durante mucho tiempo atribuidos al territorio exclusivo de los seres humanos. La tarea filosófica que nos imponen tales descubrimientos consiste en señalar y registrar estas rupturas en el discurso filosófico, y en extenderlas y profundizarlas de modo que sea posible desplazar el mandato epistemológico antropocéntrico que ha regido, y continúa haciéndolo, a una abrumadora mayoría de las indagaciones filosóficas" (Calarco 2008 63). La traducción es mía.
[58] Véase Berger (2001).

literatura argentina, *Cecil*, de Manuel Mujica Lainez. En el caso de este último, a la humanización de la mascota se añade una taimada retórica autocelebratoria en la que el perro es testigo elocuente de la fascinante personalidad del escritor; lejos de cuestionar, interrogar, socavar los fundamentos de la condición humana, el animal es piedra de apoyo para su entronización. ¿Por qué será? ¿Por qué la literatura muestra una resistencia tan tenaz a experimentar con los animales, y sobre todo por qué, volviendo al asunto que nos convoca, las vidas de los animales no pueden ser contadas? ¿Por qué, en definitiva, no existe el género zoográfico?[59]

Primera posible respuesta —ya la adelantamos—: porque los animales no hablan. Esto admitiendo, como acabo de hacer, que las biografías no cuentan una vida sino la vida de un hablante o, más precisamente, de un sujeto de lenguaje. Pero si el relato de la intimidad es siempre una invención, en tanto lo íntimo es, por definición, inaccesible —dice José Luis Pardo: "La intimidad es la animalidad específicamente humana" (1996, 42), es decir, aquello que hace al sujeto ser lo que es pero a lo que no tiene acceso; para usar la fórmula heideggereana: una apertura a una animalidad constitutiva al tiempo que vedada—, entonces ¿no opera del mismo modo la ficción en la reconstrucción de la personalidad de María Antonieta que en la elucubración acerca del mundo interior de un perro callejero? ¿No es tarea similar la de retratar la desdichada vida sentimental de León Tolstoi que las penas de amor de Sasha en *La gata* de Colette? No. En efecto, la naturaleza verbal del biografiado parece ser condición de posibilidad de la biografía. La subjetividad, entendida como efecto del lenguaje, y no la vida misma, son la meta final de la investigación detectivesca del biógrafo. Sin esa convención identitaria no hay biografía posible.

Segunda hipótesis: la biografía animal es imposible porque los animales no sufren. Pero ¿es posible seguir sosteniendo tal cosa? En uno de sus seminarios sobre la cuestión animal, Jacques Derrida recupera un interrogante del filósofo moral Jeremy Bentham, quien se preguntó ya no si los animales son capaces de pensar sino si los animales pueden experimentar la tristeza, el miedo, la desesperación: "¿Pueden sufrir?, preguntaba simplemente y de manera tan profunda Bentham" (Derrida 2008, 44). La inquietud y la respuesta afirmativa indubitable —ni siquiera Descartes, recuerda Derrida, que comparó a los animales con autómatas, se atrevió a negar el sufrimiento animal— transforma radicalmente la escala de valores a la que son sometidos comúnmente los animales,

---

[59] Es sintomático que las experiencias literarias más interesantes en torno de la llamada "cuestión animal" se estén dando precisamente en la producción de aquellos escritores-artistas que establecen "puntos de conexión y fuga entre ficción y fotografías, imágenes, memorias, autobiografías, blogs, chats y correos electrónicos, así como con el ensayo y lo documental" (Garramuño 2015 13). Dos ejemplos prominentes en el campo de la literatura latinoamericana son las obras del mexicano Mario Bellatin y el brasileño Nuno Ramos.

y que regula la sempiterna comparación con los seres humanos, en la que los animales siempre pueden menos, hacen menos, en definitiva, son menos. Ese sufrimiento liga además a los animales con la muerte —aquí se podría entonces cuestionar otra respuesta, tal vez la más convincente de las que he examinado—: la que afirma que los animales no pueden ser biografiados porque no conocen la muerte, y sin muerte, es claro, se presenta el problema del tiempo abolido y, con él, la imposibilidad del relato.[60] Pero si los animales sufren y pueden experimentar la compasión es porque están, de algún modo, en contacto con la precariedad de la existencia; allí, en el sufrimiento, se aloja la forma más radical de pensar la finitud que compartimos con los animales. Los animales pueden, entonces, morir, y el sufrimiento es la prueba fehaciente de ello.

Pero el sufrimiento no es simplemente un poder, sino un poder de la impotencia: quien sufre es capaz de experimentar una forma sensible que necesita de una relación fluida con el otro. Así, preguntar si los animales sufren, además de producir un deslizamiento conceptual, nos introduce en una encrucijada ética, que Derrida caracteriza como una guerra a propósito de la piedad:

> Esta guerra no tiene edad, sin duda, pero he aquí mi hipótesis: atraviesa una fase crítica. La atravesamos y estamos atravesados por ella. Pensar esta guerra en la que estamos inmersos no es solamente un deber, una responsabilidad, una obligación; es también una necesidad, una constricción a la cual, por las buenas o por las malas, directa o indirectamente, nadie podría sustraerse, y hoy menos que nunca. Y digo "pensar" esta guerra porque creo que se trata en ella de lo que llamamos "pensar" (Derrida 2008, 45).

¿Cuán pobres de mundo son los animales si tienen la capacidad de padecer no solo a causa de un daño infligido por otros sino también como forma de empatía por el sufrimiento ajeno? En este punto parece conveniente recordar dos axiomas levinasianos que continúan rigiendo en gran medida nuestro vínculo ético y político con los animales: (1) ningún animal no humano es capaz de dar una respuesta ética genuina a un Otro; y (2) los animales no humanos no son la clase de seres capaces de provocar una respuesta ética en los seres humanos. Para Levinas, el animal está privado de lo que Derrida llama el "heme aquí": la posibilidad de responder y de autopresentarse, autoseñalarse, en fin, de autobiografiarse. El animal, en este sentido, no es nadie y, por tanto, sólo podría ser biografiado a condición de ser convertido en alguien, es decir,

---

[60] "Por ello, es la muerte la que deconstruye la supuesta soberanía de la subjetividad, y es la muerte la que nos acomuna con el resto de los vivientes, entre ellos, los animales. El denodado esfuerzo de Heidegger por demostrar que 'el animal no muere' tal vez debe ser pensado también en ese sentido, en el de seguir conservando para el existente humano un cierto privilegio 'separador' con respecto al resto de los vivientes" (Cragnolini 2014, 13).

mediante la elaboración de una ficción humanizante capaz de asignarle un rostro. Matthew Calarco, sin embargo, analiza las dos premisas levinasianas y en ellas encuentra, en lugar de una clausura conceptual, una apertura profundamente disruptiva: si lo humano es simplemente un nombre que designa a todo aquel que interrumpe mi egoísmo, entonces es evidente que no se trata de un concepto biológico ni antropológico sino de una categoría de raigambre ética; en consecuencia, podría extenderse a todos aquellos seres —sean de la clase que fueren— que pongan mi egoísmo en cuestión. Así, el foco no estaría puesto en la identidad de los "otros" posibles sino en la naturaleza de la relación que con ellos se establece. En el ensayo "¿Es fundamental la ontología?", Levinas parece advertir esta extraña deriva de su propio pensamiento cuando se pregunta si es posible que las cosas adquieran, por medio de la práctica artística, un rostro, es decir, la condición para la emergencia de una conciencia moral: "¿No es el arte la actividad que otorga un rostro a las cosas? La fachada de una casa, ¿no es una casa que nos mira? El análisis realizado hasta aquí es insuficiente para responder a estas preguntas. En todo caso, nos preguntamos si no sucede acaso que, en el arte, el tenor impersonal del ritmo, fascinante y mágico, sustituye a la socialidad, al rostro, al habla" (2001, 23).

La pregunta de Levinas es nodal para pensar el problema que nos ocupa: ¿puede la narración biográfica disolver, con su ritmo impersonal, la frontera imaginaria levantada entre *bíos* y *zoé*, y así encontrar el modo de contar la vida de cualquier viviente, la vida como potencia, como inmanencia, *una* vida? ¿Puede poner en escena la pregunta acerca de cuándo una cabeza empieza a ser considerada un rostro; indagar la improbable existencia de un rasgo decisivo, determinante?[61] ¿Estará reservada al género biográfico la tarea de examinar, como escribe Derrida, "la legitimidad del discurso y de la ética del 'rostro' del otro, la legitimidad e incluso el sentido de toda proposición sobre la alteridad del otro", la legitimidad, en fin, de la sempiterna negación del animal en tanto otro posible del ser humano? ¿Será un biógrafo aquel poeta o profeta que Derrida invoca como capaz de hacerse cargo de la interpelación que el animal les dirige?

Ciertamente, la exploración de la sensibilidad animal y de su relación ética con una comunidad de vivientes es una tarea apropiada —por lo estimulante y por su potencial revelador y transformador— para las disciplinas artísticas. Y, por qué no, para un potencial desarrollo del género literario de la zoografía,

---

[61] Gilles Deleuze analiza la diferencia entre rostro y cabeza en *Francis Bacon. Lógica de la sensación*: "Retratista, Bacon es pintor de cabezas y no de rostros. Hay una gran diferencia entre los dos. Porque el rostro es una organización espacial estructurada que recubre la cabeza, mientras que la cabeza es una dependencia del cuerpo, incluso si es su remate. No es que ella carezca de espíritu, es un espíritu que es cuerpo, soplo corporal y vital, un espíritu animal, es el espíritu animal del hombre: un espíritu-cerdo, un espíritu-búfalo, un espíritu-perro, un espíritu-calvo-ratón… Así pues, Bacon persigue un proyecto muy especial en cuanto retratista: deshacer el rostro, encontrar o hacer que surja la cabeza bajo el rostro" (Deleuze 2002, 29).

cuya primera tarea sería encontrar un lenguaje adecuado para hablar de otros lenguajes, una sensibilidad para hablar de otros registros sensibles, de otras, en términos foucaultianos, formas de vida. Ahora bien, aunque finalmente se llegara a un acuerdo respecto a la necesidad de reevaluar el lugar de los animales en nuestras sociedades a través de una reformulación de las categorías con las que se ordena y legisla el gran mapa de lo viviente; aunque se conviniera en que los animales sufren y tienen diversos lenguajes, y en que poseen un modo específico de relacionarse con la muerte, aún así la biografía animal seguiría siendo una quimera. Porque si existe alguna posibilidad de que un animal sea biografiado, no existe, en cambio, ninguna de que sea biógrafo. Y al biógrafo lo que le interesa no es dar cuenta de otras formas de vida sino encontrarse a sí mismo en el otro, oír su lenguaje en la lengua de la historia, hacer con las vidas ajenas combustible para la propia. Por eso los animales no tienen, al menos en las condiciones biopolíticas actuales, chance alguna de que los escriban; ¿cómo podrían los seres humanos buscarse a sí mismos en la vida animal si su identidad depende precisamente del rechazo de esa condición, de su olvido, de su negación?

La fantasía de una biografía animal, que pese a todo parece necesario alimentar, interesa a la literatura y a la crítica porque desvela la precariedad, más excitante que ninguna otra, del género biográfico, siempre a punto de convertirse en zoográfico. De la biografía humana podría entonces decirse lo mismo que Derrida apuntó de la autobiografía: que en tanto memoria o archivo de lo vivo es un movimiento inmunitario siempre pronto a convertirse en autoinmunitario. En el ejercicio —inhumano— de lenguaje que supone dar forma a la vida de un hombre se manifiesta, siempre y de modo fatal, un desfasaje que atañe no sólo al biografiado sino también al biógrafo, en un juego de espejos infinito. "Por la proyección necesaria y exigida por la empatía con su sujeto —dice François Dosse—, el biógrafo no sólo se ve alterado, transformado por el sujeto cuya biografía escribe, sino que vive también durante el tiempo de su investigación y de la escritura en el mismo universo." Y concluye, citando a Roger Dadoun: "'Bajo el adoquín del 'él' está la placa del 'yo'" (2007, 14).

Pero ¿quién podría colocarse bajo el adoquín de las bestias, dejar que el peso de la piedra deforme su "placa" humana? Siguiendo a Dosse habría que responder que nadie, porque todo proyecto biográfico parte de una ilusión totalizadora, de una fuerza aglutinante e involuntaria, de un deseo humano de "construirse y definirse como Uno Mismo, de ser, en la plenitud del término, una Persona"; de reafirmar, mediante el autorretrato —aunque este se sobreimprima en la imagen de otro: el biografiado— la veracidad del discurso de la especie. Aquí Dosse cita de nuevo a Dadoun, y es interesante que este haya utilizado precisamente la palabra *persona* para definir el objeto de la pulsión biográfica: ser persona equivale a permanecer en la zona delimitada por el "umbral simbólico a partir del cual la vida es declarada sagrada o, al menos, intangible" (Esposito 2011, 12). Por eso es necesario hacerse persona, autoproclamarse a salvo —como advierte lúcidamente Roberto Esposito: si la categoría de persona coincidiera con la de ser humano no habría ninguna necesidad de ella—. La biografía puede ser entendida, así, como un género que produce ilusiones de coincidencia entre la esfera humana y la personal, pugnando con las fuerzas disruptivas del lenguaje, esas mismas que bajo el rostro humano hacen aparecer, como por arte de magia, la cabeza anónima del animal.

CAPÍTULO II

Marosa di Giorgio. La mirada animal

¿Cómo podría haber algo fuera de mí... para mí? ¡El no-yo no existe! Pero todos los sonidos nos hacen olvidar esto: ¡qué dulce es poder olvidarlo!
¿No han sido dados los nombres y los sonidos a las cosas para confortar con ello al hombre? El lenguaje es una bella locura; el hombre, al hablar, baila sobre todas las cosas.
¡Cuán dulce es toda palabra! ¡Cuán dulces permanecen todas las mentiras de los sonidos! Los sonidos hacen bailar nuestro amor sobre cambiantes arco iris. "¡Oh Zaratustra! —dijeron entonces los animales, para los que piensan como nosotros son las cosas mismas las que bailan: todo viene y tiende la mano, y ríe y huye... y retorna".

FRIEDRICH NIETZSCHE. *Así habló Zaratustra.*

Mi vida viene y va.
Va y viene. Y, siempre, hay un pájaro negro que cae. Y cae.

MAROSA DI GIORGIO. *La falena.*

Entre las influencias literarias más significativas de la excéntrica obra de Marosa di Giorgio, la crítica ha destacado *Les chants de Maldoror*, del escritor franco-uruguayo Isidore Lucien Ducasse, más conocido como Conde de Lautréamont. Se ha considerado a ese extenso poema en prosa una fuente inagotable de imaginarios sobrenaturales —ligados en su mayoría al tópico del mal— y un modelo de mundo poético-narrativo metamórfico en el que todo, incluido el yo lírico, se transforma de modo vertiginoso. Marosa habría abrevado en ese legado para dar forma a una extraordinaria poética de lo viviente en la que no existe una frontera precisa entre lo real y lo imaginado, lo recordado y lo inventado, lo terrenal y lo inmaterial; un universo en el que, en sus propias palabras, "lo natural es sobrenatural" (Di Giorgio 2010, 52). Tal vez por esa condición todo lo que la escritura toca está sujeto a un régimen de mutación constante, a un esquema

Cómo citar este capítulo:
Yelin, J. 2020. *Biopoéticas para las biopolíticas. El pensamiento literario latinoamericano ante la cuestión animal.* Pp. 89-97. Pittsburgh, Estados Unidos: Latin America Research Commons. DOI: https://10.25154/book4. Licencia: CC BY-NC 4.0.

de movimiento rítmico que es afín al frenético devenir de *Les chants*, donde las cosas no son lo que parecen y, aunque se las mire con detenimiento, "revisten formas amarillas, indecisas, fantásticas" (Lautréamont 2001, 92). Un movimiento narrativo y poético que instituye sus propias reglas sobre la marcha, que no tiene ni busca un correlato objetivo y que, como anota Roberto Echavarren, reproduce "la insensatez de un deseo sin cortapisas, intenso o violento, que tiene su campo de realización exagerada en lo increíble-creíble de la escritura, no en la 'realidad'" (Echavarren 1992, 1104). Ciertamente, en la escritura marosiana se produce una suerte de alquimia —que propone también una convención, un pacto de lectura— mediante la cual lo inerte puede cobrar vida y todo lo vivo puede convertirse, en virtud de un procedimiento metonímico, en una variante de sí, en un casi-otro que, precisamente por nadar entre dos aguas, tiene la impronta de lo que ha sido, de lo que podría llegar ser o de lo que eventualmente será.

Por eso, por esa suerte de inercia de las identidades, cobran tanta relevancia las figuraciones animales: fuerzas que tensionan y distorsionan las subjetividades humanas, que extrañan y desestabilizan cualquier posible personificación entera, completa, individualizable. No es que no existan en los poemas de Marosa, como en *Les chants*, las consabidas construcciones metafóricas que suelen arrastrar consigo los imaginarios teriomorfos —árboles como osos, ladrones como liebres, una mamá como un gato (Di Giorgio 2008, 43, 193, 543)—, pero ellas conviven con una abrumadora cantidad de imágenes en las que la relación de equivalencia se deshace en metonimias que atraviesan como flechas el discurso de la especie. Basta citar un pequeño fragmento para dar cuenta de ese procedimiento, que Marosa utiliza en muchos de sus poemas: "Uno de los huevos que puso mamá era rosado bellísimo; se entreabrió al final de la primavera con un murmullo de papeles acresponados. De él salieron hombres y mujeres, de ya neto perfil, zorras, arañas, alondras —todo creciendo rápidamente—, hierbecitas, moluscos, un hada con una dalia granate en la mano" (2008, 471). La serie recorre todo el espectro de lo viviente, en una secuencia que los anuda por medio de la imagen y la lógica de la procreación.

El horadamiento metonímico del discurso de la especie no se consigue, entonces, por vía de la descomposición de las identidades sino, al contrario, mediante su reproducción, su multiplicación: el vientre de una madre, huevos, un capullo, hombres y mujeres, hierbas, moluscos, un hada, una flor. La vida se mueve creando vida nueva, y en ese movimiento imprevisible se desmaterializa, como por arte de magia, el borde taxonómico. La vida, así, se confunde, navega sin rumbo, se desvía incesantemente; se muestra, tal como observa Michel Foucault en un ensayo-homenaje a su maestro Georges Canguilhem, como aquello que es capaz de error en tanto hay en ella, en su particular juego, lugar para la intervención del azar.[62] Eso es algo que los poemas de Marosa

---

[62] "El error ocupa el centro de estos problemas. Porque en el nivel más básico de la vida, los juegos de codificación y descodificación le dejan lugar al azar que, antes que ser

saben, hasta tal punto que lo convierten en norma productiva; si algo caracteriza a *Los papeles salvajes* es la insistencia en convertir en hábito, en poética, aquello que sucede sólo —y de tanto en tanto— fuera de la literatura. La extrañeza que produce la lectura de esos textos y la experiencia de participar en un universo regido por leyes extrañas podrían ser un efecto directo de esa conversión de lo extraordinario en ordinario, que no es sino la inversión de la afirmación de Marosa acerca del carácter sobrenatural de todo lo natural. Lo que se revela como extraordinario es, precisamente, la aparición —poética, retórica, imaginaria— de un umbral en el que todo lo que vive se toca, confluye, se contamina. Se trata, como anuncian *Les chants*, de "una derogación de la ley de la naturaleza" (Lautréamont 2001, 105).[63]

Lo sobrenatural es, así, lo que acontece cuando la ley de la naturaleza es interrumpida para poder dar cuenta de lo que vive en ella. Animales con rostros casi humanos, hombres y mujeres animalizados, multitudes de bestias raudas y vacilantes, que aparecen y desaparecen caprichosamente, que se deshacen las unas en las otras. Cuerpos que se mueven sin destino ni motivo, materializaciones caprichosas del azar. Gallos, caballos, conejos, liebres, tapires, perros, ovejas, lechuzas, topos, lobos, lobizones, comadrejas, tatúes, peces, águilas, ratones, aves, mariposas, gusanos, arañas, moscas, luciérnagas; vidas que se prolongan en un continuo de patas, alas, murmullos, orejas, hocicos. Todos ellos, humanos, animales, insectos —y también las plantas, aunque aquí no se ponga el foco sobre ellas— intervienen y alimentan el movimiento de la vida, hacen vida. El inventario de lo que la poeta llama "lo extrahumano" (Di Giorgio 2010, 44) enrarece la interpretación metafórica —humanista y antropocéntrica— de los hechos. La percepción se transforma al ritmo en que cambia la identidad de esos seres, y el punto de vista se aliena: ya no es uno ni es fijo; todo se transforma y todo tiene algo para decir de esa multiplicación caleidoscópica del mundo.

---

enfermedad, déficit o monstruosidad, es una perturbación en el sistema informativo, una 'omisión'. En última instancia, la vida es aquello que es capaz de error, de allí su carácter radical. Y tal vez a causa de este dato, o de esta eventualidad fundamental, haya que dar una explicación sobre el hecho de que la anomalía atraviese la biología de punta a punta" (Foucault 2007, 55-56).

[63] En *Les chants* esa derogación adquiere un carácter moral ausente en la fábula marosiana, pero sí se puede reconocer en ambos el juego con la proliferación caótica de imaginarios y la exploración de la mirada animal, dos formas de poner en suspenso el dictado de la legalidad natural. "El águila, el cuervo, el inmortal pelícano, el pato salvaje, la grulla viajera, despiertos, tiritando de frío, me verán pasar a la luz de los relámpagos, espectro horrible y satisfecho. No sabrán lo que significa. En la tierra, la víbora, el grueso ojo del sapo, el tigre, el elefante; en la mar, la ballena, el tiburón, el pez martillo, la informe raya, el colmillo de la foca polar, se preguntarán qué significa esta derogación de la ley de la naturaleza. El hombre, temblando, pegará su frente a la tierra en medio de sus gemidos. 'Sí, a todos os supero por mi innata crueldad'" (Lautréamont 2001, 104-105).

> Los animales hablaban; las vacas y caballos de mi padre, sus aves, sus ovejas. Largos raciocinios, parlamentos; discusiones entre sí y con los hombres, en procura de las frutas, de los hongos, de la sal. Yo iba por el bosque y veía al sol bajar, a la vez, en varios lugares; cuatro o cinco soles, redondos, blancos como nieve, de largos hilos. O cuadrados y rojos, de largos hilos. (Di Giorgio 2008, 272).

Hay en esos deslizamientos una vacilación, como si las criaturas no se decidieran completamente a ser lo que son, o estuvieran todo el tiempo cambiando de idea. Esa indecisión cobra a veces una dimensión puramente poética, produciendo imágenes cargadas de ambigüedad —"y una liebre, alta como un caballo, es uncida al viejo coche donde está mi padre" (2008, 273)—, y otras adquiere un carácter eminentemente narrativo. Así, por ejemplo, en un fragmento del poema "Los ojos del gato eran celestes como vidrio y alhelí", donde una pavita marrón, liberada de la jaula, se transforma en hombre y se vuelve fea y buena, para enseguida recobrar la forma animal: "Bajita, ancha, casi en forma de corazón, venía en una jaula. Era color hígado aterciopelado, color hongo, flan, lisa, marrón oscuro; una pava bajita, sin alas; patas muy cortas". La voz narradora interviene y cambia el curso de esa vida: "Pedí le dieran un poco de libertad. Y abrieron la jaula y ella enseguida comenzó a comer afrecho y agua. Yo dije: ¡Ah! ¡Estaba con hambre y con sed! Pero, vi se había vuelto un hombre, de rostro feo y bueno, que miraba hacia afuera, y me dije: Al observar el mundo enseguida encontrará la libertad" (Di Giorgio 2008, 470). Pero como la ley natural ha sido derogada, la libertad, al igual que en el relato de Franz Kafka "Un informe para una academia", no es sino la fantasía de una salida de una identidad impuesta, normativa, violenta.[64] Y esa salida, en la escritura de Marosa, como en la de Kafka, mitiga su carácter angustioso con un sentido del humor tierno, casi pueril: "Pero se cambió en la pava chiquita, de budín oscuro, lisa, ancha, sin alas. Así era hermosa. Producía sorpresa" (2008 470). Y también como en el "Informe", y como en todos los relatos de animales kafkianos, con la vacilación y la ambigüedad Marosa construye una parábola vacía, estéril, una suerte de dardo de sentido que señala un espacio en blanco.

---

[64] "Temo que no se entienda bien qué quiero decir con la palabra salida. Empleo la palabra en su más completo y corriente sentido. Es a propósito que no digo libertad. No me refiero a esa gran sensación de libertad hacia todos lados. Como mono quizá la haya conocido y he tratado con hombres que la anhelan. Pero en lo que a mí respecta ni entonces pretendí la libertad ni tampoco ahora lo hago. A todo esto, los hombres se engañan frecuentemente. Y así como la libertad es uno de los sentimientos más elevados, también el correspondiente engaño es de los más elevados. [...] No; yo no quería libertad; solamente una salida, a derecha, a izquierda, a algún lado. Así la salida fuese un engaño; la pretensión era pequeña, el engaño no sería mayor. ¡Avanzar! ¡Azanzar!" (Kafka 2004, 242).

En un trabajo iluminador sobre la escritura de Kafka, Marthe Robert (*Kafka*, 1969) ha caracterizado la particular forma de aproximación de las imágenes kafkianas al mundo con la expresión "sí, pero..." —una conceptualización que, en una reseña del libro, Roland Barthes hará extensiva a toda la literatura moderna (2003, 188)—, ponderando la evidente ambivalencia que habita las parábolas en las novelas de Kafka, y que ciertamente también —añadimos— es muy perceptible en sus relatos de animales. Robert llama "alusión" a ese procedimiento consistente en deshacer una analogía apenas se la ha propuesto, una especie de metáfora tramposa que no remite más que a sí misma —un signo sin significado, dirá Barthes (2003, 190)—.[65] Sí, este animal hablante, podría decir Kafka, es como un hombre, pero también es otra cosa: es la huella del animal en el hombre, la huella del hombre en el animal, es, en definitiva, el camino olvidado entre dos territorios, la vaga memoria —lingüística y corpórea— de una frontera que se nos ha vuelto invisible. En los textos marosianos —como, por otra parte, en los lautréamonianos— lo animal se presenta no sólo como memoria fragmentaria de un olvido constitutivo del ser humano, sino también como una superficie engañosa que le permite deslizarse de un sentido al otro sin ser cooptada por el contenido trascendente que promete. La escritura consigue, de ese modo, escapar de la imposición del género —en todas las acepciones que se le puede atribuir al término— y permanecer, para tomar una noción deleuziana, en el territorio indeterminado de *una* vida (Deleuze 2007, 35-40).[66] Los animales que pueblan los poemas de Marosa son todos ellos vivientes en el sentido que a esta noción le ha atribuido el pensamiento posthumanista de raigambre nietzscheana: formas de vida que resisten las fuerzas normativas de las clasificaciones; son manifestaciones de la vida como potencia, inmanencia, puro devenir.

La lengua poética marosiana, con su forma a un tiempo puntillosa y alusiva de señalar el universo evocado —la vida en el campo, los juegos infantiles y las

---

[65] "La técnica de Kafka implica pues, en primer lugar un acuerdo con el mundo, una sumisión al lenguaje usual, pero inmediatamente después una reserva, una duda, un temor ante la letra de los signos propuestos por el mundo. Marthe Robert dice muy bien que las relaciones de Kafka y del mundo están reguladas por un sí, pero... Con la única diferencia del éxito, lo mismo puede decirse de toda nuestra literatura moderna (y en este aspecto es cierto que Kafka la ha fundado verdaderamente), puesto que confunde de un modo inimitable el proyecto realista (sí al mundo) y el proyecto ético (pero...)" (Barthes 2003, 192-193).

[66] Gabriel Giorgi analiza la función del animal en la emergencia, en los Misales, de una materialidad que resiste la normatividad de género. "Esa materialidad se revela irreductible al género; es proliferante, multiplicadora: los animales van y vienen entre los géneros, como el falo-mariposa, o inscriben las marcas del género, pero como distorsión y anomalía, como el 'bicho' que se pinta los labios para seducir a un varón; como si los animales trajeran una corporalidad intensa, fluida, en pasaje, al teatro del género, una corporalidad que la norma de género no puede terminar de marcar" (2014b, 272).

tareas de los adultos, los parientes, los ladrones, la noche poblada y misteriosa, los rituales cotidianos—, imita ese particular modo de no-ser de sus criaturas; por eso puede ser entendida, siguiendo a Gilles Deleuze, como un asunto de devenir, siempre inacabado, siempre en curso; un proceso que, al hacer visible el espacio que lo separa de la experiencia, desborda cualquier materia vivible o vivida. Al evitar, mediante el encabalgamiento de caracteres e imágenes, remitir a un ser o a un objeto en particular, darles una entidad acabada, la escritura se muestra a sí misma como "un paso de vida" que en la poesía de Marosa es, estrictamente, la invención de un pasado. Pero de un pasado que está cargado de futuro;[67] por eso al lector le parece que *Los papeles salvajes* podrían seguir creciendo indefinidamente, que no hay principio ni fin, que se trata de un universo capaz de recrearse al infinito.[68]

La invención de ese continuo en la escritura no impide, sin embargo, que en los poemas se establezcan diferencias e incluso contrastes, por ejemplo, entre la vida cotidiana y el acontecimiento extraordinario, entre lo esperable y lo imprevisto, entre el sueño y la vigilia —aunque, por supuesto, lo corriente, lo esperable y la vigilia no estén asociados en ese universo a una lógica causal realista—. En la elaboración de dichos contrastes, el animal irrumpe habitualmente como una fuerza extraña que hace avanzar la narración, que habilita el suceso inesperado, quebrando la linealidad de la repetición —el "como siempre", el "muchos años…", el "por entonces" del pasado que suele enmarcar los poemas—, una atmósfera que en la escritura de Marosa tiene un tono eminentemente infantil y autobiográfico.

> Llueve. Es de noche. Por lo tanto, nuestra prima Poupée quedará a dormir en casa. Llueve. Alguien dice: —No es necesario regar las violetas. Como siempre, cenaremos arroz con arveja. Como siempre.
> Yo estoy estremecida. Porque detrás del aparador hay un murciélago. Tiemblo. Porque ese murciélago es mío.
> Aunque no se sabe esta noche a quién libará. Por ahora, Poupée se ríe. Y yo me río. (Di Giorgio 2008, 501)

---

[67] Roberto Echavarren observa también la particular construcción de la temporalidad en los poemas de Marosa, y la relaciona con la elaboración de personajes-acontecimientos: "Los protagonistas no son personajes, sino más bien acontecimientos (un viento, una helada) que toman la figura transitoria de caracteres. Se combinan y se diferencian bajo el efecto conminatorio de un 'recuerdo' que resulta una invención: las composiciones de Di Giorgio suelen arrancar de una pretendida evocación del pasado para convertirse en una anticipación del futuro: la inminencia de una revelación o un desenlace que no llega" (2014).

[68] Sobre la escritura de Marosa como cuerpo en crecimiento y proceso permanente véase el interesante artículo de Irina Garbatzky "Un cuerpo poético para Marosa di Giorgio" (2008).

En el recuerdo que la voz evoca, el "como siempre", anclado en el presente ("yo estoy estremecida"), es rasgado por la presencia del murciélago, que lanza el poema hacia el futuro: "no se sabe esta noche a quién libará". ¿Morderá a la prima, que se ríe, ingenua? El escenario —noche, campo, lluvia, visita— crea las condiciones del suceso, y el animal dispara la imaginación, prenuncia el peligro. Y, a la vez, produce cierta ambigüedad respecto de la identidad de la voz: el murciélago es mío, el murciélago soy yo ("Y yo me río"). El "sí, pero…" de Robert adquiere aquí una inflexión particular: sobre el fondo cotidiano del recuerdo, de aquello que en la infancia constituía el ambiente, el paisaje, un estado de cosas duradero, se imprime el acontecimiento, una señal que se enciende y se extingue de inmediato. Es la imagen misma del futuro proyectada en la tela del pasado. *Sí* la infancia, *sí* la familia, *sí* la escuela, *sí* las quintas, *sí* las flores, *pero*… la noche, el murciélago, la risa.

No es casual que Marosa recurra al *pero* insistentemente en sus poemas, muchas veces seguido de una coma, en un uso anómalo, casi agramatical del signo de puntuación, que enfatiza la adversatividad, como si lo que sigue a él irrumpiera para modificar fatalmente el estado de cosas: "…Pero, todo se desmoronaba, enseguida" (2008, 238); "Pero, a la noche siguiente…" (536); "Pero, yo les retiré todo interés" (560); "Pero, lejos del cielo, pasan pájaros en auge, enormes, y como un puntito: buitres, halcones y caranchos" (570). Si el "sí, pero" que Robert atribuye al pensamiento literario kafkiano funcionaba como un disruptor de la relación metafórica, del símbolo cristalizado —Barthes, siguiendo a Robert, utiliza el ejemplo de la expresión "perro judío"—,[69] el *pero* marosiano parece disparar contra la idealización del recuerdo infantil, contra su fijación en estampa. Lo que sigue después de la coma interfiere en el discurrir descriptivo de la escena con la herida de la acción; levanta, siguiendo un argumento benjaminiano, una "pesada garra" contra una idea de verdad que los textos —los kafkianos y los marosianos— aparentan vehiculizar (Benjamin 1967, 207). Lo que en Kafka es emulación, simulacro de alegoría, de parábola religiosa, en Marosa lo es del paisaje idílico de infancia, del cuento de hadas.

En ambos casos los animales cumplen un rol decisivo al introducir un elemento que es esencial para esa ruptura o traición al signo: la acción incontrolable, el movimiento caótico, impredecible, que convierte un sistema de representación controlado en un campo de emergencia de lo extraño, lo siniestro,

---

[69] "Por ejemplo, recuerda Marthe Robert, se dice corrientemente: como un perro, una vida de perro, perro judío; basta con hacer del término metafórico el objeto pleno del relato, remitiendo la subjetividad al dominio alusivo, para que el hombre insultado sea verdaderamente un perro: el hombre tratado como un perro es un perro. La técnica de Kafka implica pues, en primer lugar, un acuerdo con el mundo, una sumisión al lenguaje usual, pero inmediatamente después una reserva, una duda, un temor ante la letra de los signos propuestos por el mundo" (Barthes 2003, 191).

lo terrorífico. Si los animales kafkianos son la ocasión para la exposición de un umbral humano-animal que, con su inestabilidad, hace avanzar los relatos,[70] los de Marosa ponen al poema en movimiento, le imprimen acción, juego, desvío.

> Di a luz un mirlo. Negro. Que voló a las aceitunas, pero, no comió de esa fruta. Pasaban gentes y gritaban: "¡Mira! ¡Un mirlo!"
> Yo estaba al pie del árbol, maternal y rígida.
> De lo alto caían piedras ovales como almendras y rubíes; algunos querían juntarlas; no podían; ellas quedaban brillando inalcanzables en la hierba.
> El mirlo dio un silbo triste como de alguien que no tiene explicación.
> Y en las lagunas chicas y próximas, subían los junquillos amarillos, las calas óseas. (Di Giorgio 2008, 562)

Los animales que nacen en los poemas no tienen explicación; inventan un destino impensado, mueven al poema en una dirección que el mismo texto desconoce, como si arrastraran la escritura con su propio movimiento anárquico. Producen, así, una vacilación del mundo ante los ojos, ya sea mediante una disrupción que suspende la convención causal e instituye un nuevo orden, ya mediante la construcción de parábolas vacías. Esa vacilación es efecto, además, de un procedimiento que parece regir a todos los demás: la animalización de la mirada, un juego de intuición e imaginación que es, al mismo tiempo, una vía de conocimiento del otro. Inquietante e inaccesible, en la mirada animal se cifra lo que más importa a la escritura literaria: aquello del animal que vive en nosotros y, sin embargo, se nos escapa; en palabras de Rainer Maria Rilke: lo "no vigilado, que uno respira y sabe infinitamente y no desea", ese "espacio puro" en el que "las flores se abren sin cesar" de la "Octava elegía de Duino", cuando el poeta describe la apertura del animal a una realidad otra del mundo y de las cosas.

Aun a aquellos filósofos que, como Martin Heidegger, denunciaron la falacia de la metafísica de la subjetividad, la idea rilkeana de la mirada animal como posibilidad de acceso a una realidad nueva les resultaba inconcebible; de hecho, Heidegger invirtió la fórmula rilkeana para afirmar que es el hombre el que se caracteriza por tener acceso al ser verdadero de las cosas, por ser capaz de desvelarlas, y esa perspectiva antropocéntrica gravitó notablemente a lo largo del siglo XX en el pensamiento hegemónico acerca del animal. Con todo, Rilke tuvo su descendencia. Los poetas y narradores que se podrían encuadrar en la tradición biopoética se han encargado de seguir su huella, buscando en los animales las claves de acceso a una realidad diversa, no lingüística, no metafísica. Dice Rilke al inicio de la octava elegía: "Con todos sus ojos ve la criatura / lo abierto. Solo nuestros ojos están / como invertidos y rodeándola a ella por completo / cual trampas en torno a su libre salida. Lo que hay afuera lo sabemos solo por el semblante / del animal [...]" (2002, 155).

---

[70] Para un desarrollo de este tema, véase Yelin (2015a).

¿Es esa mirada animal análoga a la de la infancia? En la poesía de Marosa, niña y animal establecen una continuidad que no es otra que la de la mirada atenta y callada de quien está en el mundo y no simplemente ante él. La extrañeza de la mirada marosiana podría ser entendida, así, como la búsqueda de un modo ambiguo de contar que recree la vivencia paradójica —semejante a la del soñador— de ver y participar en un mundo alucinado. "Me siento entre ellos. Y de mi sien, también, parte un haz dorado. La habilidad de una niña nos recortó así" (Di Giorgio 2008, 289). Como haces dorados que iluminan zonas del pasado, la infancia y la animalidad hacen del mundo un lugar en el que todo fluye sin detenerse, en el que "Todo va, todo retorna" y "la rueda de la existencia gira eternamente"; un mundo en el que "todo muere, todo florece de nuevo" porque "el ciclo de la existencia prosigue eternamente" (Nietzsche 2010, 194).

Ser un niño o un animal es una forma de habitar ese mundo, y la poesía es la labor que hace posible la trasmutación, cuidando y acrecentando sus efectos. Por eso la poeta trabaja para que todo se multiplique, se recree, se fecunde, se embarace, para que todo nazca y muera de modo incesante. Ese parece ser el valor primordial de la sexualidad en los textos, no sólo en aquellos explícitamente eróticos: que nada quede quieto, que cada ser y cada objeto —como sucede con el huevo, figura recurrente en los poemas— esté preñado de una vida impredecible, ambigua, feroz, cotidiana y a la vez fantásticamente nueva.[71] Si la poesía de Marosa es autobiográfica, lo es en el sentido de recuperar en la escritura una vida que no fue vivida, que no se puede recuperar como vivencia, recuerdo o anécdota, que no puede siquiera ser observada. Lo que se revive es, paradójicamente, lo invisible de la vida, aquello que sólo puede ser rozado por la mano de la poesía. El pasado se presenta así, en palabras de Marosa, bajo la forma de una "anónima humareda"; la cronista-niña, la cronista-animal, acepta la no-identidad de ese mundo perdido y, sin embargo, lo recrea.

Para nosotros todo sucede en esta anónima humareda.
La sonata del mundo está muy lejos.
Este es el jardín. Y esa la cocina. Al dios de la cocina, negro, pero invisible, ofrendamos los suculentos tomates cada día; él, aunque no tiene boca, deja vacío el plato.
Y están las menudas cosas de siempre.
Yo trazaré la crónica profunda e infinita,
Siempre igual y siempre diferente. (Di Giorgio 2008, 565)

---

[71] "La gallina era una presencia continua. Yo la veía en las distintas instancias. En un día de tormenta (eso está en *La falena*), se ven transparentes los huevos, y el ave se altera. El huevo es otra cosa extraordinaria, empieza otro mundo ahí. Pasaba ese animal, se iba, y quedaba un huevo blanco, como de mármol. O aparecía con los pollos. Es milagroso eso: se posaban sobre los huevos y a los pocos días venían con un montón de pollos. Es doméstico, y a la vez fantástico" (Di Giorgio 2010, 75).

CAPÍTULO III

Una vida nueva. Imágenes y pensamiento de la animalidad en *Opendoor* y *Paraísos* de Iosi Havilio

The beasts of modern imagination teach us only what we already know and what is, in any event, entirely tautological: that life is, above all, life.
MARGOT NORRIS. *Beasts of the Modern Imagination.*

Indisciplinas

Hasta hace no mucho tiempo los estudios que abordaban las representaciones del animal y de la animalidad en textos literarios tomaban como objeto privilegiado de sus indagaciones lo que la crítica ha denominado zooliteratura: una serie de obras en las que se ofrecen imágenes reconocibles de animales o —desde hace al menos un siglo y gracias fundamentalmente al influjo de la tradición kafkiana— del devenir-animal de personajes humanos. En mi tesis doctoral, un ejemplo bastante ilustrativo de esta práctica de lectura, analicé un conjunto de fábulas y bestiarios que reactualizaban, con mayor o menor dosis de imaginación y creatividad, los modelos clásicos del canon occidental.[72] El

---

[72] *Historias de animales: la fábula y el bestiario en la literatura latinoamericana de la segunda posguerra.* Defendida en el Doctorado en Humanidades de la Facultad de Humanidades y Artes de la Universidad Nacional de Rosario en 2008 (inédita).

Cómo citar este capítulo:
Yelin, J. 2020. *Biopoéticas para las biopolíticas. El pensamiento literario latinoamericano ante la cuestión animal.* Pp. 99-112. Pittsburgh, Estados Unidos: Latin America Research Commons. DOI: https://10.25154/book4. Licencia: CC BY-NC 4.0.

estudio temático y formal de esas reactualizaciones dejaba ver las grietas en los cimientos que sostenían el edificio simbólico y pedagógico del universo de las figuraciones teriomorfas y, en ese sentido, constituía una forma bastante productiva de abordaje. En el transcurso de los últimos años, sin embargo, ese tipo de aproximaciones a las zonas de contacto entre la escritura literaria y el problema teórico de la relación humano-animal fue encontrando algunos escollos metodológicos, al tiempo que derivando —el error, es sabido, puede ser la oportunidad de iniciar nuevos caminos— en reconsideraciones del objeto de estudio que pueden dar lugar, creo, a lecturas más lúcidas, o al menos más dispuestas a desprenderse de algunos prejuicios que, pese a todas las prevenciones, siguen impregnando nuestra visión de los otros no-humanos. A partir del establecimiento de un diálogo cada vez más fluido con un creciente caudal de textos provenientes de diversas disciplinas, la crítica literaria comenzó a reflexionar acerca de las dificultades que le generaba, por un lado, la consideración de las narraciones aisladas del contexto ideológico y cultural en el que se inscribían —parecía haber un cierto consenso en que siempre que se hablaba del mundo animal se hacía referencia a categorías estables, no condicionadas por el derrotero de la historia de las ideas del mismo modo en que lo están las categorías "humanas"— y, por otro, el uso no problematizado de la noción de representación. Aunque ya no se creía que las figuraciones de los animales y de la animalidad estuvieran férreamente asociadas al dominio de la metáfora y la alegoría, persistía aún la idea de que se trataba de un objeto —y la palabra *objeto* funciona aquí perfectamente— representable, es decir, cuyo abordaje no planteaba ningún problema metodológico. El animal estaba allí, inerte, siempre disponible, listo para ser representado. Alimentaban esa certeza posiciones afianzadas en la —en palabras de Jacques Derrida— inmensa denegación que, durante siglos, obturó el pensamiento teórico, científico y estético de la animalidad. Aun en aquellos textos artísticos y críticos que procuraban distanciarse de la matriz de pensamiento humanista parecía haberse trazado una línea de resistencia que el lenguaje disciplinar no permitía atravesar.

Fue Margot Norris —quizás una de las primeras lectoras capaz de percibir con claridad estas dificultades— quien observó los deslizamientos e intercambios que la crítica al antropocentrismo, que tomó forma acabada hacia mediados del siglo XIX, propició dentro de las disciplinas tradicionales de conocimiento. Ese movimiento ciertamente revulsivo promovió una transformación de los conceptos que los diversos saberes ponían en juego y, sobre todo, minó la idea de que fuera posible seguir sosteniendo enfoques parciales, compartimentados; cuestionó, en definitiva, el prejuicio de concebir al animal como una realidad exterior y objetivable. No es casual, argumenta Norris, que los más agudos pensadores de la animalidad hayan propiciado enfoques transdisciplinares: Charles Darwin abandonó el rol pre-profesional de naturalista para desenvolverse en los campos de la paleontología, la anatomía comparada y la psicología humana; Franz Kafka trabajó en una escritura que, pese a estar consagrada al perfeccionamiento de la técnica literaria, se internó como pocas en los territorios de la filosofía; y Friedrich Nietzsche, filólogo de profesión, fue el propugnador de una tradición de pensamiento que se atrevió a transgredir como nunca antes las convenciones discursivas de la filosofía.

El pensamiento de Nietzsche, central para la corriente que Norris caracteriza como biocéntrica, estetizó la ciencia y biologizó la estética desdibujando, al mismo tiempo, los límites que separaban pensamiento y creación (1985, 221). En una reflexión sobre sus primeros escritos, el filósofo llegó a reprocharse que "la capucha del docto" escondiera o ensombreciera la pulsión del poeta; lo verdadero, decía, no debería ser dicho sino cantado.[73] En efecto, la crítica nietzscheana a la metafísica ofreció, por un lado, una discusión de los fundamentos de la estética y, por otro, una nueva concepción de la filosofía concebida como arte, como práctica orientada no a la búsqueda de la verdad, sino al relevamiento y examen de eso que el filósofo llamó "verdades singulares" o "metáforas intuitivas". Las metáforas —a secas— y la verdad —o, mejor: la verdad como metáfora— son consideradas por Nietzsche racionalizaciones y abstracciones destructoras de la riqueza de la vida. Una filosofía nueva y, por qué no, una literatura nueva, acordes a una nueva concepción de la vida, serían entonces disciplinas indisciplinadas, es decir, nacidas de la conciencia de habitar un mundo sin un ser trascendente que opere como fundamento de todos los seres en su conjunto. Prácticas, en palabras del propio filósofo, asentadas en un pensamiento más ligado a imágenes que a conceptos. Gracias a ese pensamiento la filosofía dejaría por fin de representarse a sí misma como ciencia para empezar a reconocerse como arte, encontrando en la creación una forma más auténtica de conocimiento.

Mediante la afirmación de la posibilidad de un pensamiento afincado en imágenes, Nietzsche aproxima la filosofía a la literatura hasta que los límites entre ambas se vuelven indiscernibles. La filosofía imagina y la literatura piensa o, en términos nietzscheanos, persigue verdades singulares. Es cierto que se ha reflexionado mucho sobre los aspectos poéticos del lenguaje filosófico, sobre "los contactos sinápticos entre argumento filosófico y expresión literaria" (Steiner 2012); queda, sin embargo, mucho por indagar en lo que respecta al camino de vuelta,[74] si no tomamos en cuenta, es claro, todos aquellos análisis que rastrean la recurrencia de motivos o problemas filosóficos en el discurso literario —poniendo a este último, de algún modo, en un lugar secundario, subsidiario—[75] y nos disponemos a reflexionar sobre aspectos vinculados a las formas

---

[73] "Esa 'alma nueva' habría debido cantar —¡y no hablar!—. Qué lástima que lo que yo tenía entonces para decir no me atreviera a decirlo como poeta: ¡tal vez habría sido capaz de hacerlo!". El nacimiento de la tragedia, I, 5. Citado por Fink (1979, 24).

[74] Suponiendo que el camino de la filosofía a la literatura sea el de "ida", lo cual es ya una evidente arbitrariedad, sobre todo cuando se entiende, como lo hace Nietzsche, que la teoría y la ciencia pueden ser comprendidos desde el arte, y no viceversa (1979, 35).

[75] Pónganse por caso las relaciones —siempre unidireccionales— que propone el propio Steiner: "Baudelaire se vuelve a De Maistre, Mallarmé a Hegel, Celan a Heidegger, T. S. Elliot a Bradley" (2012, 26).

específicas que asume el pensamiento literario, es decir, sobre la construcción retórica del pensamiento y sus zonas oscuras: la ambigüedad, la indecidibilidad del sentido, el sinsentido. La filosofía entendida, pues, no como una serie de asuntos más o menos abstractos que pueden inspirar temáticamente a la literatura, "darle letra", sino como una forma de acceso a la complejidad del mundo, de las vidas, de las verdades plurales y singulares.

¿Por qué verdades plurales y singulares? Al referirse a las metáforas intuitivas, Nietzsche sostiene que "a través de ellas los humanos acceden 'a lo individual [Individuelle] y lo real [Wircliche]' puesto que cada metáfora que se intuye es en sí misma 'individual e incomparable [ohne ihres Gleichen]'" (Lemm 2010a, 274-275). Estas metáforas intuitivas son en realidad una suerte de antimetáforas, en tanto disuelven cualquier cristalización, impiden correlaciones estables y, en este sentido, son irrepetibles. No albergan un conocimiento de "cualidades esenciales [wesenhaften Qualität]" sino que conocen "una serie numerosa de acciones individuales [individualisierten]' y por lo tanto desemejantes [ungleichen]' entre sí. De este modo, cada metáfora intuitiva es singular y única en un sentido absoluto, un producto de la experiencia singular e irreductible del ser humano y de su visión del mundo" (Lemm 2010a, 274-275).[76]

La búsqueda de esas singularidades, que las "verdades" conceptuales, en tanto ilusiones colectivas,[77] ignoran por completo, incluye —solicita— la exploración de la subjetividad como fuente y fundamento de la gran mentira humana. Para comprender que el impulso hacia a la verdad es fruto de un olvido, es necesario considerar hasta qué punto la humanidad es producto de otro: el del animal que somos, que estamos —para usar una fórmula no muy fiel pero sí eficaz de las traductoras de los seminarios de Derrida al castellano— si(gui)endo: "Gracias solamente a que el hombre se olvida de sí mismo como sujeto y, por cierto, como sujeto artísticamente creador, vive con cierta calma, seguridad y consecuencia; si pudiera salir, aunque solo fuese un instante, fuera de los muros de esa creencia que lo tiene prisionero, se terminaría en el acto su 'conciencia de sí mismo'" (Nietzsche 1996, 29).

Es así como, por el camino de la memoria del olvido —de la verdad como mentira consensuada y, como parte de ella, del animal que está siendo en nosotros—, la filosofía se vuelve indiscernible de la literatura: todo aquel que piensa —todo aquel que escribe— es, pese a sí mismo, un animal; y ese animal emerge siempre que puede, cada vez que el lenguaje, volviéndose sobre sí mismo, hace

---

[76] Lemm cita *Sobre verdad y mentira en sentido extramoral*.

[77] "¿Qué es entonces la verdad? Una hueste en movimiento de metáforas, metonimias, antropomorfismos, en resumidas cuentas, una suma de relaciones humanas que han sido realzadas, extrapoladas y adornadas poética y retóricamente y que, después de un prolongado uso, un pueblo considera firmes, canónicas y vinculantes; las verdades son ilusiones de las que se ha olvidado que lo son; metáforas que se han vuelto gastadas y sin fuerza sensible, monedas que han perdido su troquelado y no son ahora ya consideradas como monedas sino como metal" (Nietzsche 1996, 25).

memoria del olvido. Después de todo, ¿cómo podríamos aprehender esa compleja multiplicidad de seres vivientes que por convención llamamos animales si no somos capaces de pensar nuestra propia animalidad, si no sabemos —ni siquiera sospechamos— qué significa ser-con-el animal? El retorno de y hacia la animalidad, entonces, convertiría a la filosofía y a la literatura en artes de la transfiguración, es decir, prácticas portadoras de un paradigma de verdad alternativo que reformula la relación establecida por la metafísica entre verdad y lenguaje articulado o, en otras palabras, entre verdad y humanidad. Se abre así una estimulante línea de trabajo orientada a estudiar las modalidades que asume ese retorno —esos retornos— en las ficciones. En las páginas que siguen intentaremos establecer algunos vínculos provisorios entre esas reconfiguraciones, poniéndolas en contacto, por un lado, con la revisión filosófica y política de lo que Roberto Esposito ha denominado "dispositivo de la persona" y, por otro, con las formas en que los textos literarios dan cuenta de dicha transfiguración. Analizaremos para ello algunos pasajes de las novelas *Opendoor* y *Paraísos* del escritor argentino Iosi Havilio; no porque en ellas se puedan leer intervenciones críticas, metaliterarias, ni un trabajo paródico o de subversión de las metáforas animales que el uso repetido ha convertido en "monedas que han perdido su troquelado y no son ahora ya consideradas como monedas sino como metal" (Nietzsche 1996, 25), sino porque experimentan con la disolución de la subjetividad de la voz narradora: un personaje sin nombre que cuenta un periplo de la ciudad al campo en *Opendoor* y de vuelta, del campo a la ciudad, en *Paraísos*; siempre con el mismo tono indolente, austero y, en los momentos que nos interesará analizar con mayor detenimiento, impersonal.

Sin nombre

Vivimos en un mundo desanimalizado, sometido a un tratamiento desnaturalizante o desvitalizante, tal como lo describen John Berger y Jacques Derrida cuando se proponen historiar la relación entre hombres y animales desde la modernidad. Un mundo nuevo que, sin embargo, se parece cada vez más a las fantasías que la ciencia ficción viene recreando desde hace varias décadas, y en el que, si nos atenemos al sentido que Nietzsche le asigna a la palabra cultura —aquella fuerza que afirma la continuidad entre todas las formas existentes de vida, cultivando, al mismo tiempo, la pluralidad que habita en el interior del ser humano (Lemm 2010a, 20)—, se podría decir que sufrimos un proceso de aculturación. La civilización, esa fuerza adiestradora, amaestradora y explotadora del animal otro y del animal que somos, ha triunfado.

Pero esto no fue siempre así, o al menos eso es lo que la filosofía posthumanista sostiene cuando pugna —y lo hace desde hace ya más de un siglo— por poner un límite al desorden que dio lugar a calamidades aún difíciles de mesurar. Tal vez la más extrema de todas, el Holocausto, motivó una nueva y enérgica recentralización de la noción de persona con el fin de evitar la reiteración futura de un proceso de exclusión que sacrificó millones de vidas humanas. En el ensayo *El dispositivo de la persona* (2011), Roberto Esposito somete a un examen minucioso esa noción que, argumenta, rige desde hace algunas décadas los discursos del campo jurídico, político, filosófico, y que cobró especial relevancia hacia el final de la Segunda Guerra Mundial, al convertirse en el eje de la Declaración Universal de los Derechos Humanos.

A través de ese documento, la llamada "filosofía de la persona" se propuso establecer una serie de derechos que fueran válidos para todos los hombres. Sin embargo, como observa Esposito, su cumplimiento quedó postergado para gran parte de la población mundial, que hasta el día de hoy sigue expuesta a condiciones de existencia infrahumanas, cuando no directamente a la vejación, la tortura o la muerte (2011, 16). Este dato no es menor porque, más allá de las buenas intenciones que alentaran la concepción de la Declaración, da cuenta de un fracaso que no es sólo político sino también conceptual o, más precisamente, de un fracaso conceptual que tuvo decisivas consecuencias políticas. Si el dispositivo de la persona sigue expulsando de su órbita a tantos seres humanos, razona Esposito, es porque está asentado sobre una concepción dualista arraigada en la oposición cuerpo/mente —o, en términos del biólogo Xavier Bichat, vida interior (orgánica)/vida exterior (animal)—: "la propia definición de lo que es personal, en el género humano o en el simple hombre, presupone una zona no personal, o menos que personal, a partir de la cual este cobra relieve" (Esposito 2011, 17). La sola existencia de ese margen impersonal como algo discernible de un ámbito personal representa un peligro y una amenaza siempre latente, ya que puede extenderse desplazando los límites que separan la vida protegida de la vida considerada sacrificable, sin valor. Por eso habría que celebrar que el dispositivo de la persona sea sometido a una revisión, al tiempo que desear una superación de las dicotomías que lo constituyen.

La crisis del dispositivo de la persona —que es, evidentemente, anterior a su reconocimiento y análisis— viene generando interesantes efectos en el campo de la creación artística, no sólo literaria sino también plástica, teatral, cinematográfica. En los últimos años la crítica comenzó a tomar nota de esas transformaciones, arrojando luz, entre otras cosas, sobre el modo en que el cuerpo del animal —con o sin vida— ganó espacio hasta en muchos casos ocupar un lugar primordial. Se realizan performances, obras "vivientes", biodramas con animales en escena. En las diversas experiencias los artistas insisten en señalar que ese cuerpo tiene o alguna vez tuvo vida y que está siendo violentado no sólo físicamente sino también simbólicamente. Se trata, en efecto, de "usos" artísticos de los animales pero que son radicalmente diferentes de los que realiza la ciencia o la industria, en tanto se proponen desnaturalizar la idea de utilidad y poner al descubierto la ideología —humanista, antropocéntrica— que sustenta la cosificación de todos aquellos seres no considerados como personas.

La literatura, es cierto, no puede recurrir a la potencia material de esos cuerpos: el calor, el olor, los sonidos, la mirada, los movimientos o la falta de todos esos signos que acompañan la presencia física del animal, esté vivo o muerto. Tiene, sin embargo, la potestad de experimentar con la alternancia de las apariciones reales —realistas— y simbólicas, concretas e imaginarias; vaivenes o deslizamientos de sentido que producen como efecto atmósferas deshumanizadas; o mejor: en los que lo humano se afirma mediante la animalización. Así en las dos novelas de Havilio, donde los animales —especialmente las serpientes y sus víctimas más frecuentes, los ratones— aparecen todo el tiempo y por todas partes, invadiendo, de modo literal o figurado, metafórica o metonímicamente, los cuerpos humanos y ejerciendo sobre ellos o su entorno algún tipo de violencia: en los relatos ocasionales de los personajes,[78] en un libro encontrado por azar,[79] en las jaulas del zoológico,[80] en los sueños,[81] en las casas.[82] Son significantes e imágenes que jalonan las novelas, que crean las condiciones para que la narración recuerde que algo se le ha olvidado, que por más que intente ignorarlo el animal está siempre

---

[78] "En el patio, con una cerveza que se va entibiando de a poco, Iris me cuenta historias de serpientes. Su tía Lena se volvió rica de golpe, con la perestroika, cuando su marido empezó a bailar en petróleo [...] Primero le agarró una obsesión con los tatuajes y se hizo como cien. Por todas partes, brazo, piernas, espalda. Hasta en el culo, dice y se ríe fuerte. Después se puso a coleccionar mascotas, de las convencionales, como chihuahuas, gatos siameses, hámsters, pero también exóticas, tarántulas, ranas y pitones. [...] A medida que fue creciendo, el bicho se volvió voraz. Entonces, no para ahorrar, sino por comodidad, la tía Lena optó por montar un criadero de ratas en el lavadero del departamento, uno de los más lujosos de Moscú" (Havilio 2012, 72-73).

[79] "En este tomo se trata mayormente de ilustraciones de reptiles, anfibios y plantas. Serpientes de todos los colores y tamaños, gordas, a rayas, por cazar y cazando. También algunas ranas, lagartijas y un cisne inexplicable que no guarda ninguna proporción. Paso las páginas y me doy cuenta de que los animales tienen formas muy humanas. Hay lagartos con rasgos y actitud de hombre, serpientes con cara de mujer. A veces medio androides. Entre la ciencia y lo grotesco" (Havilio 2012, 84-85).

[80] "Hay serpientes agazapadas que no dan la cara, se camuflan detrás de los troncos artificiales que componen su micromundo, otras que ni siquiera están a la vista, muy pocas en movimiento, una sola mirando de frente, la pitón real. Leo la ficha con intención de memorizar [...] También estudio la boa constrictora y la boa arco iris, ninguna de las dos es venenosa, al igual que la pitón real matan a sus presas enroscándose hasta sofocarlas" (Havilio 2012, 68).

[81] "Tuve un sueño muy extraño que duró toda la noche. Un sueño lleno de animales" (Havilio 2006, 46). "Sueño con serpientes. Son cientos, miles, muy veloces, huyendo del reptilario en masa como un manantial" (Havilio 2012, 139).

[82] "En eso estaba, por levantarme, cuando un peso extraño, vivo, de otro mundo, cayó sobre mi hombro derecho y me miró a los ojos. Y ahora sí, no cabían dudas. Eso era, ahí estaba, prendida a mi cuerpo como un loro de feria, una rata de campo en carne y hueso. Y era tan distinta a la imagen que me hubiera hecho, tan grande y maciza, era cualquier cosa menos una rata. Pero ¿cómo había ido a parar a mi hombro? Nunca lo voy a saber. La verdad es que estuvo muy poco encima de mí, una fracción de segundo que en el momento me pareció un año y medio. El tiempo justo para mirarme a los ojos, después saltó" (Havilio 2006, 131-132).

ahí, acechando. No casualmente la novela se cierra con la ilustración de una serpiente que la narradora calcó con perseverancia indiferente a lo largo de los días, y cuya imagen se reproduce en la última página, bajo la rúbrica del capítulo treinta y seis. La certeza de que el animal y la animalidad son zonas marginales y discernibles del ámbito humano o personal es así perturbada mediante la proliferación de esa multitud de figuraciones ambiguas que, por un lado, resisten una decodificación aislada y, por otro, rechazan una interpretación de conjunto satisfactoria. Se forma así una suerte de gran alegoría inconexa, llena de agujeros de sentido, interferencias, contradicciones. Con esos elementos se construyen las particularísimas atmósferas de Havilio, habitadas por una narradora que activa, mediante otros procesos más sutiles aún, la exploración de la zona animal que, como su propio nombre, no se pronuncia jamás. El animal más omnipresente es, en efecto, el invisible, el que no se muestra ni refiere. El animal que habla: alguien que dice "yo" para narrar una vida que es personal e impersonal al mismo tiempo, que integra conceptos e intuiciones en la búsqueda —no siempre igual de exitosa— de una escritura en la que se deje pensar —como sujeto y como objeto de la acción— al animal.

En efecto, se podría hablar de una apuesta literaria por una fenomenología antihumanista, con todos los reparos que supone la referencia a esa disciplina enraizada en una tradición tan decididamente antropocéntrica. Pero sí, en los encuentros con la animalidad —interior y exterior— promovidos y consumados por la literatura que tratamos de caracterizar como posthumanista, en la que se inscriben, creemos, *Opendoor* y *Paraísos*, parece haber una voluntad más o menos consciente —cuyos resultados, por supuesto y afortunadamente, exceden y se desvían respecto de toda intención— de encarnar, o, por qué no, de personificar otra perspectiva del mundo. "Personificar" en el sentido de ampliar el registro de lo personal y también de hacer que lo impersonal forme parte de lo que convencionalmente llamamos persona.

Hemos comentado ya en la primera parte del libro algunas de las ideas de *Surface Encounters. Thinking With Animals and Art*. Allí Ron Broglio analiza cómo algunos artistas contemporáneos procuran dar forma a esa suerte de fenomenología animal a través de diversas técnicas para generar, por un lado, vías de pensamiento que excedan la racionalidad cognitiva y, por otro, experiencias sensibles que pongan en funcionamiento aspectos silenciados o dormidos de nuestra percepción. Se trata, dice Broglio, de un "pensamiento corpóreo" que desafía nuestros prejuicios acerca del cuerpo y de la mente (2011, 17-18); avanza, así, en la idea de un lenguaje híbrido, lingüístico y no lingüístico, que se ajustaría con mayor precisión a la propia condición híbrida del ser humano. Ese lenguaje, me gustaría añadir aquí, no excluiría, contra lo que se podría suponer, al trabajo literario; por el contrario, formaría parte de un horizonte hacia el que se encamina toda creación verbal: ese plus que la palabra señala pero al que no tiene acceso directo. La animalidad que esta fenomenología explora emergería en los espacios abiertos entre las palabras, en las inconsistencias de las metáforas y en los huecos de las alegorías, en esas fronteras del sentido que intentan aprehender, sin conseguirlo totalmente, las nociones de hibridez y devenir (2011, 19).

La exploración de la propia animalidad que la protagonista de ambas novelas, esa narradora sin nombre que no casualmente para algunos lectores resulta tan exasperante, se lleva adelante sin estridencias, sin descripciones ni análisis psicológicos; es más bien un ejercicio de sobriedad. Kate Gardner, una de sus reseñistas anglosajonas, declara que le gustó la novela exceptuando —como si fuera posible tratándose de un relato en primera persona— la voz narradora, "demasiado vaga" —en el sentido de indefinida, de difusa— y, por lo tanto, "frustrante".[83] Una idea similar se desprende de la reseña que escribió Paula McGrath para la revista *Gorse*: "Havilio parece no tener ningún interés en que empaticemos con su personaje. Nos preguntamos si su pasividad puede explicarse por el impacto de la pérdida reciente" —se refiere a la desaparición de Aída, la amante de la narradora en la primera parte de *Opendoor*—, "sin embargo, rápidamente nos damos cuenta de que no se trata de un estado transitorio, sino que ese es su carácter […]. Y un protagonista sin voluntad, a la deriva de una situación a otra, puede resultar irritante".[84] El hastío o la irritación son, ciertamente, experiencias recurrentes en los testimonios de los lectores de *Paraísos*. Como no parece ser una simple casualidad sino el efecto directo y deseado de un artificio, trataré de deslindar aquí sus posibles causas.

La zona salvaje

Las objeciones de las reseñistas, sus rechazos, aunque imposibles de acotar o mesurar, pueden ser una buena clave para reflexionar sobre el que quizás sea el hallazgo más valioso de ambas novelas: el señalamiento de una zona de indefinición al que la voz narradora no alude explícitamente pero que está presente en sus monólogos interiores, en los que la conciencia se deshilvana, así como también en sus relaciones con los otros personajes —humanos y animales— y con el propio cuerpo. El dolor, el placer físico, el hambre remiten a una existencia siempre extraña, ajena: "Sin pensarlo mucho empiezo a rasquetear con las uñas la pared detrás de la cabecera de la cama y me voy llevando a la boca pedazos de yeso que se desprenden sin mucho esfuerzo. Es pura inercia. Chupo sin convicción, las puntas me raspan el paladar" (Havilio 2006, 173); "Abro los ojos y me encuentro aullando como una loca" (2006, 152); "Dolor de huesos, en la cara y en las extremidades, como si hubiera dormido estaqueada" (2012, 26);

---

[83] "I loved the opening of this novel, with the uncomfortable funeral and the final days at the farm. And I liked the rest of it, but I think I did ultimately find the narrator too vague and frustrating to love the book overall" (Gardner 2014).

[84] La traducción es mía.

"Siento mi cuerpo, grande, dolorido y húmedo, las uñas rasguñando la carne, el cuello duro, el culo mojado. Así estoy, un buen rato, abandonada" (2012, 44).

El abandono, que afecta también el desarrollo del hilo argumental de la novela —el personaje es, dice el propio Havilio en una entrevista, "una veleta abandonada a la voluntad del viento" (Bescós, 2013)— se consigue fundamentalmente a través de dos procedimientos: por un lado, la experimentación con una primera persona que continuamente se desliza hacia la tercera, creando una suerte de estilo indirecto libre invertido: un yo que se aliena, se objetiva, se vuelve exterior cada vez que intenta dar cuenta de aspectos o regiones de lo subjetivo. Por otro lado, el abandono toma forma en el cincelado de una prosa áspera y austera que, por decirlo de algún modo, afina la voz siempre en una misma nota. La narradora utiliza un lenguaje despojado y a veces incluso entrecortado que intenta traducir la fragmentariedad de la experiencia cotidiana pero que deja entrever, como sin querer —y la falta de voluntad hasta en el estilo es un efecto muy bien logrado— los movimientos impredecibles de una realidad encubierta. Una zona marginal de la experiencia que el propio Havilio definió como "salvaje":

> La estructura social y la del lenguaje se apoyan sobre zonas salvajes, vinculadas a la marginalidad, al desenfreno, a la sinrazón, que son la coartada perfecta para aceptar mansamente esas otras zonas que en apariencia, y solo en apariencia, descansan en la sensatez. Pero no siempre es así, casi nunca es así, lo dado, lo establecido, muchas veces disimula formas más cruentas de marginalidad, desenfreno y sinrazón. (Bescós, 2013)[85]

Como observa Miguel Dalmaroni en un texto en el que reflexiona sobre las formas que asumen en la crítica y la enseñanza las resistencias a la lectura —más concretamente: a la aceptación de que toda lectura presupone un fracaso—, el término castellano *insensato* —y más aún el francés *incensé*— "son negaciones de la cordura, del buen juicio y, obvia y literalmente, del sentido" (2013). La literatura aquí, una vez más, se piensa a sí misma: no es casual que una buena parte de *Opendoor* y el comienzo de *Paraísos* transcurran en una casa próxima a la que alguna vez fuera una institución modelo para el tratamiento de trastornos psiquiátricos, es decir, para la corrección de los insensatos. Esa zona salvaje es en las dos novelas, efectivamente, la suma de diversos márgenes geográficos en los que se vive al borde, donde se desdibuja la distinción entre *bíos* y *zoé* —vidas a proteger y vidas sacrificables—, pero también, como apunta Havilio, un fondo difuso que convive con la región aparentemente calma de la sensatez, del sentido. Eso que en el fragmento de la entrevista citada el escritor llama "lo dado, lo establecido" —la "catedral de conceptos infinitamente compleja" alzada "sobre cimientos inestables", "sobre agua en movimiento" a la que se refiere Nietzsche para ilustrar la fragilidad de la creencia colectiva

---

[85] El énfasis es mío.

en el potencial de verdad del lenguaje (1996, 27)— es el horizonte realista que circunstancialmente rasga la voz de la narradora cuando intenta dar cuenta de su propia experiencia. Entonces pone en tela de juicio no sólo la sensatez como valor sino también el sentido, o mejor, la idea de que existe la posibilidad de obtener un sentido. Un sentido de la vida, del mundo, del prójimo, de la comunicación en general: de los libros, las conversaciones, los recuerdos, las experiencias del presente.

Puede que lo más irritante de la voz narradora de *Opendoor* y *Paraísos* sea su reticencia a asignarle un sentido a lo que le pasa; la pertinacia de afirmar la vida sin más, de exponer, como sostiene Norris en el epígrafe que encabeza estas páginas, la tautología de que la vida es, sobre todo, vida. Una pertinacia que por lo general toma la forma de la dilación: siempre hay alguna contingencia —afectiva, corporal— más urgente, más inmediata; una actitud reiterada que se condensa, por ejemplo, en una de las tantas reflexiones lacónicas de la narradora de *Opendoor* al salir de uno de los reconocimientos fallidos en la morgue: "Me quedan un montón de preguntas pero me las guardo para otra oportunidad. Hace un calor de morirse" (76). Cada vez que se intenta interpretar, dilucidar, fijar alguna posible explicación del mundo, el sinsentido se impone. En esos triunfos suele mediar alguna figuración animal que intenta cristalizarse y que siempre, indefectiblemente, fracasa. Hay un momento de *Paraísos* en que ese proceso se percibe con mucha claridad: después de varias invitaciones, la narradora acepta darse un baño de inmersión en la casa de Tosca, la vecina a la que diariamente le inyecta morfina. Antes de meterse en la bañera describe, una vez más, el desconcierto ante su propio cuerpo: "Mientras se forma el vapor aguardo sentada en el inodoro, los pies, mis pies, me extrañan a pesar de conocerlos de memoria, igual que las uñas, largas, creciendo desparejas" (2012, 223). Ya dentro del agua observa detenidamente su entorno:

A la altura de la jabonera empotrada en la pared hay una fila de azulejos no amarillos como los demás sino con figuras esmaltadas. Pájaros blancos y negros que se repiten con simetría. Los pájaros negros están junto a una jaula vacía, los blancos aparecen siempre detrás de rejas. Así toda la vuelta, negro libre, blanco enjaulado, negro libre, blanco enjaulado. Alrededor de la canilla hay dos jaulas de oro, una abierta, la otra no. Las interpretaciones son infinitas. Lo primero que se me ocurre es que arrojado al mundo exterior, el pájaro oscuro, antes una paloma blanca, se tiñó del color de la corrupción. Pero también podría ser que el pichón de cuervo se resguarda en su plumaje para ahuyentar los males. En cuanto al otro, símbolo de virtud y paz, lo más obvio es pensar que conserva la blancura gracias al encierro. Aunque también se podría especular que sufre un castigo por aferrarse a una falsa pureza. Una moraleja básica pero universal sería que unos y otros, libres y cautivos, fuertes y débiles, cándidos y perversos, terminan desapareciendo sin remedio. No sé. Empiezo a transpirar. (2012, 224)

Aquí también el llamado del cuerpo detiene la reflexión; no es posible sacar conclusiones; la verdad se demora. Están los pájaros y las jaulas, las infinitas interpretaciones y las moralejas hipotéticas, pero ante y sobre todo está el agua caliente golpeando la piel, la transpiración, la visión que se nubla al sumergir la cabeza, el oído que percibe "los mil ruidos gástricos de las cañerías" (2012, 224). Las zonas de la experiencia que se filtran por las grietas del edificio del pensamiento, esa construcción que se muestra, como el Buti, firme, maciza y, al mismo tiempo, precaria. La búsqueda de esas zonas se lleva adelante en un estilo que procura dar cuenta de una percepción animalizada del mundo, y que no lo hace, por supuesto, a través de una estrategia romántica ni sentimental, sino exponiendo una suerte de imantación del personaje a ese núcleo inhumano que se manifiesta una y otra vez tanto en su propia experiencia vital como en todo lo que la rodea.

En *Opendoor* esa búsqueda es vehiculizada fundamentalmente a través de la extraña relación que la narradora establece con Jaime, un caballo que lleva el nombre de su dueño. Dos Jaimes que la miran con los mismos ojos y que la dejan, no se sabe muy bien por qué, varada en un lugar poblado por fantasmas.[86] Y en *Paraísos*, los paraísos, además de ser esos árboles que hacen menos desoladora la ciudad, son regiones imaginarias en las que se puede percibir algún destello de la vida animal, aunque sea de modo ficticio, apenas consolatorio, como en el zoológico, en una chacra suburbana o a través de la lectura de una enciclopedia naturalista. No son paraísos perdidos —no hay, como decíamos, ni un atisbo de nostalgia en esa relación— sino grietas del presente por las que se filtra otra realidad, otras formas posibles de supervivencia. Formas que imponen una reconsideración del valor del cuerpo y sus necesidades, muchas veces disonantes respecto de las normas del buen gusto y la corrección política. En efecto, las dos novelas de Havilio ponen en escena actos de rechazo de las nociones que ordenan el mundo en términos de evolución o progreso; más bien alientan la regresión como respuesta y modo de resistencia a los condicionamientos sociales, que son fundamentalmente determinaciones de orden económico: varios de los personajes viven —comen, se visten, se guarecen— sin dinero o con sumas irrisorias, haciendo equilibrio para mantenerse en el margen sin desbarrancarse. Una parte no menor de la tensión narrativa de ambas historias se juega en el temor a que esas vidas precarias crucen la línea delgadísima que separa la civilización de lo que la sociedad entiende como estado de naturaleza, y que caigan al vacío, se deshumanicen, salgan del dominio de lo personal.

---

[86] "Camino al establo, Jaime me cuenta que, como él, el caballo se llama Jaime. Se sonroja un poco cuando lo dice. Hace silencio, se arrepiente de haberlo dicho. Abre el portón, pero no entra, señala el caballo a la distancia, dice que me espera ahí. […] Mira cansino, manso, como debe mirar el otro Jaime detrás de mí […] Los ojos de Jaime se funden con los del animal, se ponen del color de la paja, enfermizos" (Havilio 2006, 12-13).

Sin embargo, esa amenaza no se concreta: hay algo que sostiene a las vidas erguidas, un hilo invisible y fortísimo, una pulsión vital que toma alternativamente la forma del hambre, del deseo sexual, del sueño, del amor materno, de la solidaridad social, de la adicción, de la curiosidad, del miedo. Fuerzas vitales que construyen y destruyen, que ponen en movimiento a los personajes, hacen avanzar la narración e inscriben las novelas en la línea más interesante de la tradición biocéntrica, según la ha conceptualizado Norris: textos que "abrazan la libido como el principio inhumano (es decir, 'animal') de la vida sin intentar domesticarlo o idealizarlo"; narraciones que "evitan el subjetivismo romántico desviando el foco de la emoción y el sentimiento hacia la acción irracional y el comportamiento anti-racional" (1985, 222). Norris se refiere a esa especie de reticencia afectiva, que es también estilística, con la fórmula "regresión discursiva" —una resistencia programática a todos los principios lógicos que ordenan el discurso y, en consecuencia, la vida—, y destaca cómo esta perturba la relación convencional entre texto y lector, produciendo "una filosofía que se niega a instruir y un arte que se niega a agradar" (225). Las reseñistas de las novelas cuyos comentarios recogimos aquí dan buena cuenta de esto último.

Es necesario, creo, avanzar en el análisis de los mecanismos que ligan ese laconismo como elemento organizador de los textos y las subjetividades —quiero decir: su definición por la negativa, como la filosofía humanista respecto del animal: el/la/lo que no entiende, no sufre, no responde— con la aparición de esas "zonas salvajes", de esas regiones marginales, impersonales, que Havilio explora y desnuda en sus dos novelas. Tal vez las señales más visibles, ligadas la representación —los paisajes sórdidos del manicomio o del zoológico, la miseria material, las ratas, los ocupas, las drogas, el alcohol, la violencia— sean solamente el terreno en el que se enraíza lo verdaderamente revulsivo y hasta intolerable de los textos: su capacidad de crear imágenes en las que el animal interior presiona y se expande hasta opacar la subjetividad, desdibujando completamente eso que la crítica llama punto de vista. La voz que cuenta parece no tener a qué aferrarse para afirmarse como sujeto, está tomada por su propia apatía; avanza sin voluntad, sin proyecto, sin ilusiones, atada a la mera necesidad y a la demanda de los otros. Pero esa opacidad no es sólo ausencia o carencia —como subrayan los lectores que registran el propio hastío—, es también un fondo sobre el que ocasionalmente parece brillar una vida en estado puro. Es la vida impersonal que persevera, que, pese a todo, recomienza cada día. Que hace novela: "Me cuesta creer que vaya a empezar una vida nueva", confiesa la narradora en la última línea de *Paraísos*, mientras termina de calcar una serpiente cuya cabeza, dice, "no tiene fin" (2012, 347).

Coda

Para terminar, quisiera esbozar muy brevemente dos consideraciones de carácter general que, creo, se desprenden de la lectura propuesta en estas páginas. La primera de ellas es que es posible encontrar en los asedios que la biopolítica realiza al pensamiento antropocéntrico algunas nociones operativas e iluminadoras para leer textos literarios a condición de que se desjerarquicen las relaciones entre las diversas formas de pensamiento. Para que el diálogo sea verdaderamente fecundo deberíamos, por un lado, cuestionar el prejuicio tan transitado de que la literatura es subsidiaria de otros modos de reflexión más rigurosos, y, por otro, procurar que la crítica medie entre la literatura y la filosofía sin aplastar la riqueza —teórica, poética, crítica— de ninguna de las dos. La productividad de la relación de los estudios literarios con el pensamiento filosófico estará supeditada, pues, a nuestra capacidad de salvaguardar cierta autonomía, de hacer que el uso conceptual derive en una recreación, en una revisión —cada vez, en cada lectura— de nuestros procedimientos críticos. Si lo logramos, la literatura ganará en potencia e intensidad; de lo contrario se debilitará hasta convertirse en una ilustración colorida y sin mayor interés.

La segunda consideración —consecuencia directa de la primera— es que la entrada posthumanista a la literatura produce movimientos conceptuales que, como contrapartida, le devuelven a la teoría, al final del recorrido, algunas ideas valiosas. En el caso de Havilio, la búsqueda de formas de enunciación que den cuenta de una zona de pasaje entre lo personal —la voz que dice "yo"— y lo impersonal —la vida que, sin anclar en una identidad definida, se hace audible y visible a través de esa voz— permite deslindar algunos procedimientos. Fundamentalmente, en las novelas estudiadas, eso que tratamos de definir como la creación de un estilo indirecto libre invertido, un mecanismo que objetiva lo subjetivo, que despersonaliza aquello que preliminarmente se presenta como personal. La biopoética encuentra, así, elementos formales para considerar modos de impersonalidad que no dependen sólo de la representación de la relación entre el mundo humano y el mundo animal sino también de las des-representaciones en las que el lenguaje deja vislumbrar la falla originaria de lo humano.

CAPÍTULO IV

La lente biopoética de Mario Bellatin

Desenfoques

El concepto "cambio" presupone ya el sujeto, el alma como substancia.

FRIEDRICH NIETZSCHE. *Fragmentos póstumos.*

Salón de belleza se abre con una cita de otra *nouvelle* anclada en los misterios de la sexualidad y la muerte, *La casa de las bellas durmientes* de Yasunari Kawabata: "Cualquier clase de inhumanidad se convierte, con el tiempo, en humana". Es tentador arriesgar, como hicieron algunos críticos, una lectura moral de la frase,[87] entendiendo que toda atrocidad puede, más temprano que tarde, ser asimilada y considerada parte de un proceso humano de destrucción y reconstrucción en el que la naturalización del horror es —tal como argumentó Hannah Arendt en su reflexión sobre la maquinaria burocrática del Holocausto durante la Segunda Guerra Mundial— un efecto de la estructuración de las relaciones bajo un régimen de poder determinado. Pero esa interpretación no termina de ajustarse a la particular forma de producir sentido de la obra de Mario Bellatin, en la que lo humano y lo inhumano no son esferas fácilmente discernibles, al igual que el bien y el mal, la verdad y la mentira, la vida y la

---

[87] Dice el escritor y crítico peruano Iván Thays a propósito de *Salón de belleza*: "Como en el *Decamerón*, la verdadera peste no es la que yace en los cuerpos del moridero, sino en la sociedad, en el mundo que margina y segrega a los demás. El epígrafe de Yasunari Kawabata resume esa tensión entre lo marginal y lo políticamente correcto (que esconde un sentimiento retorcido y vengativo contra lo que represente el 'otro'): 'Cualquier clase de inhumanidad se convierte, con el tiempo, en humana'" (2012).

Cómo citar este capítulo:

Yelin, J. 2020. *Biopoéticas para las biopolíticas. El pensamiento literario latinoamericano ante la cuestión animal.* Pp. 113-123. Pittsburgh, Estados Unidos: Latin America Research Commons. DOI: *https://10.25154/book4.* Licencia: CC BY-NC 4.0.

muerte, la salud y la enfermedad, el *bíos* y la *zoé*, lo masculino y lo femenino, la mente y el cuerpo. La construcción "con el tiempo" podría querer decir más que "bajo ciertas condiciones", vista con la lente transformadora de la biopoética, que produce cambios de punto de vista, de registro, de ritmo, de tiempo, de escala. Las narraciones de Bellatin recurren a esa lente para producir efectos distorsivos sobre un fondo más llano, más previsible —el del realismo, la evocación autobiográfica, el ensayo razonado—, esa pulsión ordenadora que Hans Vaihinger, refiriéndose a la elaboración de una perspectiva extramoral en el pensamiento de Friedrich Nietzsche, define como "voluntad de ilusión": un ficticio pero necesario mundo de sujeto, sustancia y razón que la escritura bellatiniana construye y disuelve de modo alternado y continuo.

Ciertamente, los narradores de las ficciones modifican el estado de cosas de modo súbito, con estrategias más ligadas a la estética visual que a la narrativa —por eso resulta apropiada la imagen de la lente—, produciendo saltos espaciales, temporales, identitarios, desbordes disciplinares —deslizamientos de la literatura a la fotografía, al cine o a la performance y viceversa—, ampliaciones de detalles o reducciones de núcleos fundamentales del relato, desvirtuando así las relaciones esperables entre las partes y el todo y haciendo que, como efecto de esa distorsión, las categorías a las que recurren —vivo/muerto, mujer/varón, pasado/presente, hombre/animal, joven/viejo, cerca/lejos, persona/cosa, bello/horrible— sean en gran medida intercambiables. Por eso la frase de Kawabata, como casi todo lo que escribe Bellatin, es reversible: cualquier clase de humanidad puede convertirse, con el tiempo, en inhumana. El "con el tiempo" no referiría al lapso transcurrido entre una y otra cláusula sino a una modificación súbita de la perspectiva que modifica también, de un plumazo, el pacto inicial de lectura.

Puede que ese sea el truco bellatiniano por excelencia, el que da el tono ríspido y el sabor ácido a sus ficciones: el cambio de las reglas sobre la marcha, en una toma de posición estética que es también profundamente ética y política: las reglas de su arte son las que la obra —como proceso, nunca como tarea acabada— propone cada vez, en cada acto de escritura, entendiendo que esta no es el efecto de un trabajo que borra las huellas de su elaboración sino, por el contrario, el testimonio de esos acontecimientos, la exposición de lo que Reinaldo Laddaga caracterizó como "el despliegue continuo de una práctica" (2007, 10).[88] Las reglas están en juego en el sentido más riguroso de la expresión: hacer literatura es jugar con ellas, expandiendo los límites de lo escribible,

---

[88] Ante la pregunta acerca del carácter fragmentario y breve de sus relatos, Bellatin responde: "Cada fragmento me parece que es la representación de mi ritual de escritura. Para ejercitar la escritura pretendo buscar tiempos y espacios cerrados en sí mismos. Cada fragmento es lo que dura una de esas sesiones. Después de tener muchos retazos, que de cierta forma siento que están comunicados entre sí, hago una labor de convertirlos en una suerte de propuesta, de hacerlos transmisibles al otro. Finalmente queda a la vista una mínima parte de esos ejercicios" (AA. VV. 2007).

lo legible, lo perceptible, lo analizable. En ese juego, más que la presencia tangible del texto, importa la presencia fantasmática de la forma. Pero no de la forma previa como patrón o modelo a seguir; la que señala el camino es la forma formante, tal como se define en el marco de la teoría de Luigi Pareyson (1988), tan pertinente para entender el particular modo de hacerse a sí mismas de las ficciones de Bellatin. Esta concepción de la escritura se puede adivinar en los momentos —literarios y extraliterarios— en los que el escritor reflexiona sobre su trabajo, haciendo que esa reflexión se vuelva, en un círculo virtuoso, parte también de una forma que crece creando sus propias reglas, es decir, logrando que el pensamiento acerca de la ficción produzca ficción al integrarse en la misma corriente autopoiética.

Dice el narrador de *Underwood portátil: modelo 1915*: "Cuando aparecieron las primeras obras publicadas, cuando las letras empezaron a presentarse impresas, me dio la impresión de que fue desvaneciéndose, lentamente, la compulsión por la presencia física de la palabra. En ese momento nació, en cambio, un interés cada vez mayor por la forma estructural de los textos" (2013, 490). La forma estructural alude a aquello que rige y ordena la escritura en tiempo presente, al procedimiento en tanto máquina generadora de relato. Por eso Bellatin agrega que dejaron de interesarle tanto las palabras en sí mismas como el contenido de las historias que fueran resultando; lo que importaba era el pensamiento que se desprendía del hacer, la particular manera que tenía la literatura de pensar y, en este caso, de pensarse a sí misma. "Apareció lo que después, creo, sería un elemento fundamental en buena parte de mis libros: el de hacer consciente la manera de armarlos. Quise ver aparecer una serie de objetos y situaciones que fueran encontrando, durante el proceso de creación, sus propias reglas de juego" (490). Y más adelante añade, a modo de síntesis: "de lo que se trata, creo, es de conseguir que la escritura, tal como se quiera plantear, genere nueva escritura. Para lograrlo cualquier truco puede ser válido, pues al final quizá prevalezca la verdad de una propuesta" (503).

La verdad como efecto de un truco, y de un truco cualquiera. Bellatin descree de la superstición de la obra; sólo hay proceso, obra obrante que se hace y se interrumpe por razones ajenas a un programa estético pre-trazado: la "propuesta" es precisamente el método, la modalidad de la producción, el formato de esa práctica que instituye una ética rigurosa: escribir es enfrentarse cada vez a no ser nadie y a no hacer nada en concreto, es más bien dar cuenta del artificio de toda construcción personal y de toda sustancialización de los textos. Se podría decir, en este sentido, que Bellatin desnuda la máquina estética —subsidiaria de la máquina antropológica que imaginó Giorgio Agamben (2005b)—, que hace obra allí donde no hay más que un mero escribir. En el contexto de un proyecto literario como el que ha ido delineando en los últimos años, abocado a indagar los efectos de la improvisación como fuerza instauradora de las reglas de juego —sesiones breves y escritura fragmentaria—, el hilvanado de esos "momentos", de esas parcelas de pensamiento, se convierte en un procedimiento artístico clave —decir literario aquí sería cercenar sus alcances y, con ello, su potencial creador— sofisticado y multiforme, que cambia de rumbo sobre la marcha, vol-viéndose imprevisible. Un *modus operandi* de la escritura que parte de pequeñas unidades —cuya extensión respondería, si se toma la palabra del escritor, a la práctica cotidiana; se podría decir: una sentada—, y que en lugar de reorganizar el material a través de la edición, borrando la huella de esa fragmentariedad propia de los ritmos vitales cotidianos, lo hace través del encadenamiento narra-tivo y de una transformación de la perspectiva, de un desenfoque que, al quitar nitidez al mundo evocado, desdibuja de los límites de los conceptos que ordenan nuestra percepción. Con este procedimiento Bellatin da forma —una forma, como se desprende de lo anterior, huérfana de una moral acabada acerca de lo que debe ser y hacer la literatura—[89] a esas historias en las que una cosa puede convertirse en su contraria sin que medie el tópico de la transformación. Bella-tin le da, así, otra vuelta de tuerca a la indubitable herencia kafkiana: no sólo entiende el mundo narrativo como metamorfosis; esa idea está tan arraigada, tan hecha carnadura poética, que no es necesario siquiera representarla.[90] La transformación de todo lo que existe es un efecto del procedimiento.

¿Cómo lo hace? ¿En qué consiste, concretamente, el desenfoque? En alejar o acercar repentinamente la mirada para encontrar, desde una nueva perspectiva, un objeto nuevo. Objeto que, a su vez, es un simulacro de alguna otra cosa que, al final, será también simulacro de otra, en una progresión que se desarrolla *ad infinitum*. De este modo se construyen muchas de sus ficciones desenfocando y reenfocando, y haciendo que cada reenfoque instaure un nuevo sentido y, con él, un nuevo pacto de lectura. Así, en *Jacobo el mutante*, donde el protagonista de *La frontera*, una novela póstuma atribuida a Joseph Roth, se transforma "sin

---

[89] Al respecto, dice el narrador de *Underwood portátil: modelo 1915*: "Esa especie de odio a la escritura hace que no les tenga la menor confianza a quienes declaran tener como meta ser escritores. A quienes se preparan, muchas veces durante décadas, para escribir de una determinada manera y, además, dicen tener claros los objetivos que pretenden alcanzar. Me parece un oficio tan vano y sacrificado, que no puedo entender el sentido de esforzarse tanto para obtener tan poco. Estoy convencido, además, de que el uso de la voluntad como impulso inicial hace que cualquier proyecto nazca muerto. No puedo imaginarme a mí mismo urdiendo tramas, esbozando finales o construyendo perfiles de personajes. Hay un pudor personal que me impide hacer libros como si estuviese consciente de que los estoy haciendo, o pensar que lo que se narra puede ser importante para alguien" (2013, 489).

[90] El narrador de *Underwood* se refiere de modo ambiguo a la relación literaria con Kafka cuando comenta cierta tendencia de la crítica a señalar una filiación con la corriente del objetivismo: "Quizá sea por eso que cuando alguien se encuentra con una escritura que le parece una tanto extraña, de inmediato aparece la definición *nouveau roman*. Lo mismo sucede con los términos kafkiano o experimental. No creo que mi escritura tenga nada que ver con esas denominaciones. Pero si alguien, realmente y con conocimiento de causa, le encontrara alguna relación, no solamente la aceptaría con gusto sino que estaría realmente encantado con la comparación" (2013, 501).

mayor trámite" en su supuesta hija adoptiva, Rosa Plinianson (2013, 266). Sin mayor trámite significa aquí sin atravesar un proceso metamórfico, es decir, por prepotencia narrativa, por desenfoque. Bellatin lo conceptualiza allí mismo, en uno de los pasajes ensayísticos del texto: "Uno de los descubrimientos más sorprendentes para la literatura, no sólo para la del escritor Joseph Roth sino para la del siglo xx en general, parece estar contenido en la mecánica de cómo un rol asignado a determinado personaje deriva, de pronto, en otro totalmente distinto" (266). Un rol que en sus ficciones puede ser también un cuerpo o parte de él, un rostro, un lenguaje, un género. El desenfoque puede hacer derivar cualquier cosa en cualquier otra, provocar una súbita desaparición o hacer presente algo ausente del modo más misterioso, como sucede con la pierna de la paciente de una camilla vecina a la del narrador de *Los fantasmas del masajista*: una pierna mutilada que, sin embargo, produce un dolor insoportable. "En cierta ocasión mi visita me produjo un desasosiego mayor al acostumbrado. Yo me encontraba acostado, esperando en mi lugar correspondiente la llegada del terapeuta, cuando tuve que oír un tipo de queja al cual no me había enfrentado antes. Me tocó, en el espacio contiguo al mío, el caso de una mujer a la que apenas unos días atrás le habían cercenado una pierna" (588). Sin embargo, a pesar de que la pierna había sido amputada, la mujer se quejaba de un dolor profundo justo allí, "en el miembro inexistente". El narrador agrega: "Parecía incapaz de soportar el sufrimiento que se producía en un espacio que era ahora ajeno a su cuerpo, el lugar vacío que había dejado la pierna mutilada". La relación entre dolor y ausencia es connatural a un tipo de construcción narrativa en que la transformación no tiene tiempo, ha sido abolida. ¿Por qué —entonces— no habría de seguir doliendo una pierna amputada? Para la narración desenfocada la existencia se revela inconsistente, inaprehensible, caprichosa, fragmentada. El narrador concluye con una inquietud que apunta en ese sentido: "¿Serán esos dolores una suerte de venganza de los miembros que son separados en forma violenta de los cuerpos a los que pertenecieron?" Un "cambio" en el sentido que Nietzsche le atribuye en el epígrafe de este capítulo supondría la ausencia absoluta: sin pierna no hay dolor. El desenfoque, por el contrario, afirma a un tiempo la continuidad y la discontinuidad, en tanto la transformación no atañe a las cosas mismas sino al ojo que observa, al ojo que lee. Los textos proponen, así, un modo no sustancialista de entender el cambio.

Las ficciones de Bellatin piensan con mayor intensidad crítica precisamente en esos desenfoques, en esas oscilaciones entre ausencia y presencia, existencia e inexistencia, autobiografía e invención. En *Los fantasmas del masajista*, la narración alterna entre el anecdotario médico —las visitas a una clínica en São Paulo para tratar los dolores producidos por la falta del antebrazo derecho, rasgo físico que el autor presta al narrador en la primera parte de la historia, y que se reitera en muchas de sus ficciones— y el relato delirante del masajista, en el que su madre, una vieja declamadora, ve naufragar una larga y exitosa carrera al interpretar el tema "Construção" de Chico Buarque—; entre palabra e imagen —con la inclusión de fotografías propias y ajenas cuya vinculación difusa con la situación ilustrada a veces produce un efecto hilarante—; entre deriva y *racconto* —Bellatin va y vuelve de una historia y de un tiempo a otro, y cuando lo considera necesario reitera pequeños fragmentos, pone al día al lector como si se tratara de una novela por entregas—. Este ir y venir sin justificación intra- ni extraliteraria abre de modo inusitado el espectro de posibilidades de los relatos manteniendo a la figura enunciadora en un territorio extramoral, esto es, en una dimensión de lenguaje en el que algunas reglas consensuadas son suspendidas para experimentar con otras no sujetas al consenso, que Nietzsche califica como intuiciones.[91]

El desenfoque es, en este sentido, la poderosa intuición bellatiniana, un procedimiento que destruye límites conceptuales y crea nuevas formas de asociación entre las imágenes, las ideas, las situaciones provenientes del modo "veraz" de pensamiento.[92] Tiene además, en el marco de su obra polimorfa, el plus de poder transitar del lenguaje verbal al visual y viceversa, atentando no sólo, como afirma Nietzsche de toda búsqueda artística, contra las abstracciones, esos esquemas espectrales del discurso, sino también contra las verdades consensuadas de la estética, al transgredir las fronteras disciplinares y genéricas, e incluso la frontera misma del arte como esfera autónoma y, con ella, la del lenguaje como realidad escindida de la corporeidad.

El ojo del cuerpo

> Detrás de tus pensamientos y de tus sentimientos existe un señor más poderoso, un sabio desconocido: se llama el yo mismo. Vive en tu cuerpo; es tu cuerpo. Hay más razón en tu cuerpo que en tu mejor sabiduría. ¿Quién sabe, por consiguiente, para qué necesita tu cuerpo de tu mejor sabiduría?
>
> FRIEDRICH NIETZSCHE. *Así habló Zaratustra.*

Cada vez son más numerosas las voces críticas que señalan y analizan una particularidad de la literatura reciente —se podría decir, aunque resulte paradójico, una especificidad— que consiste en tensionar su propia autonomía a través del contacto con la vida, es decir, en disolver la frontera entre la zona ficcional y la

---

[91] "Ese enorme entramado y andamiaje de los conceptos al que de por vida se aferra el hombre indigente para salvarse, es solamente un armazón para el intelecto liberado y un juguete para sus más audaces obras de arte y, cuando lo destruye, lo mezcla desordenadamente y lo vuelve a juntar irónicamente, uniendo lo más diverso y separando lo más afín, pone de manifiesto que no necesita de aquellos recursos de la indigencia y que ahora no se guía por conceptos, sino por intuiciones" (Nietzsche 1996, 36).

[92] Para Nietzsche ser veraz no es sino repetir y repetirse: transitar los caminos mil veces trazados por el pensamiento colectivo, esgrimir una y otra vez una serie de figuras —metáforas, metonimias, antropomorfismos— que, de tanto uso han sido unánimemente consideradas "firmes, canónicas y vinculantes" (1996, 25).

zona personal mediante una serie de asedios a la noción de autoría y a la estabilidad de las representaciones literarias —en especial, la idea de personaje como unidad de sentido coherente y acabada—;[93] una transformación que puede ser entendida, ciertamente, como una realización tardía del proyecto vanguardista de fusionar arte y vida. Este proceso, muy perceptible en las producciones de las artes plásticas —tal vez por la composición más heterogénea de sus medios técnicos y su acceso a lo performático como forma de abordaje del presente, del aquí y ahora de la representación—, ha alcanzado en los últimos años también a las escrituras literarias. En su libro *Mundos en común. Ensayos sobre la inespecificidad en el arte*, Florencia Garramuño se detiene en las particularidades y efectos de dicha apuesta y establece un paralelismo entre el devenir de ambas prácticas: por un lado, reflexiona sobre un conjunto de instalaciones artísticas que evitan trazar límites precisos "entre ese mundo autónomo que sería la obra y la realidad o el mundo exterior desde el cual se la percibe o lee" (2015, 32), deslizamiento que confronta al espectador con una experiencia del propio descentramiento; por otro, reflexiona sobre el debilitamiento de las fronteras entre realidad y ficción en la literatura, transformación que atentaría también contra su autonomía y haría que las discusiones en las que se involucra el texto valgan "más por lo que dicen sobre cuestiones existenciales o conflictos sociales que habitan ese otro espacio con el que se elabora la contigüidad" que por lo que podrían decir sobre el texto en sí, en su especificidad (33). No porque —advierte enseguida— la realidad y la ficción sean indistinguibles, sino porque los textos, al instalarse en la tensión de una indefinición entre ambas esferas, "realizan una suerte de intercambio de las potencias de uno y otro orden, lo que hace que el texto aparezca como la sombra de una realidad que no acaba de iluminarse nunca" (33).

Esa pérdida de definición de ambas esferas —de sus contornos y de su imagen— es el efecto más evidente de la práctica del desenfoque en las narraciones de Bellatin. Se podría decir que los reenfoques nunca acaban de ser totalmente convincentes, como si la experiencia inmediatamente previa de lectura nos advirtiera acerca de la poca fiabilidad del nuevo estado. Por eso, aunque reúna muchas de las características que la crítica atribuyó a las literaturas

---

[93] Bellatin ataca la noción de autoría en distintos frentes: por un lado, en la ficcionalización de algunos autores de renombre —por ejemplo, en la alusión a una novela inexistente de Joseph Roth en *Jacobo el mutante*, texto al que aludí en el presente trabajo—; también lo hace en sus intervenciones en entrevistas, o en textos (auto) críticos, donde apunta que sus esfuerzos se orientan a disolver la presencia del autor: "Es que yo no siento que mis libros me pertenezcan. Yo no sé de dónde vienen ni adónde van. Esto vale para mis propios libros pero también para los libros de los demás. Yo siento que también soy autor de los libros de los demás. O sea que no hay autor, esa sensación es un absurdo, más bien todo es un todo y todo se mueve a partir de lo mismo" (Azaretto 2009); y, finalmente, en obras de carácter performático, como en el caso del Congreso de dobles de escritores que organizó en 2003 en el Instituto de México de París.

postautónomas (Ludmer 2007) —vaciamiento de las nociones de obra y autor, relación ambivalente con los territorios de la ficción y la realidad— no sería riguroso incluir la escritura de Bellatin en dicha categoría; más bien se podría tratar de un nuevo delineamiento de la autonomía literaria que incluye un aspecto muy preciso de aquello que Garramuño, refiriéndose a las instalaciones de arte contemporáneo, llama "espacio contiguo". Lo que se incluye no es estrictamente la realidad social ni la coyuntura política, tampoco el tejido de la trama autobiográfica —no creo, en este sentido, que resultara iluminador leer los textos de Bellatin desde la perspectiva de la construcción de una autofiguración ni en el marco de la llamada literatura autoficcional—; lo que la escritura de Bellatin incorpora, recurriendo al desenfoque como principal estrategia narrativa, es un pensamiento del cuerpo, en los dos sentidos que puede adquirir la expresión: como reflexión acerca de la presencia del cuerpo en la escritura —en la vida que escribe y en la vida escrita— y como especulación acerca de las formas que tiene el cuerpo de pensar, considerando su rol decisivo en la percepción e interpretación del mundo—.[94] Como si todo contacto de la literatura con la realidad no tuviera más fin que mostrar la carnadura ilusoria de lo que no está sometido al paso del tiempo, ese mundo intemporal de las ideas y los sueños que se somete plenamente a las reglas —siempre cambiantes— del juego literario. Lo que resiste, lo que produce pensamiento y, por tanto, interesa especialmente a la escritura de Bellatin, es lo que durante siglos la literatura y la filosofía han dejado fuera de campo: la mano que escribe, el ojo que ve, el oído que registra.

El espacio contiguo, lo "real" bellatiniano es, entonces, todo aquello que remite a la dimensión corpórea: el brazo que falta, los dolores físicos, las enfermedades, la depresión, los medicamentos y sus efectos, los avatares materiales de la vida literaria —viajes, conferencias, encuentros e intercambios con otros cuerpos—, los rituales de escritura. Y el cuerpo, siempre, por medio de la ficción o de la reflexión metaficcional, reenvía al lector a la escritura, dibujando un recorrido circular que, después de disolver el límite, vuelve a trazarlo: la ficción remite esporádicamente a lo real —la vida-cuerpo de un tal mario bellatin—, que no es sino ese proceso que da a luz a la ficción en la que un tal mario bellatin escribe sobre vidas-cuerpos. El círculo virtuoso, en tanto frenéticamente creativo y creador, es garantía de acceso a una serie de valores que el

---

[94] "Más que un simple mecanismo, como sostienen Descartes y Hobbes, el cuerpo es un tejido de nexos simbólicos solo en el interior de los cuales la realidad adquiere consistencia. El cuerpo nos permite captar las cosas no aisladamente, sino en el complejo conjunto en el cual adquieren significado. El sujeto y el objeto del pensamiento, rígidamente separados por Descartes, se encastran en un mismo bloque de significado, que se constituye precisamente por esa conexión. Así como no existen cosas fuera de la conciencia que las comprende, no existen conciencias que precedan la relación constitutiva con el mundo. Lo que hay al principio y al final del proceso no es la iluminación de un sujeto de conocimiento, sino la potencia infinita de la vida" (Esposito 2016, 108-109).

narrador parece poner en lugar de otros que considera infructuosos —los valores de la llamada "literatura autónoma" —la belleza, la coherencia, la unidad
formal, a cuya disección y comprensión se ha dedicado durante siglos el discurso de la estética—; entre esos nuevos valores cabe destacar, por su relevancia e insistencia, la continuidad de la narración —una máquina que no se apaga
nunca, no sólo en el establecimiento de continuidades entre los diversos textos,
que se reescriben, retoman, reorganizan continuamente dentro del todo precario de la obra, sino también más allá de los límites de la propia producción,
expandiéndose al "mundo" con efectos inusitados—[95] y la ductilidad de las
vidas narradas —y de la noción de vida que las aglutina—, que se aplica también a la construcción de la perspectiva narradora: esas voces enrarecidas que,
dándose la libertad de saltar de un territorio a otro, pueden cambiar de rumbo
sin mayores efectos sobre la verosimilitud —como esta última no es una aspi-
ración de las ficciones, se mueven cómodamente en el terreno de lo posible;
ampliar sus límites parece ser una de las funciones principales de los narradores, hacer que, al no creer en la verdad nada de lo que ocurre, el lector se ponga
en disposición de aceptarlo todo—. En efecto, los pactos ficcionales bellati-
nianos suelen incluir una premisa que, remedando el epígrafe de Kawabata,
podría formularse más o menos así: cualquier personaje se convierte, con el
correr de la narración, en un cuerpo anónimo. Ya sea por la acción transmuta-
dora del desenfoque o por el trabajo que sobre ellos hacen la enfermedad y la
muerte, los cuerpos de los relatos trascienden los límites de la propiedad para
convertirse en una suerte de bien común. El anonimato se construye, además,
a través de los nombres: nuestra mujer (*Canon perpetuo*), el hombre inmóvil
(*Perros héroes*), el niño (*Damas chinas*), la Amiga, el Amante, la Madre y la Protegida (*Efecto invernadero*) son los genéricos que los narradores utilizan para
referirse a personajes singulares, mostrando, en el gesto, que la distinción entre
ejemplar y especie no es de tipo representativa: ninguna de las dos dice demasiado de la otra. En las historias de Bellatin los nombres propios escasean o
dicen poco de sus propietarios —no son idiosincráticos, no dan señas de clase
ni se vinculan con el contexto narrativo de un modo elocuente—; los nombres

---

[95] Andrea Cote Botero lee este tipo de expansiones en el marco de un "giro hacia el
procedimiento" de la obra bellatiniana. Define ese giro como "el modo en que su
proyecto se preocupa por involucrarse creativa y reflexivamente en instancias de la
producción literaria que exceden el espacio de la escritura misma y alcanzan etapas
como creación y distribución, normalmente asociadas a otros actores del proceso.
A través de la intervención creativa de estos espacios se pretende abrir posibilidades
para una escritura que estructural y simbólicamente rompa con las limitaciones de los
soportes y las dinámicas de difusión en uso [...] El propósito de este tipo de espacios
es ensayar las posibilidades que para la creación literaria plantea el independizar el
procedimiento mismo de escritura de la producción de un resultado verbal. De este
modo el arte no es concebido como dinámica de producción de objeto sino como
generador de experiencias" (Cote Botero 2014, 6).

no hacen persona, por decirlo así. Y, de ese modo, se encarnan más fácilmente; las descripciones suelen decir más del cuerpo que de la subjetividad: edad biológica, sexo, vínculo de parentesco, características físicas sobresalientes —una nariz descomunal en *Shiki Nagaoka: una nariz de ficción*, miembros que faltan en *Los fantasmas del masajista* o en la *Biografía ilustrada de Mishima* (¡donde falta una cabeza!), piernas paralizadas en *Perros héroes*—. Y ese despojo se evidencia más aún en los cadáveres, epítome del cuerpo sin persona, que pueblan, como realidad o como posibilidad siempre amenazante, los textos de Bellatin: pieles putrefactas, uñas que siguen creciendo bajo tierra, unos huesos diminutos (*La escuela del dolor humano de Sechuán*). Los cuerpos, con o sin vida, no son personas, y tampoco son cosas que puedan ajustarse a los criterios de la propiedad; los cuerpos están precisamente entre las categorías, en una tensión que las ficciones, lejos de resolver, alimentan.

Tal es, ciertamente, uno de los sentidos en que puede leerse la potencia política de la escritura de Bellatin; en ella se deshace la dicotomía entre lo que es —las personas— y lo que no es —las cosas— a través de la incorporación de los cuerpos como tercer término. Sean humanos o animales, es imposible apropiarse de ellos por completo, viven por sí mismos aunque no puedan decirse a sí mismos, ponerse palabras. En un ensayo reciente sobre la función decisiva de la noción de cuerpo para repensar la relación entre las personas y las cosas, Roberto Esposito establece una conexión directa entre el desbalance que implica entender al cuerpo como propiedad individual y la jerarquización del pensamiento —en tanto actividad meramente "mental"— por sobre la corporalidad: "El predominio de la razón sobre el cuerpo es paralelo al predominio de lo propio sobre lo común, de lo privado sobre lo público, del beneficio individual sobre el interés colectivo" (2016, 111). La literatura de cuño biopoético interviene activamente en esta discusión filosófico-política acerca del estatuto del cuerpo, y lo hace, en el caso de las ficciones de Bellatin, escenificando la idea de un organismo colectivo que se autoconserva gracias a la interacción, que a veces es amorosa, y casi siempre violenta. El cuerpo como campo de batalla —así lo entiende la biopolítica— pero también como herramienta creadora y transformadora. Los escritores que ponen el cuerpo en sus ficciones defienden, aunque no de un modo moralizante ni voluntarista, la utopía de un reencuentro entre las personas y las cosas, cuya separación, dice Esposito, ha organizado la experiencia humana desde tiempos inmemoriales. "Ningún otro principio tiene una raíz tan profunda en nuestra percepción, e incluso en nuestra conciencia moral, como la convicción de que no somos cosas; puesto que las cosas son lo contrario de las personas" (2016, 7).

Los textos de Bellatin socavan esa convicción a través de un centramiento del cuerpo como núcleo organizador de la experiencia vital; movimiento que, sin embargo, no supone la exposición de un saber acerca de qué significa esa centralidad, ni tampoco sobre qué hacer con ella. Lo hace al modo en que actúa la literatura, produciendo un pensamiento del pensar mismo cuyos efectos son incalculables. Así, la escritura, que se define a sí misma como experiencia corporal, parece preguntar insistentemente ¿qué es el cuerpo?, ¿persona o cosa?, ¿totalidad o fragmento?, ¿identidad o anonimato? Eso que duele, que pide, que repulsa, que agrede, ¿soy yo?, podría preguntar cualquiera de los narradores o personajes de las narraciones, esos actores desenfocados siempre listos para desconocer un cuerpo. "Puede parecer difícil que me crean, pero ya casi no identifico a los huéspedes", confiesa el encargado del Moridero en *Salón de belleza*, entre fascinado y horrorizado por el descubrimiento. "Ha llegado un estado en que todos son iguales para mí. Al principio los reconocía. Incluso una que otra vez llegué a encariñarme con alguno. Pero ahora no son más que cuerpos en trance hacia la desaparición" (2013, 17).

Por eso es posible argumentar que la escritura de Bellatin atenta contra la autonomía literaria, pero parece más preciso sostener que el efecto de ese atentado no deriva en una práctica postautónoma sino, más bien, en una práctica posthumanista que postula, como axioma primordial, la centralidad epistémica de la vida. Lo que cae en desgracia, en este sentido, no es la identidad de una actividad creadora —cuyos detalles se discuten pormenorizadamente en los textos mismos— sino la de una subjetividad humana en tanto expresión de una personalidad, de una mentalidad. "El ojo de la mente fue reemplazado por el ojo del cuerpo", dice Esposito refiriéndose a la transformación que implicó el pensamiento de Giambattista Vico en la redefinición de la relación entre la razón y el cuerpo (2016, 111). Se podría decir que Bellatin ejercita una escritura que observa el mundo con el ojo del cuerpo, y esa perspectiva —que es la del desenfoque— instaura un modo de existencia ambigua que fuerza el orden binario de la tradición cartesiana "al dirigir la atención a una entidad que no puede ser reducida a las categorías de sujeto y objeto" (2016, 115). Pero no se trata sólo de la asunción de una perspectiva corpórea —de un modo de ser de la escritura que excede lo estrictamente mental, que entiende el pensar como una actividad física—, el ojo del cuerpo produce también la apertura de la percepción a formas de vitalidad impersonales, que habitan el entre que vincula a los seres y a los cuerpos, y en el que se expresa una pasión por lo comunitario. Por eso las biopoéticas abrazan la posibilidad de una biopolítica afirmativa en tanto rescate de la vida como paradigma inclusivo, no disciplinario, regenerador. Es como si —observa Espósito, refiriéndose al estado actual del pensamiento filosófico— se estuviera produciendo, y percibiendo, "un nuevo 'giro' posterior al giro lingüístico y que de algún modo lo comprende, que se refiere en su totalidad al paradigma de vida" (2015, 17). En ese giro, que también ha tomado el nombre de "giro animal", el saber de sí y del mundo incluye un saber del cuerpo que es, además, fuente primordial de todo conocimiento. Las escrituras que ejercitan ese saber impersonal y que intentan narrar el paso de la vida a través de los cuerpos —para tergiversar la fórmula de Giordano ("Cultura")— abren los caminos de la biopoética. Allí, en esa brecha, se fraguan los personajes desenfocados de Bellatin, repitiendo, como un mantra, la acuciante pregunta de Zaratustra: ¿para qué necesita tu cuerpo de tu mejor sabiduría?

CAPÍTULO V

La voz de nadie.
Sobre el pensamiento
del cuerpo en la literatura
latinoamericana reciente

«Dadme, pues, un cuerpo»: ésta es la fórmula de la inversión filosófica. El cuerpo ya no es el obstáculo que separa al pensamiento de sí mismo, lo que éste debe superar para conseguir pensar. Por el contrario, es aquello en lo cual el pensamiento se sumerge o debe sumergirse, para alcanzar lo impensado, es decir, la vida.

GILLES DELEUZE. *La imagen-tiempo. Estudios sobre cine 2.*

Transformaciones

El pensamiento del cuerpo —en los dos sentidos que admite la expresión: como cuerpo pensante y como pensamiento de lo corpóreo— es un núcleo en torno del cual gira una buena parte de la filosofía posthumanista desde hace casi medio siglo. En la obra del último Foucault, y también en la del último Barthes, la emergencia de la vida corporal empuja la reflexión hacia el terreno de la ética: las técnicas de existencia —técnicas de vida o de gobierno de sí— estudiadas en *Subjetividad y verdad* y en *La hermenéutica del sujeto* y los "regímenes" de los escritores que se analizan en *La preparación de la novela* son modalidades en las que los sujetos se vuelven objeto de conocimiento para sí mismos, convirtiendo la vida en un terreno de exploración y transformación estética y política. El artista, el escritor, el filósofo son, en los escritos foucaultianos y barthesianos

Cómo citar este capítulo:
Yelin, J. 2020. *Biopoéticas para las biopolíticas. El pensamiento literario latinoamericano ante la cuestión animal.* Pp. 125-140. Pittsburgh, Estados Unidos: Latin America Research Commons. DOI: https://10.25154/book4. Licencia: CC BY-NC 4.0.

de finales de los años setenta y principios de los ochenta, subjetividades que se constituyen —que no cesan de constituirse— en el trabajo de indagación de unos cuerpos cuya vida excede todas las formas de metaforización y conceptualización. Ciertamente, no se trató por entero de una novedad teórica —todo se enraíza, en definitiva, en el terreno del corpus nietzscheano—, pero aquellos escritos, la potencia epistemológica de sus intervenciones, gravitaron fuertemente en el campo de las humanidades, y su huella resulta cada vez más perceptible. Hay en la actualidad, de hecho, un creciente número de intervenciones críticas que reflexionan sobre dichos cambios; voces que solicitan, como una suerte de programa colectivo implícito, la elaboración de nuevas herramientas metodológicas que ayuden a calibrar su magnitud y a examinar sus matices.

Los trabajos que Rosi Braidotti ha publicado en los últimos años acerca de estas transformaciones albergan algunas de las propuestas más interesantes y productivas. Su teorización en torno a la "subjetividad nómada" como resultado de una serie de interrelaciones en las que juega un papel crucial la afectividad resulta pertinente y sugerente para aproximarse a aquellas ficciones en las que el cuerpo constituye el nexo que articula escritura y vida. En esa articulación se despliegan las fuerzas de lo imaginario, ese "vínculo invisible, pero fortísimo, que conecta el dentro con el fuera de sí", esa "cola simbólica que se y nos pega a un contexto social que nos constituye como sujetos, red de afectos tanto libidinales como sociales, que funciona y debe ser analizada en base a las relaciones de poder" (Braidotti 2018, 49-50). Para escribir la vida, se podría decir, es necesario poner el cuerpo; y esto implica no sólo tematizarlo, examinarlo, interrogarlo, sino también hacerlo actuar, pensar, imaginar, producir sentido y sinsentido en la escritura. Si la definición de imaginario que propone Braidotti resulta tan adecuada para pensar el cuerpo es porque lo imaginario habita precisamente en y entre los cuerpos; es el espacio transicional al interior del cual estos se constituyen y cobran sentido. Pues no existe algo así como un cuerpo natural, pre-cultural, sino que su existencia emana precisamente de la caída de la dicotomía naturaleza/cultura. La noción de "subjetividad nómada" pretende, así, nombrar aquello que excede las categorías identitarias modernas, en tanto lo que caracteriza al pensamiento filosófico y político contemporáneo es la inclusión del cuerpo, de la vida, como clave para pensar la experiencia humana. ¿Cómo no sería, entonces, necesario un nuevo léxico crítico para comprender lo que (nos) está sucediendo y para propiciar el desarrollo de una biopolítica afirmativa (Esposito 2011, 50)? Como señala la propia Braidotti, "la invención de conceptos nuevos es indisociable del proceso de reestructuración del imaginario" (2018, 50).

En ese camino se orienta toda una vertiente de la filosofía política más reciente, que procura reflexionar acerca de las consecuencias que las transformaciones imaginarias y conceptuales de la subjetividad tienen sobre las formas de legislación y gubernamentalidad en nuestras sociedades. También lo hacen, en el campo de la cultura, la teoría poscolonial, los estudios de género y todas aquellas investigaciones orientadas a examinar las modificaciones introducidas sobre nuestros esquemas corporales —concretos y virtuales— por el desarrollo, en esta etapa del capitalismo avanzado, de las biotecnologías, la ingeniería genética y las tecnologías de la información y la comunicación. Todas estas perspectivas intervienen activamente en las políticas de los cuerpos: permiten comprender mejor cómo son regulados y cómo se generan formas de resistencia que transforman, a su vez, aquellas regulaciones. Manifestaciones políticas y performances artísticas —muchas veces unidas de modo indiscernible— son incorporadas al debate acerca del estatuto del cuerpo en la contemporaneidad, y ofrecen, en ocasiones, modalidades alternativas de participación. El cuerpo se convierte, de este modo, en un territorio en disputa cuya soberanía depende en buena medida del juego de sus definiciones.

Ahora bien, la mayor parte de dichas discusiones se apoyan en la premisa de una cierta direccionalidad de los discursos y las acciones. Aunque no siempre la intencionalidad de la intervención coincida plenamente con sus efectos, existe, evidentemente, en los movimientos feministas, ecologistas o de lucha por la justicia social, una voluntad transformadora —el activismo como "pasión política fundamental" (Braidotti 2018, 106)— orientada a un conjunto de reivindicaciones —cuando Braidotti lee la potencia creadora y performativa del grupo feminista de punk rock Pussy Riot, lo hace partiendo de la evidencia de que ellas se proponen denunciar un determinado estado de cosas con el fin de modificarlo—. Me interesa aquí saber qué sucede cuando los materiales con los que tratamos de leer el estado del pensamiento en torno del cuerpo y las tensiones que lo atraviesan no son un conjunto de propuestas artísticas emancipadoras sino una serie de textos ficcionales experimentales, difíciles de adscribir a una corriente crítica o a un programa creativo determinado; y, también, teniendo en cuenta esta constatación, cómo sería deseable tratarlos para evitar manipularlos e instrumentalizarlos. ¿Cómo librarlos de una función ejemplificadora?; ¿cómo hacer para no reducirlos a pura representación? El mayor desafío de estos diálogos transdisciplinares parece ser el de poner las ficciones a producir pensamiento; pensamiento de las subjetividades nómadas o, en términos foucaultianos, de los procesos de subjetivación; pensamiento de los límites entre los cuerpos, de sus capacidades de impedir o intensificar sus poderes de interactuar con los demás y con lo demás. En las novelas de la literatura latinoamericana reciente a las que me dedicaré en estas páginas tiene lugar un pensamiento del cuerpo que no se realiza mediante el despliegue de una conciencia de lo corporal, ni tampoco de su objetivación como pura materialidad en contacto, sino que es, precisamente, un espacio intermedio "donde se activan afectos y se estructuran influencias que desplazan la distinción entre el interior y el exterior del sujeto" (Braidotti 2018, 38). Un espacio que se abre por el lenguaje y en el lenguaje. Escribir el cuerpo es, en estas ficciones, explorar el mundo desde la perspectiva imaginaria de una forma-de-vida.

Escritura y forma-de-vida

Esto dijo ella:
Ya nunca más vamos a ser las historias que nos contamos.
No estaba a su lado, pero la escuchaba como un susurro en su cerebro.
Ya nunca vamos a poder ser los cuerpos, dijo.
Era la espesura de una voz, electricidad en el aire, en lo que ya no
alcanzaba a divisar.

MAXIMILIANO BARRIENTOS. *En el cuerpo una voz.*

El cuerpo es uno de los conceptos nodales del pensamiento biopolítico. Michel Foucault percibió con lucidez que la vida biológica es aquello que, en un mismo gesto, la política incluye y excluye para hacer posible la emergencia de una vida humana discernible de la del resto de los vivientes (2002, 135-137). En la definición del cuerpo está en juego, por tanto, el problema de la animalidad del ser humano, es decir, de nuestra íntima relación con la fuerza anómala y anónima de la vida. Teorizaciones posteriores en el campo de la biopolítica permitieron comprender también que el establecimiento de la relación *bíos-zoé* sólo es posible mediante la experiencia del pensamiento, que es el modo en que nuestra forma de vida deviene forma-de-vida; por tanto, la experiencia corporal no es menos relevante que —ni puede deslindarse de— el ejercicio teórico para comprender nuestro devenir-humano, eso que Giorgio Agamben llamó "acontecimiento antropogénico": un proceso siempre en curso que remite a la fractura entre vida y lengua, entre el viviente y el hablante.[96] Vida corpórea y pensamiento no son, desde esta perspectiva, realidades discernibles, sino indisolubles condiciones de posibilidad para la emergencia de lo humano.

Siguiendo el arco que se traza entre las reflexiones foucaultianas acerca de las formas de vida —contenidas, de modo más o menos explícito, tanto en sus análisis del poder disciplinario y en la conceptualización de la noción de biopolítica como en su definición de los procesos de subjetivación y del ejercicio del cuidado de sí— y los trabajos filosófico-políticos más recientes de Agamben (2017b) y Roberto Esposito (2011) en torno a las transformaciones que han sufrido las representaciones, el valor y las funciones del cuerpo en algunos momentos de la historia de la filosofía en Occidente, parece inevitable interrogarse acerca del rol que el pensamiento artístico —creador y crítico— ha cumplido y sigue cumpliendo en la deriva de esos cambios; o, para formularlo de modo más específico, ¿cómo se podría vincular la escritura literaria con la noción de forma-de-vida?

---

[96] "El devenir humano del hombre implica la experiencia incesante de esta división y, al mismo tiempo, de la igualmente incesante nueva rearticulación histórica de lo que así había sido dividido" (Agamben 2017b, 373).

La noción de "biopoética" procura precisamente brindar un marco conceptual para abordar el anudamiento literatura-forma-de-vida, es decir, para circunscribir y analizar los procedimientos mediante los cuales se vuelve inoperosa la distinción *bíos-zoé*. Me gustaría formular aquí una hipótesis que vincule esa noción en proceso de elaboración con la idea que rige estas páginas; esto es, que el pensamiento literario latinoamericano reciente dialoga con el estado actual de la reflexión en torno de las políticas de lo viviente, y que lo hace a través de la experimentación con escrituras del cuerpo en las que éste no sólo es un centro organizador del relato —cuerpos enfermos, putrefactos, metamorfoseados, desindividualizados— sino también una lente, una perspectiva de análisis. La tesis en cuestión es que la lectura biopoética sería aquella que hace lugar o que produce un pensamiento del cuerpo, permitiendo, así, la observación de lo humano como proceso, esto es, la percepción de subjetividades todavía-no-humanas. El pensamiento del cuerpo podría ser entendido, desde este punto de vista, como una vía de aproximación a la forma-de-vida, una exploración de los procesos mediante los cuales los humanos están continuamente autoafirmándose. La labor del escritor y del crítico se conciben en este marco como prácticas generadoras de las condiciones para que el pensamiento del cuerpo tenga lugar, para que la vida (se) piense por sí misma. En *El uso de los cuerpos* —título que evoca el del segundo tomo de la *Historia de la sexualidad, El uso de los placeres*—, Agamben se refiere a esta particular relación entre creación humana y creación de lo humano: "Si el pensamiento, las artes, la poesía y, en general, las praxis humanas tienen algún interés, es porque hacen girar arqueológicamente en vacío a la máquina y las obras de la vida, de la lengua, de la economía y de la sociedad para remitirlas al acontecimiento antropogénico, porque en ellas el devenir humano del hombre nunca se ha realizado de una vez y para siempre, jamás deja de advenir" (2017b, 373).

¿Qué significa, traducido a términos literarios, hacer girar en vacío a la máquina y las obras de la vida y cómo se puede —si es que se puede— rastrear ese juego en la escritura? ¿Cuál es la relevancia de los cuerpos en ese juego, y cómo participan del movimiento de remitencia al acontecimiento antropogénico? Parecería que aquello que la crítica, a partir de la propuesta de Alberto Giordano llamó "giro autobiográfico" —"un movimiento perceptible no sólo en la publicación de escrituras íntimas (diarios, cartas, confesiones) y en la proliferación de blogs de escritores, sino también en relatos, en poemas y hasta en ensayos críticos que desconocen las fronteras entre literatura y 'vida real'" (2008, 13)— hubiera tomado en los últimos años, al menos en el ámbito del pensamiento literario latinoamericano, un matiz singular: una suerte de impulso experimental ligado a la indagación de ritmos y afecciones de la vida corporal, a la exploración de los movimientos y manifestaciones de esa vida muda que, sin embargo, no deja de producir voces y sentidos. Como si las llamadas "escrituras del yo" se hubieran deslizado, movidas por las intermitentes señales de un objeto esquivo —el yo lingüístico, humano, subjetivo, que han descripto y trajinado las ciencias sociales y humanas a lo largo del siglo xx— hacia las escrituras de la vida, haciendo entrar en juego todos los aspectos negados o marginados tradicionalmente por las filosofías del sujeto. Un movimiento que incorpora, como clave creadora e interpretativa, el pensamiento corpóreo, instituyendo "una nueva ética de las subjetividades encarnadas" (Braidotti 2018, 26). Por esa inclusión cobran una relevancia inusitada los afectos, es decir, los deseos y las ideas singulares que producen el crecimiento o el decrecimiento de las potencias de los cuerpos, su capacidad de afectar y de ser afectados, su intensidad.

Daniel Link, uno de los críticos y escritores que hace alrededor de una década intervinieron activamente de las discusiones en torno del giro autobiográfico en la literatura actual, registra dicho desplazamiento y lo asocia a una voluntad de registro del entorno, y de las sensaciones que el contacto con él produce, que describe como una "voracidad de lo concreto". La expresión hace pensar, más que en un impulso autobiográfico, en un giro autozoográfico; la búsqueda de una experiencia de sí en las afecciones —en el sentido de afecto, apego o inclinación, pero también en el de alteración y padecimiento— de la vida corporal. Link se pregunta por qué se escucha tanto "yo" en la literatura que leemos, y se responde que cuando lee "yo", registra "referencias a un mundo concreto (existente o no)". Luego observa: "Esa voracidad por lo concreto es lo que resulta llamativo. Como quien dijera que lo que en este momento nos atraviesa es la necesidad de inscribir el propio cuerpo en relación con todo lo que existe (porque la voracidad por lo concreto es correlativa al terror a la desaparición)" (Link 2009). A partir de una breve observación acerca de la autorreferencialidad en las escrituras del presente, Link señala la emergencia, en los textos de sus contemporáneos, de, por un lado, una evidente pulsión intimista —que atraviesa a la literatura y también, en cierta medida, a la crítica de nuestro tiempo— y, por otro, la búsqueda ansiosa de contacto con una realidad perceptiva —lo que llama "mundo concreto"— que conjure la inconsistencia de la identidad más allá de sus manifestaciones, es decir, en su mismo constituir-se.[97] Lo que Agamben caracteriza como el "íntimo entrecruzamiento entre ser y vivir".[98]

---

[97] "¿Pero qué significa constituir-se? Recordemos el constituir-se visitante o el pasear-se con el cual Spinoza […] ejemplificaba la causa inmanente. La identidad entre activo y pasivo se corresponde con la ontología de la inmanencia, con el movimiento de la autoconstitución y de la autopresentación del ser, en el que no sólo es imposible distinguir entre agente y paciente, sujeto y objeto, constituyente y constituido, sino también en el cual medio y fin, potencia y acto, obra e inoperosidad se indeterminan. La práctica de sí, el sujeto ético foucaultiano es esta inmanencia: el ser sujeto como pasear-se. El ser que se constituye en la práctica de sí no permanece —o no debería permanecer— nunca por debajo o antes de sí, no separa —o no debería separar nunca de sí un sujeto o una 'sustancia', sino que permanece inmanente a sí, es su constitución, y no cesa de constituir-se, exhibir-se y usar-se como agente, visitante, paseante, amante" (Agamben 2017b, 200-201).

[98] "¿Qué significa, pues, on existe? La existencia —este concepto en todo sentido fundamental de la filosofía primera de Occidente— tiene que ver acaso constitutivamente

Me gustaría argumentar aquí que es posible leer estos movimientos tanto en aquellos textos que tienen una impronta marcadamente autobiográfica —pongamos por caso el corpus estudiado por Giordano, de los relatos de Hebe Uhart a los diarios de Rodolfo Walsh—, como en un conjunto de ficciones más "puras" en las que el foco no está puesto sobre la experiencia íntima de un yo sino, de modo más oblicuo o distante, sobre la ambigüedad de la relación entre vida biológica y vida personal. Son textos en los que la incertidumbre cuestiona la posibilidad de constitución del yo, algunas veces recurriendo a formas de lo inhumano —el animal, el monstruo, el espectro—, otras tocando zonas en las que se puede apreciar la distancia entre lo humano y el lenguaje —la infancia, la locura, la experiencia de las drogas, la agonía—. Todas estas desfiguraciones atraviesan, ciertamente, a la literatura contemporánea, acompañando las sucesivas y cada vez más profundas crisis que el discurso humanista ha ido sufriendo, y proponiendo formas de imaginar eso que, siguiendo a Friedrich Nietzsche, Foucault caracterizó como la muerte del hombre. En los últimos tiempos, la literatura llevó al límite algunas de esas experiencias, escapando por completo al registro alegórico y centrando la mirada en el problema de lo viviente. Como si la pregunta por la dimensión política de la vida propuesta por el pensamiento foucaultiano hubiera hecho eco en las ficciones, despertando nuevas inquietudes acerca de su dimensión artística. ¿Cómo se escribe, cómo se cuenta una forma-de-vida? ¿Qué le sucede al que cuenta, a esa subjetividad corpórea, cuando intenta contarla? ¿Qué rol cumplen los cuerpos en esos relatos? ¿Cómo son representados y cómo participan en la elaboración de una perspectiva en las narraciones? O, en términos barthesianos: ¿qué tipo de ecuaciones se producen entre "la Frase y el Cuerpo"?[99]

Este estado de la ficción latinoamericana reciente tiene como correlato, de modo previsible, la multiplicación de lecturas críticas que ponen en contacto a la literatura con el pensamiento biopolítico.[100] Es posible deslindar, para pensar mejor sus argumentos, dos grandes modos de intervención: se registra, por un lado, un marcado interés por estudiar desde dicha perspectiva las huellas

---

con la vida. 'Ser —escribe Aristóteles— para los vivientes significa vivir'. Y, siglos después, Nietzsche precisa: 'Ser: no tenemos de ello otra representación que vivir'. Sacar a la luz —por fuera de todo vitalismo— el íntimo entrecruzamiento de ser y vivir: esta es hoy, por cierto, la tarea del pensamiento (y de la política)" (Agamben 2017b, 17).

[99] Como señalé en las primeras líneas de este capítulo, en los cursos y seminarios que dieron lugar a la edición de *La preparación de la novela*, Barthes reintroduce el problema de la relación del escritor con el cuerpo. Se detiene en la alimentación, las enfermedades, la farmacopea, la vestimenta, la casa que se habita, los horarios de trabajo. Una verdadera biopolítica (afirmativa) de la creación.

[100] Véanse Ostrov (*Cuerpos* 2016); Rodríguez ("Hacer vivir" 2016b, "Cuerpo" 2016a, "Señales" 2017); Giorgi (*Formas* 2014a); Solodkow (*Ficción* 2015); Martínez García ("Mundo" 2017).

políticas, económicas, sociales y culturales de la Conquista, partiendo de la hipótesis de que la biopolítica, en tanto forma de regulación de los cuerpos y las conductas, es connatural al proceso colonizador y, por tanto, al surgimiento de los estados latinoamericanos, que verán la luz bajo la impronta de una racialización ya instituida.[101] Esta perspectiva se apoya generalmente en el concepto de representación, es decir, se identifican en la tradición literaria y, de modo más general, en la cultura latinoamericana, un conjunto coherente de imágenes, metáforas o alegorías de la violencia ejercidas —en un primer momento por el poder colonial y, más tarde, por los Estados nacionales— sobre individuos y comunidades. Estas lecturas permiten cartografiar la impronta del pensamiento biopolítico en la imaginación colectiva, así como también reconstruir una historia simbólica de los procesos de colonización y descolonización material e imaginaria en nuestro continente. Se analizan los avatares de cuerpos —individuales y colectivos— deshumanizados, degradados, desalmados, abandonados a su —mala— suerte, mutilados, enfermos, desaparecidos; la miseria urbana y suburbana, las dictaduras y sus vestigios, la violencia neoliberal, la marginalización de los inmigrantes, la discriminación racial, de género, de clase. La Historia y las historias que se cuentan están, desde este punto de vista, escritas en los cuerpos.

Por otro lado, es posible identificar un modo de abordaje crítico —que, ciertamente, muchas veces convive con el que acabo de mencionar— más enfocado en la experimentación formal —aunque tal vez "formal" resulte, como se verá, poco satisfactorio o insuficiente para nombrar los movimientos que intentaré circunscribir— que van, muchas veces, a contramano de la categoría de representación. En la lectura de las ficciones —no importa si su registro es predominantemente realista, como en el caso de las novelas de Iosi Havilio, o si tiene una atmósfera fantástica o alucinatoria, como en las novelas de Alejandra Tarazona, Ariana Harwicz y Diamela Eltit— el lenguaje, el de la obra y el de los personajes, es concebido no como rasgo distintivo de la humanidad, es decir, como una característica que separa al sujeto de su vida corporal, sino, por el contrario, como una parte constitutiva del cuerpo. Lenguaje y cuerpo están, en estas experimentaciones, íntimamente unidos y regidos por el ritmo de la vida.

La relación cuerpo-lenguaje que se desprende de dicha mirada crítica se identifica de modo bastante riguroso con la noción de "sujeto corpóreo nómada" formulada por Braidotti, en tanto en ella se ponen en contacto dos zonas que, en el pensamiento humanista, transitan carriles paralelos. El cuerpo es, en ese contexto, "un lugar de transiciones y tramitaciones: es un espacio intermedio, donde se activan afectos y se estructuran influencias que desplazan la distinción entre el interior y el exterior del sujeto" (2018, 38). Esas tramitaciones

---

[101] Un buen ejemplo de este tipo de abordaje es el que proponen Mabel Moraña e Ignacio Sánchez Prado, editores del volumen *Heridas abiertas. Biopolítica y representación en América Latina.*

dependen, en gran medida, de la memoria —recuérdese el valor que tiene en el pensamiento nietzscheano la dinámica memoria/olvido como una forma de reencuentro con la animalidad humana— (Lemm 2010a, 209-263), pero de una memoria que no está solamente ligada a la conciencia, en tanto relato de lo sucedido, sino que se vincula también a la capacidad sensible de retener el pasado. "El cuerpo es una entidad dinámica y móvil, provista de una memoria encarnada, una inteligencia de la materia carnal que, como enseña Bergson, está conectada con la memoria, es decir, con la capacidad de acordarse. Recordar quiere decir saber repetir, reencontrar en el espacio encarnado del tiempo vivido: es una forma de repetición vital que no debe nada a la conciencia y mucho, en cambio, a la sensibilidad." Desde este punto de vista, el cuerpo, esa materia provista de memoria que, gracias a la capacidad de recordar y, por lo tanto, de repetir, "consigue permanecer fiel a sí misma, a través de los múltiples cambios y las diversas influencias sufridas" (Braidotti 2018, 38).

El dispositivo de lectura de la biopoética, que se propone sumar herramientas a esta segunda vertiente crítica, está orientado precisamente a leer en las ficciones las formas que asumen esos cuerpos pensantes y, para usar una expresión de Tununa Mercado, "en estado de memoria". En las imbricaciones entre lenguaje y forma-de-vida se recorta un objeto —la escritura biopoética— que, al mismo tiempo, pone a pensar a la teoría.

La palabra encarnada

> Me doy cuenta, me doy cuenta, me contesta mi madre mientras busca mi mano, me toma la mano y me acaricia los dedos, aún no podemos poner en marcha las mutuales. La historia no está preparada para las mutuales de la sangre o las mutuales del cuerpo. Todavía no contamos con las condiciones. Pero lo vamos a conseguir. Quizás en ¿cuánto? ¿Unos doscientos años más?, ¿no crees?, o cien o doscientos años más vamos a promover las mutuales del cuerpo, miles de mutuales del cuerpo, lo haremos cuando comprendamos de manera exacta cómo circula la sangre y el sitio preciso donde se produce el prolijo corte de los dedos.
> Sí, madre, sí. En cuatrocientos o quinientos años vamos a fundar las mutuales del cuerpo.
> Pero, ¿qué haremos con los fans y con el ímpetu terrible de las barras?
> No sé, tenemos que pensar, que pensar, que seguir pensando.
> ¿Continuar pensando qué?, me pregunta mi madre.
> Los orificios del cuerpo, mamá, los hoyos que tiene.
>
> DIAMELA ELTIT. *Impuesto a la carne.*

Si el cuerpo es precisamente aquello que, gracias al trabajo de la memoria, hace posible la relación entre las personas y las cosas, ¿cómo podría, entonces, no producir pensamiento? Desde este punto de vista, las escrituras del cuerpo serían una serie de ejercicios creadores en los que la vida corporal —la del escritor, la de los personajes, la del lector— no es concebida como testimonio de un conjunto de condiciones externas —una superficie sobre la que se imprimen las huellas de la realidad—, sino como un campo de fuerzas al interior del cual el mundo toma forma. A la caída del par *bíos/zoé* le corresponde, así, la de la oposición persona/cosa, sólo que aquí el *tertium* resultante, en lugar de la forma de vida, es el cuerpo, ese "tejido de nexos simbólicos solo en el interior de los cuales la realidad adquiere consistencia" (Esposito 2016, 108).[102]

En las ficciones de Havilio, Tarazona, Harwicz y Eltit, así como también, con diversos matices y orientaciones, en la producción reciente de otros novelistas latinoamericanos, como Ana Paula Maia (*Entre rinhas de cachorros e porcos abatidos, Carvão animal* y *De gados e homens*) o Maximiliano Barrientos (*En el cuerpo una voz*), el trabajo sobre el lenguaje produce una intensificación de la ambigüedad, es decir, un borramiento de la dualidad cuerpo/pensamiento, con la consecuente emergencia de cuerpos pensantes: el de una chica embarazada en trance de convertirse en reptil (Tarazona *El animal sobre la piedra*); el de una madre y una hija que, literalmente, no terminaron de cortar el cordón umbilical (Harwicz *La débil mental*); el de otra madre y el de otra hija que, una dentro de la otra, conversan desde hace doscientos años (Eltit *Impuesto a la carne*); el de una protagonista sin nombre que, transitando una vida desesperante, ensaya un tono apático, anónimo, despersonalizado (Havilio *Opendoor y Paraísos*); los de hombres que en su trabajo cotidiano en un crematorio, un matadero o una estación de bomberos, experimentan en carne propia la desintegración de lo vivo, su devenir carne o ceniza, su mutilación, desorganización o desaparición (*Entre rinhas de cachorros e porcos abatidos, De gados e homens*); el de unos hermanos abandonados a la mera supervivencia física o el de un prisionero obligado a comer carne humana en una Bolivia postapocalíptica (*En el cuerpo una voz*). Todas estas narraciones pueden ser leídas como investigaciones sobre la capacidad de la escritura para producir un pensamiento del cuerpo —como pensar "acerca de" y como pensar impersonal— a través de la elaboración de voces y personajes que, con su hacer o con su no hacer, desdibujan la distinción entre las personas y las cosas. Por eso no hay en los textos una exacerbación de lo corporal como unidad o plenitud vital; por el contrario, el procedimiento consiste en poner en entredicho la existencia de un cuerpo homogéneo, identificable, es decir, de un organismo. Esa desintegración permite que en ocasiones se perciba la emergencia de una vitalidad que no se puede asignar a ningún viviente; eso sucede cada vez que una voz no atina a decir yo, cada vez que una descripción corporal pierde de vista la especificidad humana, cada vez que un diálogo se funde con el continuo del relato, desenfocando al sujeto de la

---

[102] Añade Esposito, reseñando la postura de Spinoza: "Así como no existen cosas fuera de la conciencia que las comprende, no existen conciencias que precedan la relación constitutiva con el mundo. Lo que hay al principio y al final del proceso no es la iluminación de un sujeto de conocimiento, sino la potencia infinita de la vida" (2016, 109).

enunciación, cada vez, en fin, que la prosa se flexiona para que allí emerja un cuerpo desorganizado, despersonalizado, un cuerpo pensante.

Podría resultar útil aquí, por supuesto, la fórmula "cuerpo sin órganos" que Gilles Deleuze y Feliz Guattari tomaron prestada de Antonin Artaud, en tanto se trata, más bien, de cuerpos-fuerzas que se manifiestan como pura potencia: poder de afectar y de ser afectados por otros objetos y otros cuerpos. El cuerpo sin órganos es una "conexión de deseos, conjunción de flujos, continuum de intensidades" (1988b, 166), es decir, una práctica o un conjunto de prácticas tendientes a la desindividualización a través de diversas formas de contacto. La agresividad, el hambre, el deseo o el miedo son modalidades de esas interacciones que las ficciones continuamente escenifican; sin comentarlas, explicarlas, sin extraer de ellas enseñanzas o teorías; simplemente procurando que la escritura haga sensible el trabajo de esas fuerzas para, de ese modo, devolver el discurso al territorio de lo corporal. El cuerpo sin órganos se produce mediante un trabajo de experimentación, de conexión con potencias que producen una desorganización de los sentidos. En las narraciones a las que me acabo de referir, las relaciones entre las voces y las cosas no son nunca consideradas como el resultado de un encuentro entre personajes y objetos acabados sino más bien como la emergencia de una zona compartida —un cuerpo sin órganos— en la que todo toma forma de una sola vez. Los textos se abocan a nombrar los efectos de esos roces y los pliegues que se producen, señalando las zonas en las que la vida se vuelve alternativa o simultáneamente cognoscible —humana— e irreconocible —anónima, animal, muda, fantasmática, desnuda.

Los registros de los sentidos juegan allí un papel primordial: los olores, de modo muy prominente, esas micropartículas que se adhieren al cuerpo, que se vuelven parte de él y lo pegan, a su vez, a una historia. Es el olor de los muertos en *En el cuerpo una voz*: "¿Qué es lo que siente ahora que yo digo que mil personas fueron carneadas y echadas al fuego? ¿Qué ve cuando yo digo mil personas fueron descueradas y devoradas por los hombres del general en la comuna La Penca?", pregunta, en uno de los capítulos-testimonio Lydia Álvarez. Y se responde enseguida: "Nada, es un número nomás. El olor es otra cosa. El olor, a diferencia de sus rostros, es lo que persiste. Sudo el olor de los quemados. Está en mis dedos, en mi pelo. Lavo y lavo pero no se va de allí" (Barrientos 2018, 79). Ocupan también un lugar relevante los sonidos, que se presentan como materia continua, oscilante entre el sentido y el sinsentido; a veces es posible identificar una voz, que luego se deshace y se vuelve un ruido, o se convierte en un estímulo para otros sentidos del narrador: "Comenzó como un ruido cuando orinaba en el monte, tenía veintidós años y fue convirtiéndose en mensajes concretos, en pulsiones. Me permitió estar en ella, me permitió refugiarme en su ruido. Susurros. Mandatos. Su espesura es casi una luz" (2018, 171). En la misma dirección que el horadamiento de la distinción entre bíos y zoé mediante la producción de cuerpos pensantes, se puede leer la insistencia en el borramiento de la frontera entre *logos* y *phoné*: el grito que puede volverse palabra para deshacerse nuevamente en una experiencia corporal: "Su grito resonó y se expandió por el canal más sensible e histerizado de mi oído y después de herir mi audición, ella susurró de manera consistente: Solas en el mundo. Su murmullo asoló mi espalda y luego repasó el milimétrico contorno de mi cara" (Eltit 2010, 11).

Y están también las texturas —cada superficie merece atención, descripción, produce efectos—, los sabores, la distancia, el contacto con la propia piel o la proximidad de otros cuerpos intensifican esas sinuosidades del lenguaje, crean ritmos que se ajustan a los movimientos corporales. La narradora de *Opendoor*, embarazada y sola en una casa de campo, describe su enajenación producto de la marihuana y la excitación desdoblando el agente de las acciones, separando el cuerpo en dos dimensiones que se corresponden con el uso de la primera y la tercera persona: los dedos que hacen y producen efectos sobre esa otra dimensión de cuerpo, que percibe y reacciona. La escena se cierra con una imagen de animalización, deriva necesaria del relato de una experiencia impersonal:

> Me paso el día sola, no me muevo y a veces, de tanto fumo, como le dicen en el campo, se me va la cabeza, pierdo noción, me cuelgo. Todo se vuelve oscuro, denso, gelatinoso, todo pasa por mis dedos que me arañan la piel, fuerte, con la ilusión de atravesar la carne, y yo ahí dejo de ser, dejo de actuar, me dejo llevar, acostada, parada, la panza presionando contra la pileta del baño, de loza gruesa, fría, pampeana, y no paro, me río sola, bailoteo, tiemblo un poco, y no paran los dedos, como si no fueran míos, de frotar el clítoris, el botón, de enroscar los pelos que cubren la concha, de frotar, y de meterse, uno, dos, tres, todos los que puedo, sudo como loca, y los otros dedos se meten por otras partes, masajeándome el culo, untando el ano con el flujo que resbala por la raya, y un charquito ocre, lindo, transparente, se estira sobre las sábanas de Jaime que se tragan lo que él no, lo que le da asco, y el olor a campo, a pasto húmedo, a luciérnagas, a parra seca, a ligustrina recién rebanada, y a los frutales, nísperos, quinotos, higos, el olor a barro mojado, el olor a polen, todos esos olores, tan patrios, se mezclan con los míos, hirviendo, como los de una gata en celo, una gata loca, desquiciada, que no puede más, que se arrastra, que acaba por enésima vez, a lo bestia, con los ojos turbios, deshecha de tanta paja. (Havilio 2006 174-175)

El cuerpo erotizado produce un tránsito hacia una experiencia de sí que desorganiza el esquema corporal interno y la relación del cuerpo con el espacio. La narradora-bebé de *La débil mental* dice al inicio de su relato alucinado: "Me invento una vida en las nubes sentada en mi clítoris. Vibro, me agito, me trato con morfina en los dedos y durante ese lapso, todo está bien. Mi mano adentro es mil veces su cara dentro de mí, cuánto se puede poseer una cara, cuánto se puede meter una cara en el sexo" (Harwicz 2014, 7-8). La voz que narra es aquí, además, la de alguien que aún no habla, es una voz de nadie que, con ese solo recurso, debe hacerse una vida; para eso tiene que registrar lo que puede experimentar. En la novela, así como también en *Impuesto a la carne*, las vicisitudes corporales del vínculo madre-hija desmantelan la lógica del cuerpo como propiedad personal; el cuerpo es en ellas cualquier cosa menos garantía de autonomía, unidad, individualidad. Es un territorio común, siempre en disputa, caótico y enfermo de un mal irreconocible, doloroso y desesperante. Un mal que pone en movimiento la narración y se identifica de modo más o menos explícito con el paso del tiempo, con sus efectos sobre la materia viva. Aquí también la escritura produce un desdoblamiento: hay un cuerpo exterior, visible, y un cuerpo interior que produce efectos sobre el primero, que trabaja silenciosamente en su destrucción. La imagen recupera la duplicidad entre "vida animal" o de relación (*l'animal existant au-dehors*) y vida orgánica (*l'animal existant au-dedans*) teorizada por Xavier Bichat en sus *Recherches physiologiques sur la vie et sur la mort* a principios del siglo XIX y, como apunta Agamben, extensamente difundida e instrumentalizada por la medicina moderna.[103] Una vida animal definida por sus relaciones con el mundo exterior y una vida interior que se identifica con lo que Aristóteles caracterizó como vida nutritiva, principio que define —aunque él mismo no pueda ser definido más que por una función— y aúna a todo el espectro de lo viviente. Esa división entre vida vegetativa y vida de relación, que atraviesa los imaginarios acerca del comportamiento y las taxonomías de lo vivo, trabaja también en la ficción, produciendo imágenes y relatos de cuerpos fragmentados, descontrolados, enajenados. Esa "vida otra" que las narradoras denuncian como afección constituye, al mismo tiempo, el motor de las narraciones. Lo que les sucede a los cuerpos es, en gran medida, el efecto del funcionamiento, oscuro y sigiloso, de esa vida vegetativa, no subjetivada ni subjetivable.

Estamos hospitalizadas en un sector de nosotras mismas. El cuerpo de mi madre que yace dentro de mi cuerpo arde (de manera anarquista) de la cabeza a los pies. Tengo definitivamente dos anatomías, una, la más destruida y emotiva, está a la vista de todos, cualquiera puede verla y evaluarla, ese cuerpo es perturbador y ocupa demasiado espacio, pero mi otro cuerpo contiene el lugar del dolor orgánico que circula y se desplaza, duele, hiere al cuerpo visible, lo ataca desde sitios inesperados, en cierto modo me humilla, aunque esta es una expresión demasiado dramática, porque no se trata de un envilecimiento, sino de la suma destructiva de años de enfermedades (Eltit 2010, 127).

---

[103] "Los éxitos de la cirugía moderna y de la anestesia se basan precisamente, entre otras cosas, en la posibilidad de dividir y, a la vez, articular los dos animales de Bichat. [...] Y todavía hoy, en las discusiones sobre la definición ex lege de los criterios de la muerte clínica, es un reconocimiento ulterior de esta nuda vida —desconectada de toda actividad cerebral y por así decirlo de todo sujeto— la que decide si un cuerpo puede considerarse vivo o debe ser entregado a la peripecia extrema de los transplantes" (Agamben 2005d, 27-28).

Las imágenes recurrentes de un cuerpo —o de sus partes— dentro de otro cuerpo borran la distinción entre el adentro y el afuera. En *La débil mental*, los cuerpos de la madre y de la hija están también íntimamente imbricados, y la alternancia entre el relato del adentro y el afuera es disuelta a través de la sintaxis, que incrusta diálogos y pensamientos en una sucesión de enunciados desapropiados. Este procedimiento tiene como efecto la disolución de la distinción entre el relato de hechos objetivos y la descripción de las percepciones subjetivas. Los hechos y los objetos no pertenecen a un contexto preexistente, sino que cobran sentido como restos de la experiencia presente.

EL TELÉFONO, MAMÁ. Ya caímos. Ya estamos de nuevo ordenando la alacena y barriendo, los huevos calientes riendo en la sartén. Dónde está. ¿Cómo querés la cocción? No hagas que te mire de nuevo. No voy a dártelo, no voy a ceder. Miro los cacharros colgando que pusimos con tanto esfuerzo. Miro los azulejos pegados uno contra otro. Miro los muros y los cimientos, los pedazos de pan. Dámelo, ya. Por qué querés irte de nuevo, estamos saliendo las dos adelante, sin ayuda del doctor Míster cuchillo, solas en medio del vejestorio, lo estamos logrando y el día se pone lindo así. ¿Picnic? Te dejo la hamaca. Dámelo antes de que los huevos estén pasados y vos llorando como siempre frente al plato frío. ¡Debería freírte ese teléfono de mierda! Dámelo ya mismo. Debería metértelo en el horno. Como quieras, entonces, pero bajo amenaza, y sale de la cocina las manos empapadas y entra en la oscuridad del pasillo y vuelve a salir a la luz del salón, que sin embargo ahora es oscuro y me lo tira (Harwicz 2014, 18).

Madre e hija en una cocina que no necesita de una descripción porque toma forma a través de la fricción de esos dos cuerpos, de su historia compartida, del presente y el futuro —los cacharros que ellas colgaron, los azulejos pegados uno contra otro, los muros y los cimientos de la casa, los pedazos de pan, el huevo frito que se ríe sonoramente en la sartén, el ruido del teléfono que desata la escena—. La prosa convierte el mundo en pura subjetivación, al tiempo que desubjetiviza a los personajes al pegarlos al contexto, al encarnarlos en cuerpos que perciben y piensan, que deshacen la frontera entre el allá y el acá, entre la oscuridad del pasillo y la luz de salón, "que sin embargo ahora es oscuro". Los diálogos también son incorporados en ese espacio intersticial que no pertenece íntegramente a la conciencia, ni tampoco al mundo. El diálogo, como el cuerpo, está en medio, anulando el vacío, la distancia que se abre entre los hablantes cada vez que una voz toma cuerpo. Esa continuidad entre ruido y habla, entre diálogo y narración, entre segunda y tercera persona tiene lugar, evidentemente, en la prosa, pero se origina en una transformación del punto de vista de la escritura o, para decirlo con mayor precisión, en una modificación del vínculo entre escritura y vida. Ya no se escribe la vida sino que es una vida la que escribe.

Estos experimentos de desapropiación del cuerpo, de la voz y de la palabra, están, entonces, íntimamente vinculados a la asunción de una perspectiva corpórea, a la creación de una mirada producida por el ojo del cuerpo, que reemplaza o eclipsa el ojo de la mente (Esposito 2016, 111) y altera sensiblemente la percepción del entorno. El cuerpo-fuerza redibuja, así, la realidad sensible, la vuelve extraña, ajena, novedosa. Los bordes y los límites de las cosas se vuelven también inconsistentes. La narradora en proceso de metamorfosis de *El animal sobre la piedra* da buena cuenta de esa experiencia:

> Voy a explicar a estas alturas lo que veo en el mundo. Las cosas exteriores no son como las sabía. Los objetos son transparentes, como si fuesen hechos de aire, su consistencia no es la que conocía. Por ejemplo: las sillas están detenidas en el vacío. No hay en los objetos un comienzo y un final, se encuentran unidos sin que se pueda definir uno sin otro. Quizá mis primeros atisbos sobre esta situación ocurrieron cuando mis párpados adquirieron transparencia. (Tarazona 2011, 78)

Al igual que en las historias de animales de Kafka, la voz que narra expone no sólo la falta de contenido del mundo sino también el vacío que hay tras su propia emisión: sólo hay voz; detrás de ella, nada. Como en las "Investigaciones de un perro", en "La madriguera" o en "La metamorfosis", relatos en los que un discurso inasignable discurre acerca de la inefabilidad del entorno, en las narraciones latinoamericanas nadie habla. Nadie dice algo. Las narradoras de Harwicz, Eltit, Tarazona y Havilio se aventuran en viajes de de-subjetivación (devenir-bebé, devenir-reptil, devenir-feto, devenir-anónima). Si el proceso de subjetivación conceptualizado por Foucault supone una serie de procedimientos por medio de los cuales el sujeto llega a observarse, analizarse y descifrarse a sí mismo en un juego de verdad a través del cual establece una relación consigo mismo (Foucault 2008), estas narradoras vivencian, a contracorriente del mismo proceso, la imposibilidad del reconocimiento, es decir, el derrumbe de la ilusión de correspondencia entre el yo y el mundo. En efecto, las cuatro desnudan la inexistencia de una identidad que trascienda lo sensorial; ven y se ven con el ojo del cuerpo, una lente que abre el mundo como proceso de continua recreación. No es casual que sea recurrente, por tanto, la presencia de cuerpos en estado de gestación —gestantes o gestados—: la imagen de la vida produciendo nueva vida. Como en las narraciones de Copi o en las de César Aira —antecedentes latinoamericanos de estas nuevas poéticas de lo viviente—, en cada cuerpo anida el germen de otra vida posible, que a su vez puede engendrar una nueva, y así sucesivamente. De esas cadenas azarosas emerge la imagen de la vida como potencia infinita.

Tanto en estas ficciones, en las que el centro de la escena está ocupado por el proceso de de-subjetivación de las voces narradoras, como en aquellas en las que, dentro de un registro más bien realista, se cuenta el derrotero descarnado y alucinado de unos cuerpos deshumanizados (Maia, Barrientos), se puede leer una indagación de la vida como proceso anónimo, errático e incesante que subraya, por un lado, su dimensión ética y política y, por otro, su faceta inventiva: ellas son un campo fértil para la creación conceptual. Si aceptamos, siguiendo la conceptualización propuesta por Agamben, que la forma-de-vida es la emergencia del acontecimiento antropogénico —separación y rearticulación incesante de *bíos* y *zoé*—, la relación vida-escritura podría ser pensada como la intensificación, por medio de una serie de procedimientos específicos, de las condiciones para la percepción del pliegue, de la cesura que caracteriza a lo humano; allí residiría, precisamente, su poder destituyente: mostrar, hacer presente en el lenguaje lo que no puede ser pronunciado; señalar ese resto que no se deja capturar por los dispositivos, ese centro vacío que sostiene y regula el funcionamiento de la máquina antropológica. Parece lícito decir, por tanto, que sin afirmar ni negar nada, haciendo simplemente que lo humano se muestre como efecto precario del lenguaje, la literatura latinoamericana reciente interviene activamente en la discusión filosófico-política actual acerca del estatuto de lo viviente. En esas intervenciones el cuerpo no es sólo un campo de batalla biopolítica, es también una herramienta transformadora, tal vez la única vía posible para rozar lo impensado.

CAPÍTULO VI

La *vida otra* de Hebe Uhart. Pensamiento cínico y sabiduría animal en sus textos tardíos

Los otros

> Recibe a este sabio, ¡oh barquero de aguas amargas! Él desnudó la vida y juzgó nuestras quimeras…
>
> ANÓNIMO. *Antología Palatina*, VII, 63.[104]

En el prólogo lúcido y amoroso que Eduardo Muslip escribió para los *Cuentos completos* de Hebe Uhart, fechado poco después de la muerte de su maestra y amiga, hay una observación que caracteriza con precisión su poética, e incluso su concepción de la literatura, si es que una pretensión así podría ajustarse a un ideario tan poco ampuloso como el suyo. Dice Muslip: "La escritura de Hebe brilla porque en cada línea […] está presente el otro: el que uno fue, lo que otros son o fueron" (Uhart 2019, 10), y observa enseguida la ausencia en la obra de escritos estrictamente autobiográficos, como memorias o diarios personales. Es cierto que hay una voz afinada y constante, la voz de la Hebe narradora, que está presente desde los primeros cuentos, y que uno reconoce en ella una manera singular y coherente de mirar el mundo y de estar en él; también lo es que esa figura es indisociable de la austera autofiguración que se

---

[104] Este anónimo figura en uno de los monumentos conmemorativos de Diógenes de Sínope. Citado en Onfray (2002, 34).

Cómo citar este capítulo:

Yelin, J. 2020. *Biopoéticas para las biopolíticas. El pensamiento literario latinoamericano ante la cuestión animal.* Pp. 141-152. Pittsburgh, Estados Unidos: Latin America Research Commons. DOI: https://10.25154/book4. Licencia: CC BY-NC 4.0.

puede reconstruir a partir de la lectura de entrevistas o semblanzas periodísticas de la escritora; y también, por último, que sus ficciones están pobladas de referencias a su propia trayectoria vital: la vida rural, primero, la experiencia solitaria en la ciudad, después. Sin embargo, la inclinación autobiográfica es fuertemente resistida en su escritura; no se registra ningún interés por desenmarañar los hilos del yo, ni por delinear sus contornos; por el contrario, lo que se percibe tanto en las ficciones como en sus figuraciones autorales es un asordinamiento de la vida personal, que se cuenta siempre como mínima rutina armoniosa: cuidar las plantas, preparar y dar clases, hacer algún trámite, estar con amigos, ver televisión. Esa sobriedad autorreferencial juega en favor de la experiencia de los otros, realidad opaca y fascinante a partir de la cual la narradora especula, imagina, fantasea posibilidades de vida que, sobre todo, no son la suya.

El género de la crónica, al que Uhart se abocó en los últimos años de su vida, se ajusta perfectamente a esta modalidad. Muslip apunta que esa primera persona que construía se conectaba con su rechazo de las formas de 'endiosamiento' de la figura del escritor, al tiempo que respondía a la voluntad formal de crear un marco para la presentación de las voces e imágenes de otros (2019, 12). Justamente porque el esplendor de la escritura de Uhart no proviene de los hallazgos que la atención a sí misma podría prodigarle sino de un trabajo de observación curiosa y detallista de los otros, las elucubraciones que generan tienen un efecto transformador de la realidad, producen mundo. ¿Qué hacen, qué dicen, y, sobre todo, cómo dicen los otros?; ¿qué cosas y qué realidades ambicionan?; ¿cómo ven su entorno y cómo se perciben a sí mismos?; ¿por qué sufren o se alegran, qué es lo que aman y lo que detestan? La narradora pregunta y contesta, apunta observaciones, hipótesis interpretativas, detalla hechos, pinta situaciones. Después de esas descripciones, casi siempre provistas de humor melancólico y sutil ironía, suele advenir una reflexión, un despunte del pensamiento de tono coloquial y apariencia casual que se abre, por ejemplo, con un "Y yo pienso que…", y que es casi siempre una tentativa de abstracción, de conceptualización de lo observado. Este salto a la elucubración, que en términos literarios se podría describir como el tránsito de lo narrativo a lo ensayístico, responde al deseo de circunscribir un objeto de interés que necesita ser contado y también pensado. Interés que es un motor vital de la escritura, irreemplazable y autopoiético: interesarse por otro, vivir para contarlo, escribirlo para realimentar el interés, etc. Tanto es así que, en ocasiones, el más mínimo asomo de indiferencia enciende una luz de alarma. En el relato "Diario de viaje", que integra el libro *Del cielo a casa*, la narradora advierte: "Yo pensé: 'A mí me tendría que interesar el boliche de Toto; ¿no me estaré desinteresando por todo?'" (Uhart 2019, 486).

Pero el desinterés es apenas eso: una baja esporádica de la conexión con el entorno que la interroga sobre su estado anímico y que rápidamente es despejada por una acción concreta: irse, hacer otra pregunta, cambiar de interlocutor. En general, los otros la entusiasman y son ocasión de regocijo por la gracia de un descubrimiento: saber, como sabe en "Mi café del centro", con sólo captar un gesto, que el mozo del bar se crió en el campo, o que unas señoras pitucas son del interior y están en capital de visita; percibir en el tono, en el uso de tal o cual expresión, de qué mundo provienen los seres que observa y deducir de eso qué imagen del mundo se formaron. Los otros son un chispazo que, al convertirse en relato, enciende el pensamiento; la narradora deja entrever que sin ese contacto con lo heterogéneo las ideas se volverían rutinarias, anodinas, poco estimulantes. Los otros son una inclinación ética y estética: una forma exógena de vivir y escribir la vida.

Entre esos otros están, de un modo bastante persistente a lo largo de toda la obra, y con mayor intensidad hacia el final, los animales. De hecho, me gustaría argumentar aquí que tanto la adopción del género de la crónica como la elevación de los animales a objeto privilegiado de su interés literario responden a preferencias afines y producen una aleación perfecta: la elección de una retórica para hablar de otros y de un tema que pone la diferencia en primerísimo plano. Y no es que los animales sean para la mirada de Uhart unos otros más "otros" que los humanos —no se desprende de sus textos la presuposición de una escala de otredad sino que se trata, como también apunta Muslip, de una cuestión de matices—. Los animales aparecen como seres que exigen un desciframiento especial, una suerte de sensibilidad *ad hoc*, que la narradora ensaya gustosa. El cuento "Mi gato", de *Guiando la hiedra* (1997), es un ejemplo luminoso de esta inclinación, de este deseo de diferencia que el personaje animal —figura semiopaca, que llama a un contacto pleno al tiempo que irrealizable—, ofrece bajo la forma de una resistencia candorosa. "Cuando toma yogurt se lame con él todo el cuerpo y parece decirme: 'Por fin me refresco'" (Uhart 2019, 351), comienza la narradora, que dedicará cinco páginas a describir con ternura escrupulosa los hábitos de su gato. Y no sólo los hábitos, también los recelos, las gratitudes, los terrores. Cuando es necesario, el relato incluye una explicación precedida de un "quiere decir…", "querría decir…", "con cara de decir…". Pero esas traducciones no suponen, como suele suceder en la literatura clásica de representación de los animales, un intento de humanización, de domesticación de la extrañeza, sino el acto de hacer presente el momento epifánico de la comunicación, ese en el que el animal se revela como un otro entre los otros; el instante en el que la diferencia se convierte en apenas un matiz.

Porque Uhart no mira a los animales como lo hacen los autores de fábulas morales o los guionistas y productores de Animal Planet, proyectando su autoimagen sobre todo lo que vive; lo hace exactamente al revés: ensaya una sensibilidad animalizada, cándida y astuta a la vez, para producir distintas aproximaciones y testar sus inesperados efectos. Son esas circunstancias en las que la narradora puede —después, por supuesto, de largas observaciones en las que releva reiteraciones y excepcionalidades— descifrar un mensaje. Este procedimiento, ciertamente, no se diferencia en lo sustancial del que utiliza cuando su mirada hace foco en animales humanos. En la crónica a la que me referí hace un momento ("Mi café del centro"), por ejemplo, examina a un grupo de mujeres que, arriesga, están de visita en Buenos Aires; percibe en ellas "una cierta cautela en los modales, un brillo de curiosidad en los ojos, que no es sólo curiosidad sino la vivencia de que este es un mundo amable" (Uhart 2019, 721). Por esos detalles, por esa cadencia y ese candor que sólo una narradora avezada podría descubrir, sabe que vienen del interior. Pero es capaz de identificar también una fuerza disruptiva, un chispazo que, además, construye personaje. Porque, como vislumbró con tanta lucidez Antón Chéjov, un personaje es el resultado del despliegue de una contradicción. Percibe, así, que una de esas viajeras, "la gordita del pelo en tirabuzones está sentada exhibiendo su cabellera con aire de: 'Aquí estoy aunque vengan degollando'". En el paisaje humano identifica una singularidad, y la hace brillar con todo su esplendor. Enseguida desplaza la mirada hacia otra mesa, donde algo parecido está sucediendo: "Y el señor que hace palabras cruzadas parece decir: 'No me jodan, que a mí nadie me joda'". El humor añade a la revelación un distanciamiento que se origina, como no podría ser de otro modo, en un gesto ajeno. Esos hombres y mujeres tienen, también, sus diferencias con el mundo, y así se afirman como únicos entre los muchos otros que los rodean. No son sólo paisaje, materia narrativa; están vivos.

Mirar, pensar, imaginar, representar(se) la vida de los otros: las mismas operaciones que en el bar del centro hace la cronista en su visita al zoológico ("Hola chicos", *Un día cualquiera*) cuando interpreta, de pie tras las rejas, los movimientos de los monos que tienen hambre y reclaman alimento. "Después que pidió el jefe, se acercó otro mendigo muy distinto. A lo mejor fue jefe y perdió el pelo y con él la convicción; trataba de mover el alambrado pero sin ninguna esperanza, como diciendo: 'Y a mí qué me van a dar'. No tiene su corona de pelo, ni actitud ni convicción. No liga nada" (716). En el pelo o en la falta de él, igual en el centro de la ciudad que en el ecoparque, la narradora intuye relaciones de poder, afinidades, rechazos, imposturas. Pero esas intuiciones nunca domestican la extrañeza ni ignoran la distancia; para ella todos son parientes y todos son lejanos. Lo que hay de inaccesible en el otro —sea señora, mozo, gato propio o mono ajeno— se presenta siempre como resto de lo que puede ser visto y conocido. Sin esa exploración previa, y sin el conocimiento que emana de ella, resulta imposible aproximarse a ese núcleo resistente, que revierte inmediatamente sobre lo conocido, dándole un brillo inesperado. Por eso todo ser que su mirada toca refulge sin importar cuál sea su naturaleza ni su jerarquía en el mundo de los vivos. Para el procedimiento narrativo que descifra formas de vida no hay prejuicio de diferencia ontológica; no opera, por decirlo con la teoría posthumanista, el "discurso de la especie";[105] sólo hay matices que dibujan singularidades, produciendo analogías, metonimias,

---

[105] "Yo he visto un hermoso libro de fotografías donde por medio de un montaje aparecen las más diversas especies entremezcladas: un hombre con patas de ñandú, o con alas, o con una hermosa cola de oso hormiguero, También cabeza de perro o ave en tronco

ambigüedades que la escritora, entusiasmada, celebra.[106] Hacia el final de "Mi gato", la narradora-ama anota:

> Cuando el tiempo está bueno, la comida rica y yo estoy tranquila, contadas veces me hace una caricia muy especial y rara: pasa muy suavemente su lengua por la palma de mi mano, una caricia que nada tiene que ver con los lengüetazos apurados habituales. Yo interpreto que esa caricia quiere decir: "Gracias por existir" (abarca su existencia y la mía) y es similar al agradecimiento que hacen los conductores de programas televisivos a sus entrevistados famosos —pero también quiere decir "esta casa es un cosmos"—. La intuición de la unidad del cosmos que Schopenhauer atribuye al santo y al genio, quienes han vencido las estratagemas de la razón, él la tiene sin ninguna necesidad de ascetismo ni de vencerse a sí mismo. La única diferencia está en que si se le presentara un pajarito, abandonaría su intuición cósmica y ese estado de beatitud para hacerlo pelota desplumándolo en dos minutos. (Uhart 2019, 355)

Ya en esos cuentos de finales de los años noventa se puede leer una valoración de la sabiduría animal que evoca el pensamiento de los antiguos filósofos cínicos; fundamentalmente, la idea de que en los comportamientos de los animales se cifra un modelo de simplicidad que puede ser traducido como forma de felicidad, de deleite de uno mismo. Los animales no tienen posesiones materiales, no sufren de ningún mal, saben saciar sus necesidades, carecen de pasiones inútiles. Si la filosofía, tal como fue concebida y practicada en la Grecia y la Roma antiguas, se propone alcanzar una ética para vivir mejor, si su tarea es mostrar modos de obrar y técnicas de existencia; si lo que está en juego, en fin, es la vida misma, y las diversas formas de sabiduría proponen técnicas para llevarla a buen puerto con la mayor alegría y con el mínimo de penas posibles

---

humano. Soñé esa noche que era verdad: en el sueño, toda esa variación contribuía a la comprensión universal" (Uhart 2019, 483).

[106] "Me parece que la tarea del primatólogo, ornitólogo, etólogo en general, contribuye a la comprensión del hombre como un ser natural, sin diferencias cualitativas con los primates que lo engendraron. Por suerte la concepción del instinto como algo ciego y mecánico está superada. Un antropólogo estudió el uso de plantas medicinales en los chimpancés en sus búsquedas medicinales, ¿instinto o inteligencia? La concepción de la inteligencia como un instinto refinado favorece la percepción de matices, gradaciones y no de absolutos. Se dice 'bajos instintos' y 'altos ideales'. El esquema 'civilización y barbarie' tiene los mismos supuestos: una sola era la idea de civilización en el siglo XIX, todas las demás formas de vida eran la barbarie. […] Y el autor de un libro que estuve comentando, Roger Fouts, dice: 'El argumento del hombre como único frente a los animales es el del racismo'" (Uhart 2017, 180-181).

(Onfray 2002, 71), entonces la observación de los animales cobra una importancia superlativa.

Animales, el último libro que Uhart publicó en vida, se acerca más que ninguno de sus escritos anteriores a esos preceptos de los filósofos llamados perros. Condensa, al modo de un decálogo de experiencias, un largo recorrido en la observación y exégesis de esos parientes lejanos a los que consagra una atención reflexiva y desprejuiciada. El volumen es, además, desde el punto de vista del género, una verdadera *rara avis*: a primera vista se podría decir que se trata de crónicas unidas por un hilo temático, pero eso no es exacto; hay muchos elementos y rasgos que las hibridizan y ensanchan sus límites. Análisis de usos y costumbres, rescate de leyendas, reescritura de bestiarios contemporáneos —de modo evidente en algunos pasajes, el de Juan José Arreola—, compendio de sabiduría popular y de divulgación científica, los textos reunidos en el volumen giran en torno de las equívocas relaciones entre hombres y animales —amos y mascotas, etólogos y especímenes, exploradores y bestias salvajes—, y también, por supuesto, de las propias vivencias de la cronista. Porque hay en estos escritos una pulsión etnográfica: como en otras circunstancias —por ejemplo, en los viajes— se percibe un fuerte deseo de entender qué es exactamente lo que está pasando allí y de explicarse, al menos de modo provisorio, ese universo a través de una reflexión que aspira a intervenir en la discusión en torno de tal o cual cosa pública. La vocación de encuentro con la extrañeza animal propicia, además de la experimentación con la mezcla de registros y de fuentes, una serie de elucubraciones acerca del arte de vivir. Ciertamente, los textos reunidos en *Animales* ensayan una forma discreta y poco afectada de filosofía; una forma artística, circunstancial al tiempo que intempestiva. No estamos lejos, como decía, del arte antiguo de la sabiduría. Anota Michel Onfray en su hermoso ensayo sobre los filósofos cínicos:

> Allí donde pasan todos, entre un mercado improvisado y un nicho votivo, el filósofo habla y entrega su palabra al público. Entonces se examinan todas las cuestiones posibles: la muerte y la naturaleza de los dioses, el sufrimiento y el consuelo, el placer y el amor, el tiempo y la eternidad. En medio de los olores y los murmullos, las ráfagas de calor y los perfumes de las piedras caldeadas hasta ponerse blancas, la sabiduría llega a ser un arte. (Onfray 2002, 13)

Para las crónicas animales de Uhart se podría usar la fórmula invertida: en sus breves intervenciones, en las que se cuentan las investigaciones de una señora curiosa en torno de la vida humano-animal, el arte llega a ser una forma de sabiduría. La narradora sale a la calle, mira, pregunta, escucha y después y discurre, como probablemente lo hacían los filósofos hace aproximadamente veinte siglos, sobre diversos asuntos: la diferencia ontológica entre perro de calle y perro de casa, el afán pedagógico de los amos, la inteligencia de tal o cual ave, la ejemplaridad moral de este o aquel espécimen, los diferentes modos que existen de domar a un caballo. También, como los antiguos pensadores callejeros, se propone mirar muy de cerca lo real —y, si es posible, tocarlo— y analizando actitudes, comportamientos, costumbres, recrear un arte de vivir y un estilo; esto es, una forma de vida compartida que pone en contacto lo inteligible con lo ininteligible, lo cognoscible con lo incognoscible, lo cercano con lo lejano. Una "vida otra" que, como en el caso de la vida cínica, reúne un posicionamiento ético con un saber acerca del y de lo animal.

El yo austero al que me referí al comienzo de estas páginas se va constituyendo, si se piensa en los escritos tardíos de Uhart sobre los animales, como un yo filosófico, afín al perfil ético de los cínicos, que se aboca sin reservas a ese juego de divergencia y verdad nacido de la preocupación por las cosas y los seres cercanos. El afán incansable de hacer y de hacerse preguntas da cuenta de ese modo de estar inclinada hacia los otros y hacia lo otro; allí donde hay algo con lo que no me puedo identificar plenamente se activa el mecanismo de pensamiento que importa a la práctica artística: el de hacer familiar lo extraño y el de encontrar lo extraño en lo familiar.[107] La sabia costumbre de tratar a los vivientes —a todos, sin excepción— como parientes lejanos.

La vida otra

> Acuérdense de Heráclito, que, al negarse a llevar la vida solemne, la vida majestuosa, la vida aislada y retirada del sabio, iba a las tiendas de los artesanos y se sentaba y se calentaba junto al horno del panadero, diciendo, a quienes se asombraban e indignaban por su actitud: *kai enhauta theóus*: (pero también aquí hay dioses). Heráclito [concibe] una filosofía, una práctica filosófica, un filosofar que se cumple con el principio del *kai enthauta theóus* (también aquí hay dioses, hasta en el horno del panadero). El filosofar se cumple en la idea misma del mundo, y en la forma de la misma vida.
>
> MICHEL FOUCAULT. *El coraje de la verdad.*

Los antiguos filósofos cínicos despertaron el interés de algunos pensadores contemporáneos que, siguiendo la estela nietzscheana, se abocaron al estudio de la relación entre animalidad y pensamiento. Onfray publicó su hermoso libro *Cinismos. Retrato de los filósofos llamados perros* en 1990 y apenas unos años antes Michel Foucault les dedicó el último seminario que dictaría, convertido luego en libro bajo el título *El coraje de la verdad.* Delineó allí, con

---

[107] "¿Por qué las aves de llanura y de meseta (ñandú, paloma, etc.) son de colores grises y apagados y las de la selva son en general coloridas y tienen grandes penachos?" (Uhart 2017, 73); "Las aves que se comunican entre sí y con otras especies. ¿Qué se avisan?" (97); "¿Por qué los perros chicos enfrentan a perros mucho más grandes? ¿No perciben su tamaño?" (195).

lucidez e indisimulado entusiasmo, el perfil de la forma de vida cínica, que caracterizó a través de cuatro rasgos generales: la impudicia —el hecho de que llevaran una vida carente de vergüenza, simple y desfachatada como la de los perros—; la indiferencia, que, ciertamente, sería más exacto designar como autonomía —una vida que se conforma con lo que tiene, con lo que encuentra, y que no está atada a nada—; el discernimiento o la capacidad de someter algo a prueba y distinguir con claridad, manifestando una posición de modo indubitable —una modalidad de existencia que Foucault caracteriza como "vida que ladra"—; y, finalmente, la entrega absoluta a los otros, la vida de perro guardián, que sabe darse por entero cuando es necesario (Foucault 2010, 256-257). Pero hay otro rasgo que Foucault destaca especialmente y que de algún modo subsume a los anteriores: para él la idea más escandalosa y potente en términos de descendencia filosófica que nos ofrece el pensamiento de los cínicos es la voluntad y realización efectiva de una transmutación permanente de la vida, de las creencias y valores sobre los que ésta se afirma. Para dar cuenta de ella, la crítica ha usado una imagen monetaria, a la que Foucault adscribe de este modo: "la alteración de la moneda, el cambio de su valor, tan constantemente asociados al cinismo, quieren decir sin duda algo así: se trata de sustituir las formas y los hábitos que marcan de ordinario la existencia y le dan su rostro por la efigie de los principios tradicionalmente admitidos por la filosofía" (Foucault 2010, 257). La forma de vida cínica se propone transmutar los valores instituidos mediante, por un lado, el recurso al humor y a la ironía, es decir, a través de procedimientos y estrategias discursivas, y por otro, en el territorio material del cuerpo, esto es, poniendo en juego la propia vida. Añade Foucault: "El juego cínico manifiesta que esa vida, que aplica verdaderamente los principios de la verdadera vida, es otra y no la que llevan los hombres en general y los filósofos en particular. Creo que con la idea de que la verdadera vida es la vida otra se llega a un punto de especial importancia en la historia del cinismo, en la historia de la filosofía y, a buen seguro, en la historia de la ética occidental" (2010, 257).

El tema de la "vida otra" —que no es en la obra de Uhart sólo y estrictamente la vida de los otros, conocidos o desconocidos, animales o humanos, sino también la vida literaria, la vida escrita, que pone en contacto lo que la narradora sabe de sí, de su mundo y del de los que la rodean con lo que no conoce ni puede conocer de ningún modo— ocupa el corazón de sus crónicas y también de muchos de sus cuentos y novelas. La aparente sencillez de sus historias, enfocadas siempre en contar algo en particular, sin generalizar ni emitir juicios de valor, está atravesada por esa idea tan potente y radical de la diferencia. En cada gesto, en cada palabra, en cada vida hay un modo de ser irreductible e inapropiable que la escritura busca aprehender. No porque considere que la tarea es completamente factible, sino porque la sabe el motor de su propio movimiento. Como en el cuento "Guiando la hiedra", donde la reflexión sobre el particular modo de ser y de hacerse de cada planta del balcón impulsa una elucubración sobre los propios modos de enfrentar la vida y la idea de la muerte, de tratar con los otros, con las ausencias, con la nostalgia. Así, en un ida vuelta entre el comentario de los avatares de la vida fisiológica de las plantas y los del temperamento y la conducta humanas, las metáforas que ligan ambos universos se despliegan como enredaderas cuyas formas se pierden en la propia maraña, mostrando que en realidad lo viviente es una potencia transversal que no permite analogías, sino que simplemente lo impregna todo, haciendo que las diversas realidades se muevan y comuniquen. Las hojas se entroncan metonímicamente con los rencores, las tristezas rezuman la languidez de un helecho; una planta "resistente al sol, dura como el desierto", toma "para sí solo el verde necesario para sobrevivir", o una hiedra de color verde uniforme, que se volvió chica, "parece decir: 'Los tornasoles no son para mí'" (Uhart 2019, 309).

Hay en la escritura uhartiana, en la atención concentrada en los mínimos detalles como respuesta al deseo de que todo se exprese y muestre su diferencia, una verdadera ética de la vida otra. La práctica literaria aparece bajo esta luz como un trabajo de exploración y contacto, como experimentación de otras formas de vida que, para ser verdaderas en el sentido que a la palabra le atribuían los antiguos cínicos al pensar en una "vida filosófica", deben ser necesariamente otras. "Radicalmente otra por estar en ruptura total y en todos los aspectos con las formas tradicionales de existencia, con la existencia filosófica admitida de ordinario por los filósofos, con sus hábitos, sus convenciones" (Foucault 2010, 258). Las narradoras de Uhart, y muy en especial las de sus crónicas de animales, no dan nada por sentado, ponen a prueba todos sus prejuicios, tienen un afán incansable de preguntar. Es, ciertamente, una forma de habitar el mundo: mirar hacia afuera —de la casa, de la ciudad, de su grupo de pertenencia sociocultural—, no ensimismarse, ponerse en contacto con otras formas de vivir, de hablar, de pensar la vida; y es también, por supuesto, una forma de habitar el lenguaje: siempre con la incomodidad del extranjero, atento a los matices, los desplazamientos, las ocurrencias del habla callejera. Estar en el lenguaje con la atención perpleja de un animal.

"Todo arte es el arte de escuchar", dice la escritora en "El lenguaje y el misterio", pequeño ensayo en el que desgrana un conjunto de claves fundamentales de su poética, y donde nombra a algunos de sus referentes más importantes en lo que refiere a la concepción del trabajo narrativo. En primer lugar, Flannery O'Connor, de cuya perspectiva rescata la importancia de prestar atención a lo concreto, basada en la certeza de que el mundo del novelista no está hecho de ideas sino de materia. Y, en segundo, Simone Weil, de quien toma dos premisas fundamentales: el carácter pasivo y paciente de la atención —contrapuesto al carácter activo y laborioso de la vida, regida por el imperio de la necesidad—, y la idea de la existencia de una contraposición entre la atención, rasgo regido por la constancia, y la curiosidad, caracterizada por la dispersión. Dice Uhart, citando a Weil: "el conocimiento no se obtiene por la acumulación de lo disperso sino por la profundización continua de lo mismo" (Villanueva 2015). Funciona siempre un principio de "humildad narrativa" que pone en suspenso los atributos y capacidades de un yo centrado, activo e inmediato: la *ars poética* uhartiana recomienda recurrir a los sentidos, eludir los juicios inmediatos, entrenar la atención y la paciencia, detenerse un poco antes del concepto, mantenerse siempre en el territorio de lo que llama una "duda razonable". Entrar al lenguaje y al mundo por la superficie, por lo que tiene de material e inmediato, aprehenderlo por sus apariencias. Todos esos aspectos que el racionalismo desprecia por estar ligados a la dimensión más "baja" de la existencia humana, recobran bajo esta perspectiva un valor ético y estético que tiene como fin producir —tal como sucede en el modo de filosofar de los cínicos—, un pensamiento otro que no es sino un pensamiento de los otros y de lo otro. Hay en *Animales* muchos indicios que permiten leer esta inclinación cínica, tan productiva en la poética uhartiana, pero sobre todo se pueden seguir dos líneas: por un lado, la valoración y emulación de la simplicidad animal —austeridad de recursos, no afectación del estilo, disposición al juego—, por otro, la idea de la animalidad como tarea o desafío a asumir: la inclinación hacia *una* vida —común, impersonal, potencial— que está siempre por hacer(se) y conocer(se).

Detengámonos un momento en el tópico de la simplicidad. En *El coraje de la verdad*, Foucault apunta que entre los cínicos la animalidad estaba cargada de un valor positivo en virtud de ofrecer un modelo simple y material de comportamiento basado en la idea de que el ser humano no debe necesitar aquello de lo cual el animal puede prescindir. Para ilustrarlo, recupera una serie de anécdotas; entre ellas, una muy conocida en la que también se detiene Onfray: Diógenes observa cómo viven los ratones y deriva de ello un conjunto de actitudes aplicables a la vida humana; en especial, la despreocupación, la independencia y la libertad de acción. En otra anécdota similar, el mismo Diógenes, inspirado al ver a un caracol que lleva su casa a cuestas, decide vivir de la misma manera. Foucault anota: "Habida cuenta de que la necesidad es una debilidad, una dependencia, una falta de libertad, el hombre no debe tener otras necesidades que las del animal, las necesidades satisfechas por la naturaleza misma. Para no ser inferior al animal, hay que ser capaz de asumir esa animalidad como forma reducida pero prescriptiva de la vida" (2010, 279).

Uhart despliega, tanto en perfiles y entrevistas periodísticas como en las autofiguraciones que pueden reconstruirse a través de sus ficciones y crónicas, una sobriedad subjetiva que es correlativa de un estado de disponibilidad absoluta: para escribir el mundo hay que, en primer lugar, renunciar a todo regodeo en las sinuosidades del yo y, en segundo, estar dispuesto a dejarse llevar, a hacer un alto en cualquier momento, a "perder" todo el tiempo que sea necesario siguiendo la huella que dibuja la curiosidad, sin afectaciones ni restricciones de ningún tipo. Al final de "Mi historia con los animales", la crónica que abre el libro *Animales*, la narradora se ubica a sí misma en el cuadro caracterológico de Teofrasto, gran clasificador de tipos morales y de plantas —el mismo par que, recuérdese, Hebe entreteje de modo deslumbrante en el cuento "Guiando la hiedra"—, y lo hace vinculando precisamente lo que él llama "rusticidad" con la actitud de disponibilidad reflexiva; la mirada y el oído callejeros siempre vivos, despiertos: "Y por todo eso es que yo, de los caracteres que dejó

Teofrasto, discípulo de Aristóteles, me ubico en el rústico. Dice del mismo: 'Por ninguna razón se detiene o se inquieta en la calle, pero en cambio se queda parado mirando cuando ve a un buey, un asno o un macho cabrío. Así hago yo'" (Uhart 2017, 15).[108]

Pero la simplicidad no es sólo un valor que la escritora asume como estrategia creadora para contener los impulsos autorreferenciales que le distraerían el ojo y el oído de lo que realmente importa a la narración; es también un principio técnico que sostiene a lo largo de toda la obra: la búsqueda de un modo de decir sin afectación, el trabajo artesanal con una prosa afín a los objetos de su interés, coherente con esa forma de mirar y oír despojada de prejuicios y poco presuntuosa en términos de definiciones. No se mira para designar o rotular, no hay en esa escritura, como apunta Elvio Gandolfo, "manías [...] clasificatorias o abstractizantes" ("Prólogo"); lo que se manifiesta es más bien el deseo de conocer lo que cada vida tiene de singular e irrepetible, inscrito en una matriz —la de la vida misma— que es común y compartida.

Las anécdotas, esos núcleos de excepcionalidad que refulgen en el magma indiferenciado de lo cotidiano y que la cronista recoge con deleite en una plaza donde se pasean perros, en el ecoparque, en la jaula de los monos o en una casa de Ezeiza cuyos dueños conviven con dos loros son, en este sentido, un paradigma narrativo del punto de vista uhartiano. Para dar textura y color a esas pequeñas unidades de relato, la paseante ensaya un lenguaje que se adhiere a esas vidas, las imita. A veces utiliza el recurso de la entrevista, como en "La plaza de Almagro", donde oye atentamente las impresiones y convicciones de una serie de acompañantes de perros, de los que recoge pequeñas frases o expresiones que considera verdaderos tesoros léxicos y sintácticos. Ramón, un paseador experimentado, le dice: "—Siempre tuve perro pepé, porque el perro de raza es muy exigente para comer". Ella le pide una definición terminológica: "—¿Qué es perro pepé?" "Es el de mezcla", le contesta el muchacho y después "no le da más bolilla". La cronista concluye: "No tiene ganas de hablar". Sabe de inmediato que no hay más agua para beber en esa fuente, por lo que sale inmediatamente al encuentro de un nuevo acompañante. En otras ocasiones, como vimos, traduce el pensamiento animal, o directamente ensaya un doblaje, como sucede en el breve documental que Leticia Obeid filmó con ella y Andrea López —su editora— en un paseo por el bioparque Temaikén. Frente a las suricatas, que miran obsesivamente hacia arriba y abajo para protegerse de potenciales ataques aéreos y terrestres, imposta la voz y dobla: "No me van a joder a mí... a mí no me van a joder" (Obeid 2017). Esos ejemplares de mangostas pequeñas, igual que aquel señor del bar del centro que hacía palabras cruzadas, están alertas, preparados para cualquier eventual hostilidad del entorno. Es evidente que la relación de la cronista con los animales no puede vehiculizarse como

---

[108] El texto de Teofrasto de donde Uhart extrae la caracterización del tipo rústico es *Los caracteres*.

una mera elaboración retórica, como un ejercicio de estilo, sino que necesariamente tiene que sonar en la misma cuerda que la vida encontrada y, ante cualquier disonancia, parar la oreja para dejar constancia. La lengua literaria de Uhart es una lengua callejera y rústica en el sentido que le atribuye al término Teofrasto: se desenvuelve con la calma de quien se siente en casa, pero también es capaz de detenerse para registrar lo que viene a su encuentro y la sobrepasa. Un mono inseguro, un loro inteligente, una lora tímida, un amo resentido, una perra rolinga la hacen preguntarse qué hay de singular en nuestra vida común. La desafían.

Tal es, precisamente, la otra forma que asume la animalidad en el pensamiento de los cínicos: la de un reto permanente en tanto modelo material, concreto, de la existencia; la animalidad se les presenta como un ejercicio, como una tarea[109] que ligan a la elevación, al mayor grado de realización humana: el desafío ético de vivir de acuerdo a las necesidades de la animalidad propia. De ese modo, la vida animal deviene un verdadero fundamento de la cultura, en tanto la hace posible como proceso de transformación permanente de la experiencia. Vanessa Lemm lo conceptualiza de este modo: "En la vida de la *zoe*, es decir, el *bios* de la *zoe*, el *bios* no se le impone a la vida animal (*zoe*) como una segunda naturaleza, sino que la *zoe* genera un *bios* a partir de sus propios recursos" (2013a, 541). En las crónicas de *Animales* y en muchos de sus relatos Uhart reflexiona, no sólo desde lo temático sino también a partir de lo procedimental, sobre este principio animal de la cultura y del arte. Los animales no constituyen solamente, así, y en sus propias palabras, "un suculento imaginario" en el que abrevar y un modelo, un desafío para nuestra existencia, como lo era para los antiguos cínicos, sino también la puerta secreta de acceso a las fuentes de la creación. Uhart, y sobre todo su escritura, lo saben y ejercitan.

---

[109] "El *bíos philosophikós* como vida recta es la animalidad del ser humano aceptada como un desafío, practicada como un ejercicio y arrojada a la cara de los otros como un escándalo" (Foucault 2010, 278-279).

Epílogo.
Leer y escribir la vida

No puedo dejar de pensar en una crítica que no buscara juzgar, sino hacer existir una obra, un libro, una frase, una idea. Una crítica así encendería fuegos, contemplaría crecer la hierba, escucharía el viento y tomaría la espuma al vuelo para esparcirla. Multiplicaría no los juicios, sino los signos de existencia; los llamaría, los sacaría de su sueño. ¿Los inventaría en ocasiones? Tanto mejor, mucho mejor. La crítica por sentencias me adormece. Me gustaría una crítica por centelleos imaginativos, no sería soberana ni vestida de rojo. Llevaría el relámpago de las tormentas posibles.

MICHEL FOUCAULT. "El filósofo enmascarado".

Decires

¿Cómo estimar y valorar la impronta de la teoría biopolítica en el campo de los estudios literarios? La pregunta atañe no sólo al potencial transversal del pensamiento de Michel Foucault, su fundador, sino también, y de modo muy sugerente, al valor y el peso que han tenido el decir político y el decir filosófico en nuestro ámbito disciplinar en las últimas décadas. Ciertamente, para nosotros —quiero decir, para aquellos que nos interesamos por el pensamiento literario, por ese particular modo de significar que tienen las ficciones, las reflexiones, los juegos de lenguaje que se producen en el marco, y también en los márgenes, de "esa extraña institución llamada literatura" (Derrida)— todo decir literario es, al mismo tiempo, un decir político y filosófico. O, mejor, un decir que no puede ser sino político y filosófico, por cuanto su tarea primordial —voluntaria e involuntaria— es tocar y modificar los bordes, explorar las grietas del sentido.

Cómo citar el epílogo:

Yelin, J. 2020. *Biopoéticas para las biopolíticas. El pensamiento literario latinoamericano ante la cuestión animal.* Pp. 153-162. Pittsburgh, Estados Unidos: Latin America Research Commons. DOI: https://10.25154/book4. Licencia: CC BY-NC 4.0.

¿Cómo designar, si no, esa potencia transformadora de la palabra litera-ria, su capacidad de trastocar todos los valores —incluso los asumidos como propios—, de desdibujar los límites que organizan nuestro pensamiento: lo humano y lo animal, lo individual y lo colectivo, lo racional y lo irracional, lo real y lo imaginario, lo masculino y lo femenino, lo vivo y lo muerto? En una entrevista de finales de los años ochenta, Jacques Derrida caracterizaba a la literatura precisamente como ese ámbito capaz de desbordarse a sí mismo, como el espacio propiciador no solo de una ficción instituida, sino de una institución ficticia.[110] Unos años antes, en una conversación con Shigehiko Hasumi, el propio Foucault reflexionaba sobre su creciente interés en las escri-turas que se producen en los bordes de la institución, ya sea hacia "afuera" —el lenguaje anónimo, de todos los días— como en los intersticios disciplinares. Allí se refería a una serie de escritores que no escriben filosofía ni literatura y en cuya obra —cito— "es el pensamiento el que está a punto de hablar, el pensamiento, en cierto modo, siempre más allá y más acá del lenguaje, esca-bulléndose del lenguaje" (152). Foucault reconoce haberse interesado siempre por esa "relación enormemente curiosa de encadenamientos, de superacio-nes recíprocas, de entrelazamientos y desequilibrios entre el pensamiento y el discurso [...]" (Foucault 1999a, 152). En algunos pasajes de los trabajos que integran este libro me propuse calibrar las posibilidades de un concepto que permitiera examinar esos umbrales. Aunque, ciertamente, estos han sido horadados desde los años sesenta por la corriente crítica de los estudios cul-turales y por los desarrollos en el ámbito de las llamadas "posthumanidades", siguen funcionando de modo evidente en la formulación misma de los temas y asuntos de la crítica (literatura y política, literatura y filosofía), poniendo en evidencia las resistencias propias de los hábitos disciplinares. Procuré evaluar la potencialidad teórico-crítica de la biopoética, noción capaz de integrar y hacer visible la problemática de la emergencia de lo viviente en la escritura literaria, evitando el riesgo de pérdida y aplanamiento que suele acarrear el préstamo conceptual. Biopoética podría, en efecto, funcionar como un sus-tantivo, es decir que eventualmente cumpliría una función similar a la que cumple la biopolítica —que integra y pone en diálogo el pensamiento onto-lógico y político de la vida—,[111] pero incluyendo dentro de sí, asimismo, ese

---

[110] "El espacio literario es no sólo el de una ficción instituida, sino el de una institución ficticia que en principio le permite a uno decirlo todo. Decirlo todo es, sin duda, reunir, a través de la traducción, todas las figuras en una, totalizar formalizando, pero decirlo todo es también franquear [franchir] prohibiciones. Liberarse [s'affranchir] uno mismo —en todos los campos en que la ley puede hacer a la ley. La ley de la literatura tiende, en principio, a desafiar o a anular la ley. Eso permite, por consiguiente, pensar la esencia de la ley en la experiencia de ese 'todo por decir'. Es una institución que tiende a desbordar la institución" (Derrida 2017, 117).
[111] El propio Roberto Esposito señala en la noción de biopolítica foucaultiana una distinción que su pensamiento procura desdibujar. En una entrevista que le realizó

particular modo de aproximarse a lo real que tiene el decir literario y, por qué no, el decir artístico en general. La biopoética albergaría, así, toda práctica creadora y crítica que problematizara de algún modo la relación vida-lenguaje y que, por tanto, integrara elementos discursivos y no discursivos, humanos y no humanos, individuales y transindividuales.

Ahora bien, es necesario precisar que con "decir literario" no aludo a un modo específico de representación ni de estetización de lo viviente, en la medida en que el propósito es deslindar lo literario del horizonte discursivo y valorativo de la estética. Se trata en cambio de la elaboración de una forma otra de pensamiento. Una forma capaz, por su carácter autorreflexivo, de establecer un diálogo eficaz y productivo tanto con el decir político como con el decir filosófico. La biopoética se plantea, entonces, como un campo de reflexión acerca de esa potencia de desborde institucional y disciplinar que habita en el pensamiento literario de la vida. Comparte, en este aspecto, una inquietud que atraviesa a la teoría literaria de las últimas décadas, pero con la particularidad de establecer un vínculo explícito con el pensamiento filosófico-político de la vida, esto es, con la idea de que lo humano es una conceptualización historiable y de que la definición del hombre como "sujeto de lenguaje" no supone la constatación de una propiedad diferencial, sino el reconocimiento de un límite —eso que Giorgio Agamben ha llamado el *experimentum linguae*: la certeza de que hay lenguaje y de que no podemos representarlo— (Agamben 2001, 217-219).

Por otro lado, la noción de biopoética operaría como adjetivo, es decir, como cualidad de una práctica creativa, sea esta de naturaleza ensayística o ficcional. Sería posible hablar, en este sentido, de narrativas biopoéticas, procedimientos biopoéticos o de una teoría y una crítica biopoéticas. Todas estas fórmulas comparten un interés especial por la relación entre vida, cuerpo y escritura que es decisiva para la conformación de una perspectiva de estudio no antropocéntrica. La literatura, desde este punto de vista, lee el mundo con "los ojos del cuerpo". Esta fórmula fue tomada por Roberto Esposito de la *Ciencia nueva* de Giambattista Vico; con ella da cuenta de una forma de aproximación a lo real que no es sino la elaboración filosófica de una sospecha

---

Mario Goldenberg, es interrogado acerca de los rasgos que distinguen su idea de la biopolítica de la propuesta por Foucault, a lo que responde: "Naturalmente, yo mismo partí de las investigaciones fundamentales de Foucault sobre la relación entre política y vida biológica. La diferencia está en el hecho de que los dos términos de 'bios' y 'política' en Foucault son entendidos inicialmente como separados y sólo sucesivamente unidos en una relación de dominio que somete el uno al otro, mientras que yo he buscado pensarlos juntos desde el comienzo. La categoría mediante la cual me fue posible realizar esta operación es la de 'inmunización'. Construido sobre la base del derecho y de la biología, el concepto de inmunización me ha proporcionado la llave para superar el impasse de Foucault sobre la relación entre soberanía y biopolítica. Como así también para reconocer, en el interior de la categoría de biopolítica, una diferencia entre tanatopolítica y biopolítica afirmativa" (Esposito 2014).

respecto de la razón como forma privilegiada de conocimiento y un distanciamiento respecto de la idea de lo propio en favor de la de lo común.[112] La biopoética propone, así, una mirada que, por un lado, desplaza el centro del análisis de lo humano a lo vital —entendido esto último como una realidad que atañe también a la dimensión física, material de la existencia— y, por otro, que entiende esa materialidad corporal como una zona de disputa sujeta a reelaboraciones. Una realidad que no puede ser considerada como una mera cosa, pero que tampoco se identifica de modo pleno con la persona, y que es, al mismo tiempo, compartida, y condición de posibilidad de la emergencia de formas de vida singulares. Ese cuerpo transindividual, cargado de ambivalencia que necesita, como apunta Esposito, de una redefinición filosófica y jurídica,[113] reclama también, puede inferirse, la intervención del decir literario; ¿por qué acaso no habría de participar la escritura literaria, en todas sus manifestaciones, de esa exploración conceptual?

Resulta, por tanto, estimulante considerar al adjetivo biopoético/a no sólo un atributo del pensamiento crítico sino también un modo de intervención de las ficciones. En la segunda parte de este libro procuré analizar cómo, en las últimas décadas, y paralelamente al desarrollo del pensamiento biopolítico europeo, en América Latina se escribieron y siguen escribiendo ficciones en las que la noción de vida es asediada, complejizada, transmutada, y en las que el cuerpo —biológico y social— se convierte en un campo de experimentación, sujeción y resistencia. La literatura se convierte, así, en una máquina de pensar lo viviente como continuo que se desliza bajo el lenguaje y que resiste, entre otras, la violencia taxonómica del discurso de la especie.

---

[112] En *Las personas y las cosas*, Esposito recupera el pensamiento de Giambattista Vico en torno de la relación entre cuerpo y conciencia, y lo utiliza para argumentar la centralidad del cuerpo en la mediación entre las personas y las cosas. "Solo el cuerpo es capaz de llenar el hueco que miles de años de derecho, teología y filosofía han cavado entre las cosas y las personas, poniendo unas a disposición de las otras" (2016, 118).

[113] "Desde cualquier ángulo que se considere la cuestión, seguimos enredados en una serie de paradojas que parecen impedirnos llegar a una conclusión. El hecho de que el cuerpo pueda ser reducido a una cosa es contrario a nuestra sensibilidad, pero la idea de que sea siempre equivalente a la persona contrasta con la lógica. La dificultad para resolver el problema nace evidentemente de un léxico jurídico todavía basado en la división entre personas y cosas; una división que ya no se sostiene ante las extraordinarias transformaciones que estamos experimentando en el presente. El cuerpo humano, en su condición prominente respecto a ambas categorías, es un testimonio de esta inadecuación conceptual. No sólo es imposible clasificarlo como persona o como cosa, sino que, en las cuestiones siempre nuevas que plantea el derecho, muestra la necesidad urgente de una reformulación" (Esposito 2016, 101).

Biopoetizar

Ahora bien, como sustantivo o como adjetivo, a la biopoética se le plantean algunos problemas metodológicos de primer orden. ¿Cómo y con qué herramientas críticas abordar sus corpus? ¿Cómo evitar recaer en caracterizaciones que cristalicen o disminuyan la potencia destituyente (Agamben 2017a, 469-495) de la noción de vida? ¿Qué talante crítico —qué tipo de escritura— impone un objeto tan complejo y evasivo? Sería deseable, para empezar, concebir a la biopoética como una práctica regida por la curiosidad, en el sentido estricto que Foucault le confirió a la palabra, atendiendo con agudeza a su raíz cura, vale decir, a la evocación del cuidado, de la solicitud que se debe tener "con lo que existe y podría existir" (1999b, 222).[114] Se desprende de esta observación la consideración del carácter virtual de lo viviente, y el doble estímulo que propone ese rasgo al lector/escritor curioso: la posibilidad de emergencia de lo todavía no conocido y el carácter vacilante de esa existencia. En lo que respecta de modo específico al "decir literario", tales estímulos referirían a una especial atención a la potencialidad de la escritura: para el escritor, la percepción de que trabaja con una materia viva, que no es igual a sí misma, que alberga dentro de sí lo impensado como doblez del pensamiento; para el crítico, la relevancia de lo que vive en los textos, el respeto a su precariedad, la voluntad de aprehender, sabiéndolo imposible, los infinitos matices de lo viviente.[115] La biopoética, en definitiva, como un modo de relación curiosa con el lenguaje, una forma activa e inquisitiva de entender la interpretación del mundo y de los textos, un gesto crítico que se identifica con aquello que Esposito, apropiándose del legado foucaultiano y realizando una recreación conceptual, ha caracterizado como biopolítica afirmativa: una política de la vida y no sobre la vida.

En una entrevista que le realizaron hace algunos años Vanessa Lemm y Miguel Vatter, Esposito reflexiona precisamente acerca del lugar de la literatura y del arte en general en el proceso de transformación conceptual originado con el estrechamiento de la relación entre política y vida biológica, tal

---

[114] En la introducción a *El uso de los placeres*, Foucault examina la génesis de su investigación y vuelve sobre la noción de curiosidad: "En cuanto al motivo que me impulsó, fue bien simple. Espero que, a los ojos de algunos, pueda bastar por sí mismo. Se trata de la curiosidad, esa única especie de curiosidad, por lo demás, que vale la pena practicar con cierta obstinación: no la que busca asimilar lo que conviene conocer, sino la que permite alejarse de uno mismo. ¿Qué valdría el encarnizamiento del saber si sólo hubiera de asegurar la adquisición de conocimientos y no, en cierto modo y hasta donde se puede, el extravío del que conoce?" (2003, 14).

[115] "un sentido agudizado de lo real pero que nunca se inmoviliza ante ello, una prontitud en encontrar extraño y singular lo que nos rodea, un cierto encarnizamiento en deshacernos de nuestras familiaridades y en mirar de otro modo las mismas cosas, un cierto ardor en captar lo que sucede y lo que pasa, una desenvoltura a la vista de las jerarquías tradicionales entre lo importante y lo esencial" (Foucault 1999b, 222).

como ha sido señalado y examinado por Foucault en la última etapa de su producción. Sostiene al respecto que no se trata de un cambio abrupto de régimen sino de la formación de nuevos nudos, de la apertura de problemas a los que ya no se puede responder con las viejas categorías. Por eso, afirma, es necesario crear otros instrumentos, implementar otro léxico, generar, en fin, un nuevo horizonte de pensamiento. Ante la pregunta acerca de si es posible reconocer esa búsqueda en otras prácticas y lenguajes que divergen respecto de la tradición filosófica occidental, Esposito responde afirmativamente y alude, a modo de ejemplo, a la deconstrucción del concepto de persona que tiene lugar en la obra de Franz Kafka, a quien considera "un autor poderosamente, trágicamente, biopolítico" (2009, 134). Sumándose a una ya prolífica tradición de filósofos posthumanistas que abrevan en la escritura kafkiana para pensar problemas que no pertenecen estrictamente al campo de los estudios literarios, Esposito observa con agudeza la capacidad de la literatura para adelantarse en la percepción de la caducidad de ciertas ideas, y para proponer formas nuevas:

> La literatura del último siglo, a partir de *El hombre sin cualidades* de Robert Musil hasta las últimas novelas estadounidenses de estos años, es una gran contribución a este cambio de léxico, constituyendo uno de sus puntos focales. El arte en general tiende a preceder a la filosofía que, como bien había visto el viejo Hegel, llega siempre después, como el búho de Minerva. (2009, 134-135)

En efecto, la cuestión de la impersonalidad como fuerza partícipe en todo proceso de subjetivación es abordada con insistencia por la escritura literaria moderna; no es extraño que varios de los llamados "filósofos de la vida" recurran a textos ficcionales para discurrir sobre el asunto, ni que encuentren en el pensamiento literario una fuente rica para la reflexión ética. Así lo hace Gilles Deleuze cuando evoca la figura agonizante de *Nuestro amigo común* de Charles Dickens en "La inmanencia: una vida…", o en su ensayo sobre la fuerza devastadora del lenguaje en la fórmula "preferiría no hacerlo" en *Bartleby el escribiente*, y así también Giorgio Agamben y José Luis Pardo en sus intervenciones sobre el texto de Melville o Jacques Derrida, el propio Deleuze junto a Félix Guattari y Esposito ("Biopolítica" 2019) en sus cavilaciones sobre la obra de Kafka.

Si es posible afirmar que la filosofía llega después, es decir, que la literatura puede preanunciar ciertas transformaciones a través de la imaginación conceptual, esto tiene que vincularse necesariamente a la capacidad del decir literario para pensar el lenguaje desde el lenguaje. En eso se detienen una y otra vez los filósofos lectores de literatura a los que acabo de aludir; y esa reflexión parece señalar de modo insistente el ocaso de la metafísica humanista como paradigma de pensamiento y el surgimiento de formas de teorización sensibles a los juegos de poder y de saber, de los que las "verdades" son efecto. Biopoetizar es pensar en términos de una vida y no en los de la vida, experimentar con nuevas formas de vida que, a su vez, colaborarán en la construcción de nuevos conceptos políticos a través de la generación de contrastes, resistencias, conflictos, en un diálogo que afecta a ambas esferas por igual. Pues no hay modo de deslindar las formas de vida de las formas de pensamiento —así como es imposible discernir, desde esta misma perspectiva, entre lenguaje y experiencia—. El pensamiento literario constituye, por tanto, una fuente conceptual de enorme riqueza: al proponer formas de conocimiento que exceden la esfera racional, la escritura entra en contacto directo con la naturaleza sensible, ambigua, inestable del lenguaje. De ese contacto nacen también las biopolíticas de la interpretación, un horizonte crítico desde el que se piensa el decir literario a contrapelo de las valoraciones imperecederas de la estética.

De esas aproximaciones a la noción de biopoética puede inferirse la relevancia que tiene para el naciente campo el pensamiento foucaultiano, debido a su capacidad de articular problemas y herramientas de modo transdisciplinar a través de la creación de nuevos objetos y formas de abordaje y, fundamentalmente, mediante la introducción del tiempo como variable determinante en el análisis conceptual. Tanto sus reflexiones de los años sesenta sobre el lenguaje y la literatura —que, como bien señala Azucena González Blanco (2005), dialogan productivamente con las diferentes zonas que delinea su trabajo: epistemología, ontología, política, ética— como aquellos correspondientes a la última etapa de su producción —centrados, por un lado, en el estudio del nacimiento de la biopolítica y la labor de su definición conceptual y, por otro, en el proyecto de una genealogía de los procesos de subjetivación—, contribuyen de modo decisivo a la configuración de un campo teórico-crítico abocado a indagar los mecanismos literarios —formales, simbólicos, políticos, conceptuales— de producción textual de lo viviente; esto es, a la creación literaria de un pensamiento no antropocéntrico de la vida. El pensamiento foucaultiano impulsa a imaginar un nuevo campo crítico y un modo de aproximación a él a través de una reflexión acerca de las transformaciones sufridas por los vínculos entre escritura, subjetividad y verdad. Si se piensa en las dos grandes hipótesis que rigieron esa relación desde la "invención" moderna de la literatura —la visión humanista, que entiende a la escritura como reflejo de la mentalidad y la afectividad de un autor, materializados en la noción de "estilo"; y la estructuralista, que saca del juego a la figura del autor para instituir la verdad del texto— resulta estimulante la idea de una perspectiva que incorpore los aportes foucaultianos tardíos en torno de la subjetividad, los cuales incluyen, evidentemente, un reenfoque de la noción de vida. Al introducir al análisis las "técnicas de sí", se contempla la posibilidad de entender la vida no sólo como campo de experimentación y sujeción de las técnicas gubernamentales, sino también como un espacio de resistencia —una resistencia que por supuesto es ciega, impersonal y en ningún caso voluntarista—, es decir, de avizorar en ella el germen del cambio; la posibilidad de que una biopolítica afirmativa pueda, al menos, dar batalla.

Batallas

La reintroducción del problema de la verdad en el campo de los estudios literarios —un concepto tan vapuleado por la teoría— es relevante en la medida
en que permite abordar la dinámica de reproducción-recreación en la que las
formas de vida se constituyen como tales. Si se sostiene y se pone a prueba
la hipótesis de que la escritura es capaz de colaborar activamente en el pensamiento de nuevas formas de vida, es decir, de que puede abrir un espacio
de libertad concreta, entonces su vínculo con la verdad —en calidad de figura
del pensamiento— se presenta como crucial. En la relación entre las prácticas
creadoras —ya se trate de la invención de personajes y argumentos, de procedimientos narrativos o poéticos, o de figuraciones de autor— y toda una serie
de convenciones y modos de hacer que dependen del uso de la palabra verídica
—la que hace posible que las cosas y las personas sean algo en lugar de nada—
se fraguan las posibilidades de vida. Vale decir, en los restos de las batallas
que se libran entre los procesos de subjetivación (metonímicos) y las figuras
de la verdad (metafóricas). Esas batallas son operaciones del pensamiento; la
biopoética las entiende como la invención de posibilidades vitales y como ejercicios que son a un tiempo artísticos, filosóficos y políticos.

Escribir es, entonces, dar batallas. Batallas que no se enmarcan en una doc-
trina revolucionaria totalizadora, que no son programáticas y a veces ni siquiera
conscientes, pero que, sin embargo, tienen poderes transformadores. Por eso las
luchas de sí, esas técnicas, intervenciones y prácticas sobre el cuerpo, el pensamiento y las conductas que Foucault describió en sus últimos seminarios —*La
hermenéutica del sujeto (1981-1982)*; *El gobierno de sí y de los otros (1982-1983)*
y *El coraje de la verdad. El gobierno de sí y de los otros II (1983-1984)*—, pueden
ser pensadas como el motor de la biopoética. Prácticas que, además, instituyen
espacios nuevos, diferentes. No es casual, pues, que a Foucault le haya gustado
pensarse como escritor y, más aún, como fabulador. En una entrevista de 1977
con Lucette Finas afirmó no haber escrito más que ficciones; esta declaración,
ciertamente provocadora, es especialmente relevante en la medida en que está
ligada a su noción de verdad: "No quiero decir, sin embargo, que esté fuera de
la verdad. Me parece que existe la posibilidad de hacer funcionar la ficción en
la verdad; de inducir efectos de verdad con un discurso de ficción, y hacer así
que el discurso de verdad suscite, 'fabrique' algo que no existe aún, vale decir,
hacer que 'ficcione'" (1977, 6).[116]

Puede que este breve pasaje constituya una de sus declaraciones metodológicas más significativas, al menos en lo que concierne a nuestro campo de estudio.
El decir literario, su licencia ficcionadora, es reivindicado como capaz de habitar la verdad y expandirla, alterarla. Foucault sigue de cerca, así, como observa
Miguel Morey, "los pasos del quehacer de Nietzsche tras su descubrimiento

---

[116] La traducción es mía.

del porvenir literario de la filosofía" (1999, 16). Ensayo y ficción, es decir, las dos vertientes críticas fundamentales de la biopoética, encuentran en la obra foucaultiana una forma escritural y metodológica acabadas, ligadas por una concepción de verdad que abraza la creación y la experimentación sin renunciar al desafío del rigor conceptual. Una verdad viva, en movimiento, de la que participa activamente el trabajo de escritura. Foucault mismo lo sintetiza con claridad en el prólogo al segundo tomo de su *Historia de la sexualidad*: "El 'ensayo' —que hay que entender como prueba modificadora de sí mismo en el juego de la verdad y no como apropiación simplificadora del otro con fines de comunicación— es el cuerpo vivo de la filosofía, si por lo menos ésta es todavía hoy lo que fue, es decir una 'ascesis', un ejercicio de sí en el pensamiento" (15).

Como los ensayistas, los escritores de ficción se preguntan qué trabajo deberían llevar a cabo sobre sí mismos; y, más aún, ¿qué hacer con la propia vida? No, claro, con la vida discursivisada, estetizada, con la vida narrable, sino ¿qué hacer con esa vida impropia, anónima, con la vida-cuerpo, con la vida muda? ¿Qué hacer, en fin, con el resto inenarrable, insubjetivable de lo que somos? O, más derridianamente: ¿qué hacer en la escritura con el sí mismo en tanto animal? Esa es la pregunta que habilita el y al pensamiento biopoético. Las respuestas están en la escritura y sólo es posible acceder a ellas mediante la escritura. Tal vez ese sea el aporte fundamental del decir literario a los decires político y filosófico: la propuesta de una hermenéutica de la creación. Pero hay también una respuesta ética: el pensamiento literario tiene algo que decir al pensamiento biopolítico en lo que atañe a su miedo de devenir tanatopolítica. En cuanto, como señala Esposito, "la tanatopolítica siempre ha procedido definiendo los umbrales absolutos dentro del bíos y desplazando cada vez estos umbrales" (2009, 139). Sabemos, por la experiencia histórica del siglo xx y por lo que hemos atravesado en lo que va del xxi, que cualquier individuo puede quedar excluido de la zona de protección política de la vida. La labor del pensamiento debe encaminarse, por tanto, a promover, a través de la reactualización —reinvención, reescritura— de la vida animal del ser humano, un pensamiento de la distinción que no se sirva de los umbrales absolutos, sino que permita aprehender la infinita diferencia entre cada vida singular y todas las demás.[117]

Si el pensamiento biopolítico producido en la actualidad se orienta hacia aquello que Esposito imagina como una biopolítica afirmativa en la que *bíos* y *zoé* puedan, aunque sea en el ámbito de lo imaginario, rearticularse, donde cuerpo y mente, salud y enfermedad sean imposibles de deslindar, entonces no debería descuidar el diálogo con el pensamiento biopoético. Este, por su parte,

---

[117] Se trata de un núcleo, recuerda Esposito, que aparece también en el pensamiento de Deleuze: "la relación entre impersonalidad y diferencia, entre el devenir animal y la multiplicidad. Solamente algo que es definido en términos impersonales, como la animalidad, produce la posibilidad de pensar la singularidad de una vida que valga como cualquier otra, precisamente porque es diferente de cualquier otra" (Esposito 2006c, 139).

tendrá que ir delineando con mayor claridad sus intereses, poniendo a prueba sus hipótesis y caracterizando las modalidades específicas de sus decires. Los escritores, desde Kafka por lo menos, avanzan en ese camino. La crítica literaria, por su parte, parece tener mayores dificultades para desprenderse de la matriz discursiva del humanismo. Si asume el compromiso de dejar de juzgar y sentenciar, es decir, si abandona finalmente a la estética como horizonte fundamental de pensamiento para, como ha dicho Foucault, abocarse a oír el decir literario, a "hacer existir una obra, un libro, una frase, una idea", podrá reconciliarse con la invención, con los "centelleos imaginativos" que, en definitiva, son los que producen los conceptos, los que recrean el léxico, los que hacen teoría. Así llevará consigo —tal vez la biopoética tenga esa suerte— "el relámpago de las tormentas posibles" (Foucault 1999b, 220).

Sobre la autora

Julieta Yelin es graduada de la carrera de Letras de la Universidad Nacional de Rosario, obtuvo el Diploma de Estudios Avanzados del Doctorado en Estudios de Lenguas y Literaturas Comparadas en el Ámbito Románico de la Universidad de Barcelona y un doctorado en Humanidades con mención en Literatura por la Universidad Nacional de Rosario. Actualmente se desempeña como investigadora adjunta del Consejo Nacional de Investigaciones Científicas y Técnicas de Argentina en el Instituto de Estudios Críticos en Humanidades (IECH). Ha publicado artículos y ensayos sobre escritura y animalidad en la literatura latinoamericana contemporánea y también, más recientemente, sobre las vinculaciones entre teoría literaria y pensamiento posthumanista. Es autora de *La letra salvaje. Ensayos sobre literatura y animalidad* (Beatriz Viterbo Editora, 2015) y editora, en colaboración con Elisa Martínez Salazar, del volumen *Kafka en las dos orillas. Antología de la recepción crítica española e hispanoamericana* (Prensas de la Universidad de Zaragoza, 2013). Desde 2017 dirige el *Boletín* del Centro de Estudios de Teoría y Crítica Literaria de la Facultad de Humanidades y Artes de la Universidad Nacional de Rosario e integra desde su fundación el Consejo Editorial de la revista electrónica *Badebec* (http://www.badebec.org).

Sobre Latin America Research Commons

Latin America Research Commons (LARC) es el sello editorial de Latin American Studies Association (LASA), fundado con el fin de contribuir a la difusión del conocimiento a través de la publicación de libros académicos relacionados a los Estudios Latinoamericanos.

Sus principales lenguas de publicación son el español y el portugués, y su objetivo es garantizar que los investigadores alrededor del mundo puedan encontrar y acceder a la información que necesiten, sin barreras económicas o geográficas.

Directora ejecutiva de LASA
Milagros Pereyra Rojas

Editores Principales
Florencia Garramuño
Philip Oxhorn

Comité Editorial
Natalia Majluf
João Jose Reis
Francisco Valdés Ugalde
Alejo Vargas V.

Comité Editorial Honorario – Premiados Kalman Silvert
Wayne A. Cornelius
Lars Schoultz
Carmen Diana Deere
Julio Cotler †
Richard Fagen
Manuel Antonio Garretón
June Nash
Marysa Navarro
Peter Smith

Productora editorial
Julieta Mortati

Bibliografía

AA. VV. 2001-2010. "La recepción del pensamiento de Nietzsche en la Argentina" (dosieres I, II, III, IV, V y VI). *Instantes y azares*, 1-8.

AA. VV. 2007. "Mario Bellatin: ritos y ceremonias", entrevista a Mario Bellatin. *Los asesinos tímidos*, 8 [https://bit.ly/2RWdm24].

Agamben, Giorgio. 1990. *La comunidad que viene*. Valencia: Pre-Textos.

Agamben, Giorgio. 2001. "Experimentum linguae". *Infancia e historia. Ensayo sobre la destrucción de la experiencia*. Buenos Aires: Adriana Hidalgo, 207-219.

Agamben, Giorgio. 2003. *Homo Sacer I. El poder soberano y la nuda vida*. Valencia: Pre-Textos.

Agamben, Giorgio. 2005a. *El hombre sin contenido*. Barcelona: Áltera.

Agamben, Giorgio. 2005b. "Magia y felicidad". *Profanaciones*. Barcelona: Anagrama, 23-35.

Agamben, Giorgio. 2005c. "El ser especial". *Profanaciones*. Barcelona: Anagrama, 69-75.

Agamben, Giorgio. 2005d. *Lo abierto. El hombre y el animal*. Valencia: Pre-Textos.

Agamben, Giorgio. 2017a. "Forma-de-vida". *El uso de los cuerpos*. Buenos Aires: Adriana Hidalgo, 347-467.

Agamben, Giorgio. 2017b. *El uso de los cuerpos. Homo Sacer IV, 2*. Buenos Aires: Adriana Hidalgo.

Agamben, Giorgio, Gilles Deleuze, José Luis Pardo & Herman Melville. 2000. *Preferiría no hacerlo. Bartleby el escribiente seguido de tres ensayos sobre Bartleby de Gilles Deleuze, Giorgio Agamben y José Luis Pardo*. Valencia: Pre-Textos.

Anderson, Sherwood. 2009. "La victoria del huevo". *Cuentos reunidos*. Barcelona: Lumen.

Azaretto, Julia. 2009. "Entrevista a Mario Bellatin". *La clé des langues* [https://bit.ly/3eLm7Wn].

Baker, Steve. 2003. "Sloughing the Human", en Wolfe, C. (ed.), *Zoontologies. The Question of the Animal*. Minneapolis: University of Minnesota Press, 147-64.

Baker, Steve. 2013. *Artist/Animal*. Minneapolis: University of Minnesota Press.

Barrientos, Maximiliano. 2018. *En el cuerpo una voz*. Buenos Aires: Eterna Cadencia.

Barthes, Roland. 1983. *El placer del texto seguido por Lección inaugural*. Madrid: Siglo XXI.

Barthes, Roland. 1987. "Los jóvenes investigadores", *El susurro del lenguaje. Más allá de la palabra y la escritura*. Barcelona: Paidós.

Barthes, Roland. 2003. "El secreto de Kafka". *Ensayos críticos*. Buenos Aires: Seix Barral.

Barthes, Roland. 2005. *La preparación de la novela. Notas de cursos y seminarios en el Collège de France, 1978-1979 y 1979-1980*. Buenos Aires: Siglo XXI.

Belinsky, Jorge. 2000a. *Lo imaginario: un estudio*. Buenos Aires: Nueva Visión.

Belinsky, Jorge. 2000b. *Bombones envenenados y otros ensayos sobre imaginario, cultura y psicoanálisis*. Barcelona: Ediciones del Serbal.

Bell, Quentin. 1972. *Virginia Woolf: A Biography*, vol. 2. New York: Harcourt.

Bellatin, Mario. 2013. *Obra reunida*. Madrid: Alfaguara.

Benjamin, Walter. 1967. "Franz Kafka. En el décimo aniversario de su muerte". *Ensayos escogidos*. Buenos Aires: Sur.

Bensaude-Vincent, Bernadette. 2012. "Vies d'objets. Sur quelques usages de la biographie pour comprendre les technosciences". *Critique 781-782: Biographies. Modes d'emploi*, 588-598.

Berger, John. 2001. "¿Por qué miramos a los animales?". *Mirar*. Barcelona: Gustavo Gili, 9-31.

Bescós, Paco. 2013. "Entrevista al escritor Iosi Havilio". *Suburbano* [https://bit.ly/3avdBHV].

Borisonik, Hernán & Fernando Beresñak. 2012. "Bíos y zoé: una discusión en torno a las prácticas de dominación y a la política". *Astrolabio. Revista internacional de filosofía*, 13, 82-90.

Braidotti, Rosi. 2018. *Por una política afirmativa. Itinerarios éticos*. Barcelona: Gedisa.

Breu, Christopher. 2014. *Insistence of the Material. Literature in the Age of Biopolitics*. Minneapolis: University of Minnesota Press.

Broglio, Ron. 2011. *Surface Encounters. Thinking with Animals and Art*. Minneapolis: University of Minnesota Press.

Calarco, Matthew. 2008. *Zoographies. The Question of the Animal from Heidegger to Derrida*. New York: Columbia University Press.

Catelli, Nora. 2015. "Retórica y jergas en la crítica contemporánea", *452ºF*, 12, 30-40.

Cooke, Brett & Frederick Turner. 1999. *Biopoetics. Evolutionary Explorations in the Arts*. Paragon House.

Cote Botero, Andrea. 2014. "Mario Bellatin: el giro hacia el procedimiento y la literatura como proyecto". *Publicly Accessible Penn Dissertations*, paper 1244 [https://bit.ly/2VTVyWD].

Cragnolini, Mónica (comp). 2008. *Extrañas comunidades. La impronta nietzscheana en el debate contemporáneo*. Buenos Aires: La Cebra.

Cragnolini, Mónica. 2010. "Animales kafkianos: el murmullo de lo anónimo", AA. VV., *Kafka: preindividual, impersonal, biopolítico*. Buenos Aires: La Cebra, 99-120.

Cragnolini, Mónica. 2014. "Extraños animales: la presencia de la cuestión animal en el pensamiento contemporáneo". *Revista Latinoamericana de Estudios Críticos Animales*, año 1, vol. 2, 6-20.

Dalmaroni, Miguel. 2013. "Algo más sobre el 'lector común'", *Bazar Americano* [https://bit.ly/2xR5sQM].

Dalmaroni, Miguel. 2015. "Resistencias a la lectura y resistencias a la teoría. Algunos episodios en la crítica literaria latinoamericana", *452ºF*, 12, 42-62.

De Man, Paul. 1986. "La resistencia a la teoría", Nara Araujo, *Textos de teorías y crítica literarias (del formalismo a los estudios poscoloniales)*. Barcelona: Anthropos.

De Man, Paul. 1990. *La resistencia a la teoría*. Madrid: Visor.

Deleuze, Gilles. 1987. *La imagen-tiempo. Estudios sobre cine*, vol. 2. Buenos Aires: Paidós.

Deleuze, Gilles. 1996. *La literatura y la vida*. Córdoba: Alción.

Deleuze, Gilles. 2002. *Francis Bacon. Lógica de la sensación*. Madrid: Arena Libros.

Deleuze, Gilles. 2006. "Michel Foucault", *Conversaciones*. Valencia: Pre-Textos, 33-165.

Deleuze, Gilles. 2007. "La inmanencia: una vida…", *Ensayos sobre biopolítica. Excesos de vida*, Gabriel y Fermín Rodríguez (eds.). Buenos Aires: Paidós, 35-40.

Deleuze, Gilles & Félix Guattari. 1988a. "1730. Devenir-intenso, devenir-animal, devenir-imperceptible…", *Mil mesetas. Capitalismo y esquizofrenia*. Valencia: Pre-Textos, 239-315.

Deleuze, Gilles & Félix Guattari. 1988b. "28 noviembre 1947 - ¿Cómo hacerse un cuerpo sin órganos?", *Mil mesetas. Capitalismo y esquizofrenia*. Valencia: Pre-Textos.

Derrida, Jacques. 2005. "Hay que comer, o el cálculo del sujeto" (entrevista con J.-L. Nancy), *Derrida en castellano* [https://bit.ly/3eJbkfG].

Derrida, Jacques. 2008. *El animal que luego estoy si(gui)endo*. Madrid: Trotta.

Derrida, Jacques. 2017. "Esa extraña institución llamada literatura". *Boletín 18*, 115-150.

Di Giorgio, Marosa. 2008. *Los papeles salvajes*. Buenos Aires: Adriana Hidalgo.

Di Giorgio, Marosa. 2010. *No develarás el misterio. Entrevistas*. Buenos Aires: El Cuenco de Plata.

Dosse, François. 2007. *La apuesta biográfica. Escribir una vida*. Valencia: Publicacions de la Universitat de València.

Durand, Gilbert. 1982. "Los rostros del tiempo", *Las estructuras antropológicas de lo imaginario: introducción a la arquetipología general*. Madrid: Taurus.

Eagleton, Terry. 1996. *Literary Theory: an Introduction*. Malden: Blackwell.

Echavarren, Roberto. 1992. "Marosa di Giorgio, última poeta del Uruguay", *Revista Iberoamericana*, v. 58, n.º 160-161, 1103-1115.

Echavarren, Roberto. 2014. "Devenir intenso: Marosa di Giorgio", *Agulha. Revista de cultura* [https://bit.ly/2RZNtOZ].

Eltit, Diamela. 2010. *Impuesto a la carne*. Buenos Aires: Eterna Cadencia.

Esposito, Roberto. 2006a. *Bíos. Biopolítica y filosofía*. Buenos Aires: Amorrortu.

Esposito, Roberto. 2006b. *Categorías de lo impolítico*. Buenos Aires: Katz.

Esposito, Roberto. 2006c. "Biopolítica y filosofía", *La Nación*, 17 de diciembre [https://bit.ly/2RYqxQf].

Esposito, Roberto. 2009. "Biopolítica y filosofía: (Entrevistado por Vanessa Lemm y Miguel Vatter)", *Revista de filosofía política*, vol. 29, n.º 1, 133-141.

Esposito, Roberto. 2011. *El dispositivo de la persona*. Buenos Aires: Amorrortu.

Esposito, Roberto. 2014. "Entrevista a Roberto Esposito", por Mario Goldenberg, blog de Mario Goldenberg [https://bit.ly/3cIsjwu].

Esposito, Roberto. 2015. *Pensamiento viviente. Origen y actualidad de la filosofía italiana*. Buenos Aires: Amorrortu.

Esposito, Roberto. 2016. *Las personas y las cosas*. Buenos Aires: Katz-Eudeba.

Fink, Eugen. 1979. "La 'metafísica de artista'", *La filosofía de Nietzsche*. Madrid: Alianza.

Foucault, Michel. 1977. "Les rapports de pouvoir passent à l'intérieur des corps", *La Quinzaine littéraire*, 247, 4-6.

Foucault, Michel. 1979. *Microfísica del poder*. Madrid: Edisa.

Foucault, Michel. 1997. "On the Genealogy of Ethics: An Overview of Work in Progress", *Ethics: Subjectivity and Truth. The Essentials Works of Michel Foucault 1954-1984*, vol. 1 (Paul Rabinow ed.). New York: The New Press, 253-280.

Foucault, Michel. 1999a. "De la arqueología a la dinástica", *Estrategias de poder. Obras esenciales*, vol. II. Buenos Aires: Paidós, 145-57.

Foucault, Michel. 1999b. "El filósofo enmascarado", *Estética, ética y hermenéutica. Obras esenciales*, vol. III. Buenos Aires: Paidós, 217-24.

Foucault, Michel. 2002. *Historia de la sexualidad. 1. La voluntad de saber*. Buenos Aires: Siglo XXI.

Foucault, Michel. 2003. *Historia de la sexualidad. 2. El uso de los placeres*. Buenos Aires: Siglo XXI.

Foucault, Michel. 2005. *La hermenéutica del sujeto. Curso del Collège de France (1982)*. Madrid: Akal.

Foucault, Michel. 2007. "La vida: la experiencia y la ciencia". Gabriel Giorgi & Fermín Rodríguez (comp.), *Ensayos sobre biopolítica. Excesos de vida*. Buenos Aires: Paidós, 42-58.

Foucault, Michel. 2008. *Tecnologías del yo y otros textos afines*. Buenos Aires: Paidós.

Foucault, Michel, 2009. *El gobierno de sí y de los otros. Curso en el Collège de France (1982-1983)*. Buenos Aires: Fondo de Cultura Económica.

Foucault, Michel. 2010. *El coraje de la verdad*. Buenos Aires: Fondo de Cultura Económica.

Foucault, Michel. 2015. *La gran extranjera. Para pensar la literatura*. Buenos Aires: Siglo XXI.

Galiazo, Evelyn. 2011. "El giro animal", *Pensamiento de los confines*, 27, 97-108.

Galiazo, Evelyn. 2010. "Patas arriba. Lenguaje, animalidad y animalización en los cuentos de Kafka", *Kafka: preindividual, impersonal, biopolítico*. Buenos Aires: La Cebra, 121-141.

Gandolfo, Elvio. 1987. "Prólogo", *Uhart, Hebe. Camilo asciende*. Buenos Aires: Torres Agüero.

Garbatzky, Irina. 2008. "Un cuerpo poético para Marosa di Giorgio", *Orbis Tertius 14* [https://bit.ly/34ZP6BG].

Gardner, Kate. 2014. "This is Mad, and I Promise. All those Words", *Nose in a book* [https://bit.ly/2KqqcBz].

Garramuño, Florencia. 2015. *Mundos en común. Ensayos sobre la inespecificidad en el arte*. Buenos Aires: Fondo de Cultura Económica.

Giordano, Alberto. 2006. *Una posibilidad de vida. Escrituras íntimas*. Rosario: Beatriz Viterbo.

Giordano, Alberto. 2007. "Cultura de la intimidad y giro autobiográfico en la literatura argentina actual", *Rayando los confines*, 21 [https://bit.ly/3bulIWo].

Giordano, Alberto. 2008. *El giro autobiográfico en la literatura argentina actual*. Buenos Aires: Mansalva.

Giordano, Alberto. 2011a. *La contraseña de los solitarios. Diarios de escritores*. Rosario: Beatriz Viterbo.

Giordano, Alberto. 2011b. *Vida y obra. Otra vuelta al giro autobiográfico*. Rosario: Beatriz Viterbo.

Giordano, Alberto. 2015. "La resistencia a la ironía. Notas desde (hacia) los ensayos de Borges", *Variaciones Borges 40*, 99-113.

Giorgi, Gabriel. 2014a. *Formas comunes. Animalidad, cultura, biopolítica*. Buenos Aires: Eterna Cadencia.

Giorgi, Gabriel. 2014b. "La lección animal: pedagogías queer", *Formas comunes. Animalidad, cultura, biopolítica*. Buenos Aires: Eterna Cadencia, 237-277.

Giorgi, Gabriel & Fermín Rodríguez (comps.). 2007. *Ensayos sobre biopolítica. Excesos de vida*. Buenos Aires: Paidós.

Giorgi, Gabriel & Fermín Rodríguez. 2009. "Prólogo", *Ensayos sobre biopolítica. Excesos de vida*. Buenos Aires: Paidós, 9-34.

Giorgi, Gabriel & Fermín Rodríguez. *Formas comunes. Animalidad, cultura, biopolítica*. Buenos Aires: Eterna Cadencia.

González Blanco, Azucena. 2005. *El logos doble. Una introducción al pensamiento estético-literario de Michel Foucault*, tesis de doctorado. Universidad de Granada [https://bit.ly/34Y33jd].

González Blanco, Azucena. 2007. "Foucault y la teoría de la literatura", Boletín 13/14, 1-12.

Grüner, Eduardo. 2004. "Foucault: una política de la interpretación", *Topos y tropos*, 3, 1-9.

Harwicz, Ariana. 2014. *La débil mental*. Buenos Aires: Mar Dulce.

Havilio, Iosi. 2006. *Opendoor*. Buenos Aires: Entropía.

Havilio, Iosi. 2012. *Paraísos*. Buenos Aires: Mondadori.

Kafka, Franz. 2004. "Un informe para una academia", *Relatos completos*. Madrid: Losada.

Laddaga, Reinaldo. 2007. *Espectáculos de realidad. Ensayo sobre la narrativa latinoamericana de las últimas dos décadas*. Rosario: Beatriz Viterbo.

Lautréamont, Conde de. 2001. *Los cantos de Maldoror*. Madrid: Alianza.

Lazzarato, Mauricio. 2000. "Du biopouvoir à la biopolitique". *Multitudes. Revue politique, artistique, philosophique*, 1 [https://bit.ly/3eL6yy0].

Lemm, Vanessa. 2010a. *La filosofía animal de Nietzsche. Cultura, política y animalidad del ser humano*. Santiago de Chile: Universidad Diego Portales, 2010.

Lemm, Vanessa. 2010b. "Animalidad, creatividad e historicidad", *La filosofía animal de Nietzsche. Cultura, política y animalidad del ser humano*. Santiago de Chile: Ediciones Universidad Diego Portales, 209-249.

Lemm, Vanessa. 2013a. "La encarnación de la verdad y la política de la comunidad: Foucault y los cínicos", *Anales del Seminario de Historia de la Filosofía*, v. 30, n.º 2, 527-544.

Lemm, Vanessa. 2013b. "Nietzsche y el umbral biológico de la política moderna. Foucault y la cuestión animal", *Nietzsche y el pensamiento político contemporáneo*. Santiago de Chile: Fondo de Cultura Económica, 171-193.

Levinas, Emmanuel. 2001. "¿Es fundamental la ontología?", *Entre nosotros. Ensayos para pensar en otro*. Valencia: Pre-Textos, 13-23.

Link, Daniel. 2009. "Yo". *No Retornable*, 3 [https://bit.ly/2VUAUpr].

López, María Pía. 2009. *Hacia la vida intensa. Una historia de la sensibilidad vitalista*. Buenos Aires: Eudeba.

Ludmer, Josefina. 2007. "Literaturas postautónomas", *Ciberletras*, 17 [https://bit.ly/3bwvSpD].

Maciel, María Esther. 2008. *O animal escrito. Um olhar sobre a zooliteratura contemporânea*. São Paulo: Lumme Editor.

Maia, Ana Paula. 2009. *Entre rinhas de cachorros e porcos abatidos*. Rio de Janeiro: Record.

Maia, Ana Paula. 2011. *Carvão animal*. Rio de Janeiro: Record.

Maia, Ana Paula. 2013. *De gados e homens*. Rio de Janeiro: Record.

Martínez García, Miguel Ángel (coord.). 2017. Monográfico "Mundo hospital: enfermedad y formas de vida en las sociedades actuales", *Kamchatka*, 10, 5-423.

McGrath, Paula. 2013. "Paradises". *Gorse. Art in words* [http://gorse.ie/paradises/].

McHugh, Susan. 2011. *Animal Stories. Narrating Across Species Lines*. Minneapolis: University of Minnesota Press.

Moraña, Mabel e Ignacio Sánchez Prado (eds.). 2014. *Heridas abiertas. Biopolítica y representación en América Latina*. Madrid/Frankfurt: Iberoamericana Vervuert.

Morey, Miguel. 1999. "Introducción". *Foucault, Michel. Entre filosofía y literatura. Obras esenciales*, volumen I. Buenos Aires: Paidós, 9-24.

Muslip, Eduardo. 2019. "Prólogo", Hebe Uhart, *Cuentos completos*. Buenos Aires: Adriana Hidalgo.

Nietzsche, Friedrich. 1984. *Humano, demasiado humano*. Madrid: Edaf.

Nietzsche, Friedrich. 1996. *Sobre verdad y mentira en sentido extramoral*. Madrid: Tecnos.

Nietzsche, Friedrich. 2001. *La gaya ciencia*. Madrid: Akal.

Nietzsche, Friedrich. 2005. *Más allá del bien y del mal*. Madrid: Alianza.

Nietzsche, Friedrich. 2008. *Fragmentos póstumos (1885-1889)*, vol. IV. Madrid: Tecnos.

Nietzsche, Friedrich. 2010. *Así habló Zaratustra*. Madrid: Edaf.

Norris, Margot. 1985. *Beasts of Modern Imagination. Darwin, Nietzsche, Kafka, Ernst, & Lawrence*. Baltimore: The John Hopkins University Press.

Obeid, Leticia. 2017. "Así hago yo", *Hebe Uhart en Temaikén, conversando con Andrea López* [https://vimeo.com/294696251].

Onfray, Michel. 2002. *Cinismos. Retratos de los filósofos llamados perros*. Buenos Aires: Paidós.

Ostrov, Andrea (coord.). 2016. *Cuerpos, territorios y biopolíticas en la literatura latinoamericana*. Buenos Aires: NJ Editor.

Pál Pelbart, Peter. 2019. "O lugar da literatura na obra de Foucault", *Cult*, 134 [https://bit.ly/2VP9Doi].

Pardo, José Luis. 1996. *La intimidad*. Valencia: Pre-Textos.

Pareyson, Luigi. 1988. *Conversaciones de estética*. Madrid: Antonio Machado.

Revel, Judith. 2009. *Diccionario Foucault*. Buenos Aires: Nueva Visión.

Rilke, Rainer María. 2002. *Elegías de Duino*. Madrid: Visor.

Robert, Marthe. 1969. *Kafka*. Buenos Aires: Paidós.

Rodríguez Rodríguez, Félix. 2006. "Biopolítica, animalidad y el porvenir de los estudios literarios", *Mil Seiscientos Dieciséis*, 11, 289-297.

Rodríguez, Fermín. 2013. "Miedo, subjetividad y capitalismo. Notas para una genealogía del terror", *Grumo*, 10, 96-101.

Rodríguez, Fermín. 2014a. "El trabajo del miedo. Sobre 2666 de Roberto Bolaño", *Taller de Letras*, 55, 99-110.

Rodríguez, Fermín. 2014b. "En las fronteras de lo biopolítico: corrientes de vida", *La Biblioteca*, 14, 192-202.

Rodríguez, Fermín. 2014c. "Escribir lo insoportable", entrevista de Patricio Álvarez [https://bit.ly/2XTkcJA].

Rodríguez, Fermín. 2016a. "Cuerpo y capitalismo: el trabajo de la violencia y el miedo". *Estrategias*, 4, 43-46.

Rodríguez, Fermín. 2016b. "Hacer vivir afuera. En la frontera de la vida", *Badebec*, 6, 11, 22-41.

Rodríguez, Fermín. 2017. "Señales de vida: ficciones y territorios en crisis", *452°F*, 16, 43-61.

Solodkow, David. 2015. *Ficción biopolítica y eugenesia en el Martín Fierro*. Bogotá: Ediciones Uniandes.

Soto, Máximo. 2017. "La relación con los animales ofrece un rico imaginario", entrevista a Hebe Uhart, *Ámbito Financiero* [https://bit.ly/2RZjRRS].

Steiner, George. 2012. *La poesía del pensamiento. Del Helenismo a Paul Celan*. Buenos Aires: Fondo de Cultura Económica.

Tarazona, Daniela. 2011. *El animal sobre la piedra*. Buenos Aires: Entropía.

Thays, Iván. 2012. "La mística de lo anormal. Viaje al planeta Bellatin en cuatro libros clave", *El País* [https://bit.ly/2yDIkoM].

Ugarte Pérez, Javier (comp.). 2005. "'Una biopolítica menor'. Entrevista con Giorgio Agamben", *La administración de la vida: estudios biopolíticos*. Barcelona: Anthropos, 171-190.

Uhart, Hebe. 2017. *Animales*. Buenos Aires: Adriana Hidalgo.

Uhart, Hebe. 2019. "Guiando la hiedra", "Mi gato" y "El mono Alberto y la antropóloga norteamericana", *Guiando la hiedra. Cuentos completos*. Buenos Aires: Adriana Hidalgo.

Vaccaro, Salvo. 2010. "Biopolítica y zoopolítica", *La Torre del Virrey: revista de estudios culturales*, 9, 25-33.

Vaihinger, Hans. 1996. "La voluntad de ilusión en Nietzsche", *Friedrich Nietzsche. Sobre verdad y mentira en sentido extramoral*. Madrid: Tecnos.

Villanueva, Liliana. 2015. "El lenguaje y el misterio", *Página/12*, 22 de febrero [https://bit.ly/3as29gh].

Wolfe, Cary. 2003a. *Animal Rites. American Culture, the Discourse of Species and Posthumanist Theory*. Chicago: University of Chicago Press.

Wolfe, Cary. 2003b. "In the Shadow of Wittgenstein's Lion: Language, Ethics and the Question of the Animal", *Zoontologies. The Question of the Animal*. Minneapolis: University of Minnesota Press, 1-57.

Wolfe, Cary. 2010. "'Animal Studies', Disciplinarity, and the (Post)humanities", *What is posthumanism?* Minneapolis: University of Minnesota Press.

Yelin, Julieta. 2010. "La voz de su amo. De la biografía (y la autobiografía) animal", *Quimera*, 325, 91-93.

Yelin, Julieta. 2015a. "Kafka y el ocaso de la metáfora animal. Notas sobre la voz narradora en 'Investigaciones de un perro'" y "Hablar el animal. Las performances kafkianas", *La letra salvaje. Ensayos sobre literatura y animalidad*. Rosario: Beatriz Viterbo, 59-97.

Yelin, Julieta. 2015b. *La letra salvaje. Ensayos sobre literatura y animalidad*. Rosario: Beatriz Viterbo.

Índice de contenidos

www.ingramcontent.com/pod-product-compliance
Lightning Source LLC
Chambersburg PA
CBHW021231020726
47498CB00008B/2788